# Le chant
# Des
# Autres

# Le chant
# Des
# Autres

Ou
Chronique d'un chœur vénitien

**Marie De Bei**

Les Editions de L'ArtBouquine
2019

Les Editions de L'ArtBouquine
27 rue du Gué
92500 Rueil-Malmaison
www.lartbouquine.com

« Dans la symphonie du Nouveau Monde,
même les fausses notes ont leur place »
Yvan Amar

*A Angelo B.*

## Dunkerque 1965

Hello, le soleil brille, brille, brille.

Hello, tu reviendras bientôt.

La petite chante et dort.

Elle chante en dormant et le chant ne la réveille pas : le soleil brille, brille, brille.

Pourtant, il ne brille pas beaucoup le soleil à Dunkerque dans la chambre mansardée et moisie. Moitié chambre, moitié grenier.

Le soleil brille, brille, brille.

Elle chante, les yeux clos, dans l'obscurité, scandant le refrain avec l'énergie joyeuse d'une combattante.

Le soleil brille, brille, brille.

Tout le monde est debout autour d'elle. C'est fou de chanter en dormant. Et tu ne t'en es même pas rendue compte ? Qu'est-ce qui te prend comme ça au milieu de la nuit ? Tu chantes faux en plus.

Et voilà, c'est lancé !!!

Elle s'est assise dans le lit et elle les regarde, son père, sa sœur, ses oncles. Les mots sont encore sur ses lèvres, irrésistibles mais à peine murmurés. Le soleil brille, brille. Il se fait tout petit, ce soleil. Il se rétrécit.

Tu vas faire pleuvoir à force… C'est pire que si tu devenais somnambule. Tu vas pas nous servir ton répertoire tous les soirs. En plus avec ta voix de casserole !

Le chant expire en elle ou plutôt regagne une cage intérieure et se tient là, tapi, silencieux, comme un animal captif. Peut-être qu'il a profité de l'inconscience du sommeil pour livrer son combat triomphant et éclater sur les murs jaunes.

Le soleil brille, brille, brille.

3

Depuis qu'elle a chanté en dormant, elle est devenue méfiante. Ça peut encore lui arriver.

Alors, multipliant les précautions, elle chante le jour. Elle attend d'être seule : l'oncle au jardin, la sœur à jouer aux patins à roulettes avec les filles de la voisine, le père à faire des courses. Parfaitement seule, elle libère le petit animal chantant qui lui a joué ce mauvais tour de surgir dans son sommeil et ne demande qu'à respirer, gambader, vibrer. Elle chante et invente tout : l'air et les paroles. C'est un temps de batifolage et de légèreté. Elle-même, petite fille maladroite sent la grâce grandir en elle, avec ces notes qui lui échappent et qu'elle remballe vite comme on claque une porte, dès qu'elle perçoit la présence de quelqu'un.

Il ne faut pas qu'ils sachent, ceux de la maison.

Ici, on ne peut pas chanter.

## Zero Branco Janvier 2011

Dans ce pays du Nord de l'Italie, la terre est lourde.
Lourde et compacte.
Quand on la bêche, on s'use le dos.
Cette terre pesante imprègne les esprits.
Les gens des alentours de Venise, ceux de la Terra Ferma, de Mira, Dolo, Oriago, Spinea, Mirano vers l'Est ou ceux de Mogliano, Preganziol, Zero Branco vers l'Ouest, ont en eux ce poids de la terre et des principes qu'elle distille : le travail, le besoin de prévoir, de garder, de conserver, de contrôler, de maîtriser. Venise ancrée au milieu de la lagune les a dominés pendant des siècles, incarnant le plaisir, le luxe, l'art, le jeu, la légèreté et le voyage.

Dans l'église glacée de Zero Branco, en ce jour de janvier où tout le bourg assiste aux funérailles d'Angelo B, c'est cette vérité-là qui suinte des manteaux serrés, des bas de laine, des bottes fourrées, des ceintures en flanelle cachées sous les vêtements, des visages bouffis par le froid... Hommes et femmes de glaise réunis autour du cercueil d'Angelo le musicien, le seul être au monde qui m'ait fait chanter juste !!!

C'est un fils d'ici, Angelo, une famille connue. Le curé jongle avec les mots dans son homélie. Il réussit un exercice de haute hypocrisie : ne pas nommer ce que tout le monde sait. Il évoque le désespoir d'un artiste. C'est bien connu, les artistes sont tourmentés. Il évoque le pardon. C'est lisse, le pardon, ça met tout le monde d'accord. Dieu pardonne, c'est inscrit dans sa nature. Les hommes aussi doivent pardonner.

Oui, il faut lui pardonner à Angelo, lui pardonner son désespoir, c'était un artiste, autant dire une âme d'enfant irresponsable. La famille d'Angelo se tient éloignée de sa compagne, plus âgée que lui, divorcée, avec un enfant. Ils n'étaient même pas mariés civilement. Pas mariés, je vous dis.

Personne ne chante.

Tous les élèves d'Angelo sont là pourtant. Abasourdis. Les pianistes, les chanteurs et jusqu'au ténor de la Fenice.

Jamais je n'ai tant regretté de ne pas savoir chanter. Si j'avais su, j'aurais posé sur ce cercueil le bouquet de quelques notes. J'imaginais qu'une de ses élèves, plus douée, plus audacieuse aurait pu prendre ce risque et dans cette église rigide, glacée, pétrifiée de peurs et de conventions offrir à Angelo ce dernier cadeau.

Tout le monde est resté muet.

Au cimetière, nous, ses élèves, regroupés à l'écart des autres, nous vivions la consternation.

On restait là, vaincus, comme si on s'était pliés malgré nous à une mise en scène du mensonge.

- Mais pourquoi, pourquoi il a fait ça, Angelo ?
- Qui le sait ?
- Vous le trouviez triste, ou déprimé, vous ?
- Non pas du tout.
- Peut-être que quand il faisait cours, il parvenait à masquer sa détresse. La musique lui faisait oublier.


Illuminée par l'heure de chant que je passais avec lui, je n'avais rien perçu de la souffrance du maître. C'était un homme discret sur sa vie : il ne parlait que de chant et de musique. Et s'il évoqua, un jour, ses vacances, ce fut pour dire qu'il partait en Allemagne suivre un stage avec Gisèle

Rohmert dont il enseignait la méthode. Sur cette méthode, il était intarissable : elle avait transformé sa vie. Il s'était mis à l'école de la vibration et cela dépassait la musique pour devenir couleurs, odeurs, sensations du corps tout entier.

Je m'étais résolue à prendre des cours de chant avec lui quand ma petite-fille de trois ans, avec sa voix légèrement chuintante, me dit : « Mamie, chest mieux quand tu ne zantes pas. » Sans aucune agressivité, comme une évidence. Mon répertoire avec elle se résumait pourtant en mélodies très simples : Savez-vous planter les choux, Cadet Rousselle ou Je descendis dans mon jardin. Rien de très ambitieux. Me voilà encore privée de voix, sans pouvoir protester, celle qui énonce ce verdict le fait avec tant d'innocence. Oui, c'est mieux que je ne chante pas. Mais ce jour-là, cette limite me fut insupportable. D'ordinaire, j'en riais. La Castafiore de Tintin ou plus volontiers Assurancetourix, le barde d'Astérix, étaient mes références. Je les citais pour renverser la situation et rire avec ceux qui se moquaient de moi. Mais devant Léonore, ces personnages de bande dessinée ne servaient à rien. Oui, c'est mieux que je construise des cabanes, fasse des costumes de fée, pousse la balançoire ou raconte des histoires mais surtout sans chanter. Ma voix, ma pauvre voix dérangeait le sens de l'harmonie inné d'une fillette de 3ans !!! Ma décision fut prise : j'apprendrai à chanter. Je m'offrirai des cours particuliers et ne serai plus victime de cette castration vocale que je subissais depuis l'enfance. Je ne deviendrai pas cantatrice, mais je parviendrai à chanter « A la claire fontaine » sans faire fuir mon entourage. Jusque-là j'avais supporté avec humour les ordres de ma famille… Non, ne chante pas, s'il te plaît. Je parvenais même à retourner la situation et pendant un trajet en voiture où le silence pesait, je bravais les passagers en lançant un « si vous

7

voulez, je vous chante quelque chose », qui aussitôt dénouait les langues.

Je découvris par hasard le cours d'Angelo. Et me voilà, une fois par semaine face à lui, dans la salle de musique de la villa Guidini, une demeure aristocratique d'inspiration palladienne, comme il y en a tant dans la campagne autour de Venise. J'avouai mes difficultés. Je voulais cesser de chanter faux et d'être raillée. Il m'affirma aussitôt, sans même m'avoir entendue, que personne ne chantait faux, qu'il fallait seulement savoir écouter et se mettre en quelque sorte au diapason des autres. Et nous avons commencé le travail et j'ai adoré Angelo, le bien nommé, qui me réconciliait avec cette chose intime, si mal connue : la voix. Ma voix.

Séance après séance, je sentis se délivrer le chant en moi. Je ne comprenais pas ce qui se passait. Ma voix devenait autre : elle acquérait une puissance qui me fascinait. Dans certains exercices, j'avais l'impression que les sons s'élevaient seuls sans que j'y sois pour quelque chose. Ça pouvait ne pas avoir de fin, ça jaillissait et ne m'appartenait plus. Lui, Angelo, n'avait pas l'air surpris. Il disait : c'est tout le corps qui chante, c'est juste une question d'ouverture. Si tu bloques le corps, tu ne chantes qu'avec le gosier et ça devient discordant.

Sur le chemin du retour, je chantais dans la voiture, je chantais dans le jardin, je chantais dans la maison. Il ne m'apprenait pas de chanson, pas encore, mais des improvisations vocales. J'ai vécu avec lui des moments de stupéfaction totale : le son que je produisais pulvérisait les murs, parcourait tout le parc et ne finissait pas, ne s'arrêtait pas. Moi qui ai vite le souffle court, je ne comprenais pas

8

d'où venait cette puissance. Je disais ma perplexité au maître qui me répondait :

Ce n'est pas grave de ne pas comprendre, l'important, c'est de sentir.

Quand je tentais d'évoquer cette fantastique énergie des sons, je ne rencontrais dans ma famille que moqueries. Mon entourage est depuis longtemps habitué à me voir tenter des expériences étranges et celle-là l'était, mais pas plus que les marches sur le feu, les transes chamaniques ou les stages de danse derviche encore une lubie de leur mère bizarre !

Je ne me posais pas de questions concernant Angelo : je croyais qu'un tel homme, nourri par la musique, était comblé.

Il était difficile de lui donner un âge tant il dégageait une impression d'enfance et de délicatesse extrême. Pourtant, il y avait en lui quelque chose de vieillot, ses pantalons de velours peut-être ou sa coupe de cheveux. On pouvait sans mal l'imaginer en moine musicien au fond d'un couvent. Assis devant le piano, il m'indiquait des exercices, des postures avec une autorité très douce. Il savait très précisément où il voulait me conduire. Parfois quand ma voix – que je ne reconnaissais plus – envahissait l'espace, jusqu'aux très hauts plafonds de la pièce, il souriait, s'animait, laissait voir sa satisfaction. Il était parvenu à ouvrir la cage où le petit animal chantant gisait, enfermé depuis l'enfance.

Après un an de cours particuliers avec Angelo, je ne chantais toujours pas de chansons mais il me proposa de faire partie d'un groupe. Nous étions quatre, j'étais la seule soprano. On se réunissait chez lui, dans son pavillon impeccable de Zero Branco. Nos voix, a cappella, s'exerçaient en des improvisations étonnantes, dignes des

9

plus beaux chants grégoriens. Un soir, un des participants, Enrico, me lança :

- Tu chantes comme Montserrat Caballé.

J'ignorais qui était Montserrat Caballé mais je pris cette comparaison pour un compliment. Ces quelques mots magiques annulaient cinquante ans de moqueries. C'était en décembre 2010, juste avant notre pause de fin d'année.

Puis il y eut ce jour de janvier 2011 : je téléphonai en vain au maestro pour fixer un rendez-vous après les fêtes. Je laissai des messages auxquels il ne répondait pas, ce qui me paraissait étrange vu sa politesse. Je me rendis donc chez lui sans rendez-vous. Sa compagne m'expliqua : il avait disparu, laissant une lettre.

Pendant quelques jours, j'échafaudai des romans : il avait feint le suicide, en réalité il avait une autre relation, et filait l'amour clandestin à l'autre bout du monde, sur une île des Caraïbes, ou en Indonésie, dans un paradis de soleil et de plage. Ou plus simplement, il s'était réfugié en Allemagne auprès de son professeur, cette vieille dame qu'il admirait tant. Il l'aidait à donner des cours et ne reviendrait plus en Italie.

On retrouva sa voiture au bord du Sile.

On retrouva son corps gorgé d'eau et de boue.

Sa mort, il l'avait préméditée et accomplie avec tranquillité et méthode.

Il y a des douleurs secrètes qui couvent dans les campagnes, à l'abri du silence, dans les plis réguliers des champs labourés.

10

Je lui en ai voulu à Angelo et je lui en veux encore. Parfois, je l'apostrophe en secret : tu m'as ouvert un monde d'une telle splendeur, celui de la voix qui vibre, des sons qui transportent jusqu'à l'extase, et tu es parti comme ça, en désespéré. Désormais, c'est encore pire pour moi : je sais quel monde ma voix est capable d'atteindre et je n'y ai plus accès.

Après le suicide d'Angelo, je me suis sentie orpheline du chant. J'ai bien cherché un autre maître enseignant selon la même méthode mais sans succès. Mes amies vénitiennes me parlèrent d'une chorale que j'allais écouter dans l'Eglise Santi Apostoli de Venise. Le maître de chœur me donna rendez-vous pour la semaine suivante. Malgré l'humidité poisseuse qui collait aux manteaux, cherchant la moindre faille pour s'insinuer jusqu'à la nudité des chairs, je parcourus toute la Strada Nuova et la Lista di Spagna dans un état de confiance et d'euphorie. Désormais, je savais chanter et chanter avec les autres. Enrico ne m'avait-il pas comparée à Montserrat Caballé ?

Le maître, un jeune homme énergique et sympathique, était assis au piano dans l'église désacralisée. Je pris place sur l'estrade devant le chœur. Cette audition n'était qu'une formalité. Il s'agissait de savoir quel était le timbre de ma voix. Bientôt, je chanterai avec les autres ! Il joua quelques notes isolées et me demanda de les reproduire. Le froid, l'émotion, l'année d'interruption, l'essoufflement après cette longue marche de la gare jusqu'à l'église, bref Montserrat Caballé fut recalée et j'entendis les habituelles paroles dites seulement avec un peu plus de ménagement :

- Vous feriez mieux de prendre quelques cours et ensuite de nous rejoindre, l'année prochaine peut-être.

11

Je restais figée sur la place de l'église. Je regardais sans les voir les bougies allumées par un marchand ambulant et les rares touristes transis de froid. J'étais revenue cinquante ans en arrière ! Je chantais toujours aussi faux ! Il fallait que je renonce. Je ne chanterai pas de comptines à ma petite-fille ! Ce n'était tout de même pas une tragédie !

Bien sûr, une fois chez moi, il me fallut affronter les railleries de ma famille :

- On se demande ce que tu as appris avec Angelo. Un charlatan, c'était.

- Mais non, je vous assure qu'avec lui ma voix n'était plus la même.

- Tu chantais tellement bien qu'il en est mort. C'est de t'avoir eue comme élève qui l'a achevé !!!

- Mais non, je vous jure ce que je ressentais était au-delà des mots.

- Oui, on sait le son qui vibre en toi, on sait, tu nous l'as déjà servi ce discours. Mais « A la claire Fontaine » tu nous chantes qu'on rigole un peu ?

12

## Hiver 2014

Au départ de Venise, quand la voie ferrée semble se balancer sur la lagune, si vous occupez une place à droite du wagon, vous pouvez encore jouir des illusions de la Sérénissime, guetter l'effacement des églises, la disparition lente des iles. Mais très vite, vous abandonnez les aquarelles du réel et vous pénétrez dans la gare de Mestre. A peine sur le quai, d'instinct, vous avez le geste de serrer votre sac à main. Vous remarquez un monde d'hommes désœuvrés dont vous imaginez sans peine les trafics et dehors, des clochards rivés à leurs cartons comme des tortues à leur carapace. Voyageurs qui ne voyagent pas, sans valise, sans sac, sans billet qui attendent que leur vie change.

La rue Piave est l'avenue perpendiculaire à la gare. Elle déroule son marasme de boutiques fermées, d'appartements à louer dont personne ne veut. Seuls l'animent les magasins de produits chinois où l'on peut tout acheter, n'importe quel jour, à n'importe quelle heure : des valises énormes qui se déglinguent au premier avion, des couteaux qui ne coupent pas, un bric-à-brac de décorations en plastique. Circule toute une population chamarrée : indiennes en sari et arabes enturbannés. Des jeunes font cercle autour du vide. La nuit, des prostituées exhibent leurs chairs, des travestis jouent les échassiers sur des talons aiguilles.

Derrière la rue Piave, se réunit une chorale d'Italiens et d'étrangers décidés à chanter ici, précisément ici, à quelques pas du désastre. C'est cette chorale qui a bien voulu de moi, quand, après quelques années, j'ai retenté l'expérience.

Vous avez laissé Venise et ses rêves, la rue Piave et sa misère, et vous êtes là dans une salle communale au milieu des autres à faire cercle autour de Lisa. Elle n'est pas élégante, Lisa, ni séduisante. Tout est direct chez elle : sa voix, la couleur de ses cheveux, son regard bleu. Elle est campée dans sa franchise, son énergie, son entièreté. On l'aime ou on ne l'aime pas.

Elle est sans masque, sans maquillage, sans trafic. On la devine tendre et rugueuse, énergique et généreuse, intuitive et autoritaire. Elle anime le chœur, habile à dénicher ce qu'il y a de meilleur en chacun, capable aussi de laisser les discrets dans leur secret. Et le miracle se produit : cinquante personnes chantent ensemble qui ne se connaissent pas, qui viennent de seize pays différents, qui mènent des vies de professeur, de retraité, d'ouvrier, de magasinier, d'étudiant, de garde-malade, de nantis ou de pauvres. Créer un corps commun et fluide, éphémère comme le chant, avec des hommes et des femmes que rien d'autre ne rassemble, c'est le miracle de Lisa, la rousse, la passionaria. Elle y croit, Lisa. A quoi ? A la vie, aux autres, à l'harmonie, au chant, à l'effacement des conflits, à un monde plus juste, plus humain. Elle y croit, Lisa. Elle fait confiance non pas aux individus, mais au groupe, entité étrange qui n'est pas seulement la somme des singularités mais quelque chose d'autre où, le temps d'une répétition, d'une représentation, chacun peut gouter la subtile sensation de l'unité.

- Prima o poi, un jour ou l'autre, tu nous chanteras quelque chose, Marie.

14

Lisa fait cette proposition à tous les étrangers. Le chœur repose sur eux. Chacun chante en soliste un chant venu d'ailleurs, d'Espagne, d'Ukraine, de Moldavie, du Bangladesh, du Sri-Lanka, de Somalie, du Nigéria, du Pakistan, du Portugal, de l'Iran, de la Sierra Leone. Les autres choristes ne comprennent pas les paroles mais tout le monde ressent l'émotion du chanteur. Sa nostalgie.

J'ai répondu en tremblant que je n'étais pas prête. Elle n'a pas insisté, Lisa. L'aurait-elle fait, j'aurais tout abandonné. Je tente de plaisanter… « Poi. » Plus tard.

Ce plus tard est un jamais. A moins d'un miracle.

Jamais, je ne chanterai seule. J'ai déjà tant de mal à chanter avec les autres. Je sais que cela peut sembler étrange : se rendre dans un chœur et ne pas chanter, y aller, poussée par je ne sais quoi de plus fort que moi. Le plaisir de me sentir sertie de voix, celles des autres. La mienne reste bloquée dans la peur, nouée, étranglée, cassée. Elle existe pourtant. Je l'ai connue avec Angelo.

Quelquefois, je m'enhardis : des notes fusent. Je prends toutes les précautions, me place entre deux femmes bienveillantes, me glisse dans l'entre-deux de leur chant comme une intruse, tends l'oreille, cherche à régler ma voix sur la leur. Dès qu'un regard se tourne vers moi, je passe en mode « playback », persuadée qu'on s'est aperçu que je chantais faux. Mais, avec les autres, soutenue par les autres, je gagne en courage, ou inconscience, ma voix soulève cette gangue qui l'oppresse. Personne ne se retourne. Je continue. C'est le chant des autres qui me soutient. Dans le groupe, peut-être que les fausses notes disparaissent. Ces quelques secondes où, dominant la peur, je sens le chant en moi, j'ai la sensation d'être libre, d'être au diapason.

Pourquoi cette obstination à chanter ? Il y a tant de choses que je ne sais pas faire et auxquelles j'ai renoncé : je ne sais

15

ni peindre ni dessiner, ni plonger, ni nager le crawl, ni jouer du piano, ni danser le tango : tous ces manques ne me blessent pas. Mais le chant !

Seule, je ne chanterai jamais, Lisa. A moins d'un miracle.

Pourtant, je ne crains ni les moqueries, ni les jugements. La réalité est plus simple : je ne peux pas. Le passé est sans doute trop vif en moi : toutes ces fois, où ma joie de chanter a rencontré le couperet de ma famille ou des maîtres de chœur.

J'avais dix-sept ans. Dans la chorale, « A Cœur Joie », du lycée Saint-Exupéry, les filles portaient une jupe blanche et un corsage de couleur. Sur scène, cette palette dessinait un arc-en-ciel. Et puis, il y avait les spectacles, les sorties, toute une vie sociale qui suscitait mon envie. J'étais coincée dans le rôle de première de la classe, boutonneuse et bonne camarade qui, pour se faire aimer, aidait les autres dans leurs devoirs. Je faisais des tentatives désespérées pour être comme tout le monde. J'avais dans un excès de témérité essayé le club théâtre. Je rêvais d'interpréter le personnage de Phèdre dont j'avais appris les tirades par cœur. Mais le professeur, à qui j'avais confié mes espoirs, les avait, d'une phrase, balayés : Avec le physique que vous avez, vous ne pouvez prétendre qu'à des rôles de soubrette dans les comédies, mademoiselle ! J'étais trop grosse et trop petite pour la tragédie. J'abandonnai Phèdre, le drap qui me servait de péplum et le porte-manteau qui incarnait à merveille l'impassibilité d'Hyppolite pendant mes déclamations passionnées. Je fis une seconde tentative d'ouverture sociale et m'inscrivis à la fameuse chorale du professeur Baldan.

Au cours d'une répétition, le professeur abandonna soudain son pupitre pour parcourir nos rangs, l'oreille aux aguets. Je ne me doutais de rien. Et avec bravoure et détermination je mettais toute mon énergie à chanter... When the saints go marching in. Je le vis s'arrêter devant moi qui, avec

16

gaillardise, persistais à chanter. Il attendit quelques minutes, l'oreille inclinée dans ma direction, me laissa finir... When the saints go... et me dit : Toi, tu ferais mieux de ne plus venir.

La voix s'étrangle, la bouche se ferme, les lèvres se pincent, les larmes se pressent. Je fuis. Ce n'était jamais qu'une blessure de plus. Il y en avait tant d'autres. Celle-là, avec le recul, me semble une égratignure.

Je ne fis donc ni théâtre, ni chant. J'étais condamnée à moi-même. Il me restait l'écriture. Au moins dans ce domaine, personne ne me dirait rien.

- Poi, Lisa. Plus tard.

Elle a la grâce de ne pas insister.

Fabiana, une des choristes, me glisse : tu es la seule à qui elle n'a pas demandé de chanter. Reconnaissance éperdue. Au moins, si je ne chante pas, je peux écrire ; les mots trouveront une autre voie/ voix.

Moi qui suis donc au milieu des autres sans chanter, j'occupe une position particulière. Je les regarde, surtout les étrangers. Par quels chemins improvisés sont-ils arrivés jusqu'ici ? J'imagine leur destin et je remue les lèvres dans un chant muet. Quelle somme de hasards a-t-il fallu pour mettre ensemble, dans ce lieu improbable de la rue Piave, des êtres humains si différents ? Se pencher sur la vie d'un des choristes, c'est comme soulever la peau de la mer. Je songe au tableau de Dali. Aller à la découverte du dessous des apparences. S'aventurer dans le caché. Briser le miroir de la superficie. Plonger dans la profondeur. Comment sont-ils arrivés jusqu'ici ?

## Ma voix

- Alors tu es décidée ? Tu vas vraiment écrire la chronique d'un chœur ?

- Mais qui tu es, toi, pour interrompre mon récit ? D'où tu sors ?

- C'est important ?

- Tout de même : Tu te plantes là au milieu du texte. J'ai bien le droit de savoir qui tu es ?

- Une voix.

- Quelle voix ?

- Cette voix du chant muselé, tu te souviens ce petit animal chantant…

- Bien sûr.

- Tu as retenté de chanter alors tu as ouvert une brèche et voilà je renais …

- Pourquoi ?

- Pour exercer mon droit de moquerie : tu aurais pu trouver une autre histoire. C'est une entourloupette, ça d'écrire au lieu de chanter. Tu ne fais pas d'effort, tu as une position d'observatrice Tu émoustilles les autres : vous allez rentrer dans mon roman, prenez la pose.

- Pas du tout, je fais ce que je peux pour me rendre utile, pour exister, si tu préfères. Laisse-moi continuer. Tu veux bien ?

- Et têtue en plus !

18

## 4

**Février 2014**

Ce soir, il y a un creux au milieu du cercle.

Peu d'entre nous s'y aventurent.

C'est la place de Lisa et Lisa est absente.

On erre autour du vide central. Qui nous fera chanter ? Est-ce qu'on est capables de chanter seuls ? Le frisson d'un défi, des idées comme ça qui ne s'expriment pas : nous sommes des adultes, responsables et autonomes. On n'est pas venus pour rien, on peut chanter sans Lisa, on n'a pas besoin d'un chef.

Tout le monde parle. Personne ne se sent le droit de réclamer le silence. Quelqu'un lance : les hommes d'un côté, les femmes de l'autre. L'apprenti maître de chœur n'en dit pas plus. Un chant incertain fuse, vite dilué.

Ce soir, la chorale est un corps sans ordre où chacun cherche en vain à imposer quelques notes.

Puis Farid, l'Iranien s'avance au centre.

Il doit partir demain pour l'Allemagne.

C'est sa soirée d'adieu.

Farid s'en va.

La nouvelle circule.

Il n'a pas trouvé de boulot en Italie. Il a des parents à Cologne qui lui ont promis de l'aider. Sa silhouette délicate concentre les regards. Il a gardé son blouson et tremble de froid. Il ne porte pas de pull mais une chemise au col ouvert. Ses cheveux noirs glissent le long de son visage fin, au nez busqué, aux yeux sombres en amande. Déjà, ici, en Italie, il semble si différent, d'une autre réalité, d'un autre parfum. Avec lui, c'est toute une bouffée de poésie qui vous arrive en pleine face, comme ça, sans rien dire, par sa seule présence. Son corps, ses gestes évoquent les miniatures persanes. Il aurait été à sa place dans la cour close d'un palais, au centre d'un jardin oriental avec orangers, friselis de fontaines et roucoulements de colombes. Mais il est là, rue Piave, et nous dit au revoir sans penser à dissimuler ses larmes. Nasser, le Somalien, traverse le cercle, pose sa main sur ses épaules – Dieu, que les hommes sont tendres ! – et se met à chanter en somalien, un chant aux syllabes puissantes, ancrées dans la terre.

Farid, le jeune homme à la voix si haute qu'elle semble celle d'une femme, passe entre nous et nous embrasse un à un. Je sens sur mon visage l'effleurement de ses cheveux de geai, délicats et soyeux, et en contraste, la rudesse de sa joue mal rasée.

Puis, il saisit son sac et brusquement il est celui qui part. Scandale de sa silhouette de dos dont le sac mange l'épaule. Partir c'est d'abord cette volte-face privant ceux qui restent du regard. Le corps devient soudain figure de proue tournée vers un autre lieu dont les contours se dessinent à cette seconde précise où le voyageur se tourne vers lui.

Après, on aurait dû prendre le temps d'absorber l'émotion. Non, ils sont comme ça, les êtres humains, ils effleurent la beauté et l'effacent d'un revers de main comme s'il y avait en elle quelque chose d'insupportable. Alors quelqu'un a pris une guitare et s'est mis à chanter. C'est devenu une soirée du genre « convivial italien ». Je me suis souvenue de ce préjugé : ils chantent tous, les Italiens. Ils chantaient tous, effectivement, emportés par la joie de se reconnaître entre eux à travers les chansons de leur jeunesse qui devenaient ainsi des œillades à leur passé.

Azurro… Azurro, le ciel est bleu. Les terroristes islamistes ont attaqué la direction d'un journal satirique. Azurro

Le chant comme une sorte de résistance passive. On est conscients mais joyeux. Ce n'est pas logique, mais on s'en moque de la logique en Italie.

On chanterait sous les bombes s'il le fallait. C'est naïf, dégoulinant de bons sentiments et d'humanité, mais d'une force inouïe.

La soirée aurait pu continuer comme ça sans l'intervention de Larissa.

- Je vais vous apprendre une chanson de chez nous, d'Ukraine.

A ce moment-là, j'ai su que c'était par elle que j'allais commencer.

## -5-

## Les deux mots de Larissa

- Je suis arrivée d'Ukraine en Italie avec deux mots.
- Tu connaissais quelqu'un en Italie ?
- Le mari d'une amie m'attendait à la gare de Rome.
- Tu avais sa photo ?
- Non, mais je l'avais vue, sa photo.
- Tu avais la mémoire d'une photo, deux mots et une valise ?
- C'est ça.
- C'étaient quoi, les deux mots ?
- Grazie. Arrivederci.

Grazie.
Arrivederci.
Merci ! Au revoir !
Et passent les années.
Merci, au revoir se multiplient, font des phrases, un récit, une histoire.

Elle m'a rejointe à Mestre, devant le magasin Coin, Larissa, un jour d'hiver.
On a cherché un bar sans trop de gens, sans trop de bruit.
Le tramway passait.
Il faisait froid.
Elle a tout de suite voulu me parler de « Monsieur Jean ». Elle m'a montré un cahier d'écolière avec des chansons écrites en français, d'une écriture sage et appliquée. Et moi, je l'ai doucement ramenée à elle, prenant quelques notes sans

23

en avoir l'air. La photo de Monsieur Jean reposait sur la table entre nos deux cafés. Son heure viendra à Jean Arnaud. Pour le moment, au-delà du temps et de l'espace, il semble écouter Larissa évoquer sa vie dans ce bar de Mestre. Sur la photo, il est bien là, élégant, souriant et muet. Il est content de lui, l'adolescente qu'il a connue sait encore parler français et puis elle a tout gardé : le cahier, les chansons, la photo. Et puis, elle l'évoque encore avec des larmes dans les yeux.

C'est une belle femme, Larissa, avec ses longs cheveux bouclés, son visage si peu ridé, la douceur de ses yeux, la distinction de sa silhouette et la beauté fine de son sourire toujours un peu voilé. Je pressens que beaucoup d'hommes l'ont aimée et pourtant aujourd'hui dans ce bar de Mestre où nous nous rencontrons pour la première fois, elle n'a pas amené la photo de ses deux maris, ou de ses filles mais celle de « Monsieur Jean ». Cet homme qu'elle n'a jamais tutoyé, qui ne s'autorisait avec elle aucune familiarité. Cet homme qui, pour elle, après 35ans, reste toujours un Monsieur. Que savons-nous de ce qui nous marquera quand nous le vivons ? Savait-elle, Larissa, à 14ans, qu'avec le filtre des années, et après tant de remous historiques et professionnels, cette rencontre-là renfermerait le trésor de sa vie...


Pour Larissa, enfant, tout n'existe qu'en un seul exemplaire : un seul jouet, un petit écureuil en peluche, haut comme la main, une seule chambre pour toute la famille, une seule paire de bottes, une seule paire de sandales, une seule chemise, un seul manteau. Et elle aussi, la seule.

Et pourquoi, j'ai pas de frère ou de sœur ?

Quand elle est enfant, sa ville est encore toute cabossée de ruines, d'immeubles éventrés, de terrains vagues aux trous immenses dont l'eau gèle l'hiver... La guerre, tu n'as pas

24

connu ça, petite. Mieux vaut que tu ne connaisses jamais. Maintenant, c'est mieux, ils reconstruisent, on va même avoir un appartement à nous. Tu te rends compte ?

Enfant, tout enfant, avant l'appartement neuf, elle voit des adultes tristes et gris partir travailler vers l'usine qui avale leurs rires et leur énergie. Quand ils rentrent, ils ont soif, tellement soif qu'ils s'assoient pour boire et ne font que ça : boire et laver l'intérieur de leur corps. L'usine, au Nord-Ouest de sa ville natale, Altchevsk, dépose partout sa couche noire ce qui force les gens à porter des couleurs sombres. Même au printemps.

Enfant, elle aime l'hiver à cause de la neige. Alors tout devient propre. Alors, on peut oublier les six hautes cheminées qui s'élancent dans le ciel, les traverses brunes des voies ferrées, le ballet grinçant des trains. Sidérurgie lourde que la grâce de la neige métamorphose.

L'hiver, le stade devient patinoire et Larissa glisse des heures durant sur la glace avec ses tresses qui battent son dos, ses joues en feu et son sourire ravi de petite fille ukrainienne.

Elle a tout ce qu'il lui faut en un seul exemplaire.

Enfant, on n'apprend pas à désirer plus.

Elle chante tout le temps pour occuper le silence, pour accompagner le crissement de la neige sous ses pas, la danse des feuilles mortes dans les boues noires de l'automne, les premiers craquements du dégel quand la lumière revient un peu sur cette terre d'Ukraine, perdue dans l'hiver.

C'est avec le chant que naissent l'espoir et la première déception et la première obstination.

Et Larissa se souvient : il est venu un homme à l'école, elle avait six ans. Un homme qui avait l'air d'un monsieur sérieux. La maîtresse a fait chanter les enfants devant lui, un par un. Elle, Larissa, a chanté une chanson d'adulte. Elle sait encore précisément laquelle : le Danube.

- Qu'est-ce qu'elle t'a dit la maitresse, pourquoi elle voulait te voir ? J'ai été sage, tu sais. J'ai pas fait de bêtises, je te jure.
- Ne dis pas de sottises, Larissa, c'est pas pour ça qu'elle voulait me voir.
- Alors pourquoi ?

Si elle n'était pas si bien élevée, si, derrière sa mère, il n'y avait pas l'ombre de son père, elle se serait mise à trépigner d'impatience. Mais elle se maîtrise, la petite. Elle attend que sa mère raconte.

C'était l'hiver, il fallait faire attention à ne pas tomber. Sa mère était venue la chercher à l'école. Elles s'en retournaient ensemble. C'était drôle de marcher sur les trottoirs glissants.

- L'homme qui t'a fait chanter, il a dit à ta maitresse que tu avais l'oreille musicale, que tu avais une très belle voix, qu'il faudrait te donner des cours de musique et qu'après tu pourrais être recrutée par un conservatoire. C'est pour ça qu'il fait le tour des écoles, pour repérer les voix.

On recrutait des voix d'enfant en Union Soviétique en 1964.
- Alors, je vais devenir artiste ?
- Ne t'emballe pas. Il faut que j'en parle à ton père.

Son père n'a pas voulu. C'était quoi, cette idée de chant ? Avec ça, elle n'aurait pas un vrai métier, comme ingénieur ou médecin. Et puis, l'école de musique n'était pas gratuite, pas à cette époque-là.

- Tu iras étudier ici à Altchevsk parce que l'Université est gratuite. Et déjà ce sera mieux que nous, tu gagneras plus que moi ou ta mère.

Avec la neige, la nuit semble plus claire. La frondaison des arbres n'est plus qu'un réseau de lignes noires. Le chant ne s'éteint pas sur les lèvres de la petite qui regarde par la fenêtre. Il faut se cacher, pour vivre et continuer sa vie en sourdine.

Quand elle a douze ans, au début des années 1970, l'Etat a achevé la construction des maisons pour ouvriers et donné aux parents de Larissa un appartement à eux, avec trois chambres.

Il a fallu supporter pendant des années la ville en chantier, des constructions que l'hiver pétrifie et qui s'animent aux premiers dégels. On se hâte de bâtir et ça tient. C'est toujours mieux que les ruines. Dans les nouveaux appartements du peuple il y a une salle de bain, une cuisine et le chauffage central au gaz !

Elle, elle ne retient que ça : l'Etat providence lui offre une chambre, une chambre à elle, petite demoiselle de 12 ans. Et avec la chambre, le secret devient plus facile. L'Etat lui paiera, si elle continue à être une élève brillante, des études jusqu'à 17 ans et même après, lui a dit son père. Désormais, l'Etat a aussi un centre culturel par district. Dans cette maison du peuple, on peut prendre des cours de piano, de musique, de dessin, de théâtre, de danse, gratuitement. Alors subrepticement, avec mille ruses et dix mille mensonges, Larissa s'inscrit aux cours de piano. Elle écoute, chante, apprend la bonne position des mains sur le clavier, décrypte le solfège et s'initie au rythme. Elle peut se croire comme les autres. Mais les autres ont un piano chez elles où elles peuvent répéter leurs exercices. Il faut qu'elle puisse travailler en dehors des cours, sinon elle prendra trop de retard. Cette idée devient si impérieuse, si exclusive qu'elle gomme toute considération. Son école possède un piano, dans une salle réservée aux fêtes où personne ne se rend jamais. Un piano oisif, solitaire et muet qui l'attire comme s'il avait jeté sur elle un grappin invisible.

- J'ai pris la clé.
- Quelle clé ?
- La clé de la salle des fêtes.
- Tu as fait ça ?
- Oui. Je la prenais et je la rapportais. Personne ne me voyait.
- Mais Larissa …
- Oui, je sais, ça semble bizarre, surtout si tu m'avais vue à cette époque, petite fille sage et obéissante.

Dans la salle des fêtes, le cœur battant, elle fait ses gammes. Au début, ses doigts tremblent sur les touches puis, prise par les notes qui déroulent dans le silence leur ruban mécanique, elle oublie qu'elle est en Ukraine, dans cette ville de suie et d'acier qui dépose sur elle le voile noir d'une réalité sans joie, qu'elle doit faire ce qu'on lui dit : étudier des choses sérieuses, les maths, la physique, les sciences, qu'elle triche comme elle peut pour se sauver intérieurement et jouer du piano en cachette, et chanter en cachette, et suivre en cachette des rêves arc-en-ciel qu'elle tient serrés en elle comme un trésor.

- C'est une femme de ménage qui l'a entendue.
- Qu'est-ce que tu fais là, petite ? Tu joues du piano ? Qui t'a donné la clé ?
- La clé ? Quelle clé ?
- Allez, ne fais pas l'idiote, ce n'est pas beau de mentir et de voler. En plus, ce n'est même pas chauffé ici, tu vas attraper la crève.

28

Il a fallu qu'elle avoue à ses parents les cours de musique au centre culturel du district mais je vous jure, ça ne m'empêche pas de bien travailler à l'école : d'ailleurs, vous voyez je suis première en math, en physique, en langues. Il a fallu qu'elle dise aussi pour la clé. Mais ça ne gêne personne. Le piano, personne n'y touche. Il faut bien que je fasse mes exercices.

Le soir, les parents discutent à voix basse dans la chambre. La petite voudrait ne rien entendre mais les murs ne sont pas épais dans ces constructions populaires : on ne peut pas tout lui interdire. C'est une excellente élève. Elle rêve trop ta fille. C'est pas avec des rêves qu'elle gagnera sa vie. Elle est douée, on me l'avait déjà dit quand elle avait six ans. Mais tu sais combien ça coûte un piano ? 450 roubles ! Deux mois de salaire pour que mademoiselle fasse du piano ! Mais enfin, je ne te comprends pas, tu as toujours voulu qu'elle soit mieux que nous et puis on peut en trouver un d'occasion, ça existe.

Le piano d'occasion à deux cents roubles aurait dû trôner dans le salon. La petite le voyait déjà, là contre le mur. Sa mère y aurait déposé la photo de son mariage encadrée. Il serait devenu le meuble le plus imposant du foyer. On aurait convenu d'un horaire avec les voisins pour ne pas les déranger et Larissa aurait fait ses exercices, chaque jour une heure au moins, deux si possible, plus tard elle aurait pu s'inscrire au conservatoire, jouer dans un orchestre, voyager. Devenir artiste.

Elle ne sait pas vraiment ce que cela signifie mais ça lui semble magique : artiste. C'est un mot qui résonne en elle comme un vocable de conte. Elle n'en a pas vu beaucoup des artistes à Altchevsk. Quelquefois, une troupe de comédiens ou de danseurs au centre culturel. Ils étaient là sur la scène illuminée et les gens ordinaires les regardaient et les enviaient. Et les gens ordinaires, par le pouvoir éphémère des

29

artistes, le temps d'un spectacle, avaient eux-aussi des étoiles dans les yeux.

Le jour de l'achat, le jour où la transaction d'argent passant d'une main à l'autre aurait dû rendre réel le piano contre le mur, la mère prend la petite à part.

- Tu es sûre de vouloir étudier le piano ?
- Mais oui, je veux.
- Et tu sais ce que tu vas devenir ?

Larissa regarde sans répondre la place nue de l'instrument contre le mur : sur la tapisserie, elle remarque les traces que le bahut a laissées.

- Bon, je vais t'expliquer : si tu étudies la musique, tu seras recrutée comme enseignante de musique pour les écoles, tu sais ces dames qui viennent vous apprendre à chanter une fois par semaine.

Être comme cette vieille femme aux cheveux gris qui tape sur le clavier des mélodies surannées pour des enfants indifférents et braillards !

- Mais je ne veux pas être comme cette dame !
- C'est pourtant ça qui t'attend.
- Mais je ne veux pas.
- Eh bien, si tu ne veux pas enseigner la musique aux enfants, c'est mieux que tu ne prennes pas de cours et qu'on renonce à cet achat. Voilà, il fallait juste que les choses soient claires. On va remettre le bahut à sa place.

Elle voulait étudier la musique pour elle. Pour la beauté, le rêve, pas pour un métier ou alors artiste (c'est un métier ?). Mais où trouver les mots à douze ans ? Et comment expliquer qu'on veut exister pour soi dans un monde où tout revêt un aspect pragmatique et planifié.

Il n'y a pas eu de piano au foyer de Larissa à Altchevsk

Larissa n'est plus allée aux cours du centre culturel.

30

La clé de la salle des fêtes est restée à sa place.

Et, au pied de la scène où flottent encore les guirlandes défraichies des spectacles passés, le piano muet s'est lentement désaccordé au fils du temps, de l'oisiveté et du froid.

Le professeur de français de Larissa a organisé une soirée au centre culturel. Elle a invité ses meilleurs élèves et quelques personnes francophiles. On respire ainsi quelques bouffées de la France, ou de ses clichés, avec un grand poster de la Tour Eiffel, un peu usé à force d'être accroché et décroché chaque année, des chansons d'Edith Piaf qui passent en boucle sur le tourne-disque, des paroles échangées en français. Certes, il n'y a ni revue, ni champagne, mais tout de même un frisson de légèreté frémit dans la salle et colore un peu d'élégance ses murs jaune pisseux.

- Larissa, viens donc je vais te présenter quelqu'un.

Larissa qui, pour l'occasion, a mis sa plus belle robe, répond tout.de suite à l'invitation de sa professeur.

- Je te présente, monsieur Jean Arnaud. Il vient de Paris. Tu peux lui parler en français.

Et s'adressant à l'homme, elle ajoute : c'est ma meilleure élève.

Jean Arnaud sourit déjà et lui tend la main :

- Bonjour Mademoiselle

C'est un homme à l'allure distinguée, vêtu d'un costume sombre. Malgré la neige, il porte des chaussures cirées. Avec ses cheveux blonds, ses yeux clairs, son visage rond, il passerait pour un russe, mais il n'en a pas les manières. Il s'adresse à la jeune fille avec beaucoup d'égards, comme si elle était déjà une femme, en la vouvoyant et toujours en

31

faisant claquer le double L de mademoiselle ce qui à chaque fois la fait tressaillir d'aise.

Mademoiselle, votre professeur m'a dit beaucoup de bien de vous.

Larissa cherche quelques mots en français. Son cerveau s'affole. Les phrases ne lui viennent qu'en russe. Elle tente de faire deux opérations complexes en même temps : écouter et comprendre les propos de Monsieur Jean dans ce français impeccable et sans accent si nouveau pour elle mais un peu trop rapide et lui répondre, sinon pour qui va-t-elle passer ? Elle finit par dire...

- J'aime beaucoup la France

C'est facile et c'est vrai, puis elle se hasarde, lui revient en mémoire la leçon sur les demandes.

Vous êtes né à Paris ?

Oui, dans le Vingtième.

Elle ne relève pas ce chiffre qu'elle trouve mystérieux. Elle ne se demande pas s'il n'est pas impoli à une jeune fille de 14 ans de questionner un homme qui a l'âge de son père. Le cours sur l'interrogation, c'est le seul qui surnage dans sa mémoire troublée.

Et pourquoi êtes-vous ici à Altchevsk ?

Elle aurait voulu dire : et comment avez-vous atterri chez nous au fin fond de l'Ukraine, dans cette cité ? Mais c'était trop difficile. L'homme au sourire si simple semble avoir compris à demi-mots :

Vous êtes surprise de voir un parisien dans votre ville, n'est-ce pas ?

Elle n'a pas le temps d'acquiescer que Monsieur Jean éclate de rire et Larissa rougit. On va les regarder. Mais il rit d'un rire qui n'attire pas l'attention

32

Je ris, vous voyez mademoiselle, parce que moi aussi je me demande bien ce que je fais ici. Le hasard de la vie, vous comprenez ?

Le hasard de la vie ? Répète-t-elle en fronçant les sourcils.

Il traduit immédiatement : Veroyatnost'zhizni.

Elle redit les mots comme pour les imprimer en elle.

Le hasard de la vie : Veroyatnost'zhizni

C'est cela.

Puis il se met à expliquer et devant le front plissé de Larissa, il fait des efforts pour articuler.

J'ai fait la guerre, mademoiselle, j'ai été prisonnier en Allemagne pendant cinq ans comme tant d'autres français. Les prisonniers de guerre, on les faisait travailler, certains dans les usines ou les villes, d'autres dans les fermes. Moi, j'ai travaillé dans une ferme dont tous les hommes étaient au front. Il fallait que le travail se fasse pourtant. Il y avait une servante ukrainienne. A cette époque, beaucoup de personnes étaient ballottées ainsi d'un pays à l'autre. Ce n'était pas rare. L'histoire fracassait les vies, les détruisait, si vous préférez. Veroyatnost'voyny : le hasard de la guerre, vous devinez la suite.

Vous êtes venu ici, pour une femme ?

Exactement, mais vous voyez, ce n'est pas avec elle que je me suis marié. Le hasard de l'amour, mademoiselle : tchaslivi sloutchai.

Larissa regarde Jean Arnaud lui livrer sa vie en quelques mots. Il semble heureux, détendu. Quelqu'un, parfois, s'approche de lui, ils échangent des propos en français ou en russe. Jean Arnaud parle cette langue avec un très léger accent. Larissa voudrait lui poser une dernière question, mais elle ignore le mot français.

Comment dites-vous « sajalenia » en français ?

33

Regrets. Vous voulez savoir si j'ai des regrets de la vie parisienne. Les regrets, la nostalgie, je les laisse aux slaves. Moi, je préfère vivre le présent.

Larissa n'a pas très bien compris mais elle se garde d'aller plus loin.

Dehors, la neige tombe. Feutrée et dense. Elle a déjà formé des bourrelets aux fenêtres. La jeune fille tient un gâteau à la main auquel elle n'a pas touché.

Il va falloir que je rentre plus tôt à cause de la neige.

Je vous donne mon numéro de téléphone, appelez-moi, je vous aiderai en français.

Il sort de sa poche une carte comme en ont les ingénieurs et les médecins. Larissa la serre dans sa main. D'autres personnes accaparent Monsieur Jean pour qu'il leur parle de Paris.

Cet homme restera son secret. Elle ne dira à personne, ni à sa mère, ni à aucune de ses amies, qu'elle se rend chez lui, qu'elle passe avec lui et avec Anna, sa femme, les plus belles heures de sa vie. Rien d'extraordinaire pourtant : une tasse de thé, quelques phrases échangées dans cette langue dont elle est amoureuse, des chansons qu'ils écoutent ensemble et qu'il lui écrit dans un petit cahier.

Le cahier, elle l'a posé sur la table entre nous tandis qu'elle parle et que je l'écoute. C'est un cahier presque artisanal, à la couverture rose suranné qui semble aminci par le temps et les voyages. J'imagine toutes ses aventures. Larissa l'a serré dans sa valise quand elle a pris le pullman, puis le train pour Rome, ou plutôt, elle l'a mis dans son sac, proche d'elle. Peut-être l'a-t-elle ouvert durant le voyage quand elle voyait défiler les campagnes et les villes inconnues. Elle l'a ouvert, oui, avec précaution, a reconnu l'écriture de Monsieur Jean et chantonné les textes écrits trente ans plus tôt. Evidemment, elle aurait préféré la France mais le hasard la pousse vers l'Italie qu'elle ne connaît qu'à travers ses stéréotypes : l' art, le pape, la mafia, les spaghettis, les glaces, les pizzas, les chaussures et ces deux mots qu'elle répète... Grazie, arrivederci, comme une ritournelle scandée par les roues du train.

Elle sourit.

Elle ouvre le cahier. Tout a commencé avec lui, avec ce cahier. Non pas avec lui mais avec Monsieur Jean. Tout. Elle dit « tout ». « Je lui dois tout à cet homme. » C'est une vérité qui s'impose à elle, un peu pompeuse. Un peu emphatique. Elle essaye de l'écarter de son esprit mais en vain.

- Je lui dois tout, plus qu'à mon père, plus qu'à aucun des hommes que j'ai aimés après.

Elle somnole dans le train avec le cahier déplié sur les genoux. Et cela devient pour elle une certitude : c'est lui, c'est cet homme-là qui a secoué la torpeur de son être.

Sans lui, je n'aurais jamais su ce qu'était la beauté, la sensibilité, sans lui je me serais toujours sentie coupable d'être ce que je suis. Lui, il m'a reconnue... Je ne sais pas comment cela a été possible, c'était un ouvrier, un électricien, mais il y avait tant de livres chez lui.

Elle revoit la pile des volumes empruntés chaque semaine au centre culturel, en russe, en français...

Être ouvrier, ça n'empêche pas de lire, Larissa, lui avait-il dit un jour en riant. Mon père qui était cordonnier à Ménilmontant, empruntait des romans à la bibliothèque municipale. Il y a toujours eu des livres à la maison, Zola, Alexandre Dumas, Victor Hugo.

Il lui parlait littérature, poésie, musique et chose inouïe, un jour il lui dit :

Je vais vous lire un poème d'Eluard et vous allez me dire ce que vous en pensez.

Ce que j'en pense ?

Elle était restée muette. Il avait insisté, relu le texte plus lentement en lui demandant si elle en comprenait bien le sens. Elle avait bafouillé.

Je comprends, oui je comprends.

Et elle s'était lancée dans une paraphrase parfaite... Le poète aime tellement la liberté qu'il voit son nom écrit partout. Jean Arnaud avait reposé sa question.

Et qu'est-ce que vous en pensez, Larissa ?

Elle revoit les moindres détails de la scène, dans ce train qui roule avec ce cahier qui respire contre elle : l'horloge distillait les secondes, une à une, l'ombre devenait plus épaisse, il fallait allumer le lampadaire. Anna chantait dans la cuisine.

Je ne pense rien, Monsieur Jean parce qu'on ne m'a pas appris à penser et que personne jamais ne m'a demandé ce que je pense, que vous êtes le premier, qu'avant vous, je ne savais même pas que je pensais ou plus exactement que ce que je pensais pouvait intéresser quelqu'un.

Elle restait toujours silencieuse.

Je ne pense rien, Monsieur Jean. Je ne sais même pas ce que cela veut dire penser. Je sais étudier, obéir, mais penser non.

Pour un peu, elle éclaterait en sanglots.


Que voulez-vous que je pense ?

L'autre avec patience reprit :

Mais Larissa si je vous demande ce que vous en pensez, c'est que précisément je ne le sais pas.

Et elle, habituée aux questions des professeurs qui interrogent en ayant la réponse, se sent perdue.

Jean Arnaud change le mot.

Disons, alors ce que vous ressentez ?

C'est un beau poème, ça me plait parce qu'on dirait que sans la liberté, plus rien n'a de sens. Moi aussi, je pense que quand on aime la liberté, on veut qu'elle se répande partout. On ne peut pas l'enfermer. On veut que le monde entier soit libre.

Bravo, mademoiselle

Et il en fut ainsi pour des livres, des films, des chansons, des pièces de théâtre qu'une troupe de passage venait jouer au centre culturel. Elle savait que la question reviendrait et elle s'enhardissait à dire ce qu'elle pensait et jamais ce n'était faux.

Ce cahier aux pages si fines à force d'avoir été tournées et retournées, elle pose la main dessus et c'est comme si elle en respirait le parfum. L'écriture de Jean Arnaud surtout. Elle aime son écriture, régulière, si lisible, si appliquée.... Il faut que vous puissiez me lire. Tout Monsieur Jean était là : l'effort constant qu'il faisait pour être à son niveau, se faire comprendre, la multitude d'attentions qu'il avait pour elle.

Je ne parle pas trop vite, n'est-ce pas ? Il faut que vous puissiez me suivre mais il faut aussi que vous vous habituiez au rythme réel de la langue comme cela, quand vous irez à Paris, vous ne serez pas perdue.

Paris, monsieur Jean, je n'irai jamais.

Vous savez, Larissa, si à votre âge on m'avait dit que je vivrai heureux à Altchevsk.

Il se mettait à rire de ce rire distingué qu'elle avait tout de suite aimé. Plus encore que leurs échanges culturels, ce qui la subjuguait, c'étaient ses manières. Il la raccompagnait jusqu'à la porte, l'aidait à enfiler son manteau. Il y avait chez lui une douceur qu'elle n'avait jamais notée chez aucun homme de son entourage.

Et le train roule non pas vers Paris mais vers Rome. Et ce cahier contre elle est son trésor. Jeune fille, elle le cachait. Ses parents n'ont jamais su pour Monsieur Jean, même plus tard quand il l'aida à rédiger un travail universitaire.

Forte de son secret, elle a fait ce qu'on attendait d'elle : des études d'ingénieur dans sa ville natale. Mais à vingt-deux ans, nouvelle diplômée, elle doit payer sa dette à l'Etat. On l'envoie travailler à 900 km d'Altchevsk, à Kirovograd, là où la production a besoin d'elle. Son père ne peut plus la retenir : au-dessus de sa loi et de son contrôle, il y a l'ordre de l'Union Soviétique, les impératifs du développement économique, l'avenir du communisme. Il laisse la petite partir.

A Kirovograd, l'Etat continue à s'occuper de Larissa, lui fournit un travail, un salaire, un logement. La liberté, c'est en plus, c'est le plaisir nouveau de vivre loin de ses parents. Et cette liberté, la jeune fille choisit de la chanter : elle fait partie d'un chœur.

Elle me tend une photo. La photo de cette jeune fille aux joues rondes ne laisse pas présager la femme que j'ai devant moi. Avec maladresse, je lui réponds :

- Tu es bien plus belle maintenant.

- C'est parce qu'à l'époque, j'étais plus grosse. La cuisine ukrainienne, ce n'est pas la cuisine méditerranéenne.

- Non, je ne crois pas que ce soit une question de kilos.

Je ne parviens pas à cerner mon impression. Mais la jeune fille de la photo n'est qu'une figure folklorique avec sa couronne de fleurs, sa chemise brodée, sa jupe froncée. Elle n'a pas d'individualité, tandis que Larissa à 56 ans rayonne de présence.

Elle me tend une autre photo, celle du groupe : des jeunes filles toutes semblables aux magnifiques costumes :

Tu l'as encore, le costume ?

Non, on nous le prêtait. Dans la troupe, il y avait celles qui dansaient et celles qui chantaient. Moi, je chantais. On se produisait partout en Union Soviétique. On est même allé en Bulgarie. J'avais un laissez-passer qui portait la mention : artiste.

Elle s'arrête de parler, Larissa, et boit son thé en silence.

Artiste.

Pas ingénieur en construction mécanique mais artiste officiel avec un cachet officiel ! Artiste à mi-temps, moitié jupe brodée, moitié casque de chantier.

Mais les prédateurs guettent les jeunes filles heureuses aux belles tresses blondes qui ont des voix célestes et brillent sur la scène.

Le discours se fait plus feutré devant les confidences de la femme... Au commencement, une passion qui fait pour toujours table rase.

Celui que Larissa aimait était marié.

- Il avait deux enfants. Il voulait divorcer et m'épouser. J'en ai parlé à ma mère. Elle n'a pas prononcé de jugement moral ma mère, pas évoqué de grands principes ni crié au scandale, elle a juste dit les mots qu'il fallait : pense à ses enfants, Larissa. Ils te détesteront toute leur vie. Tu seras pour eux celle qui a détruit leur famille. Ne pense pas à lui, ni même à sa femme, ni à toi. Pense à eux.

Et Larissa a pensé aux enfants.

Après la séparation, elle a épousé rapidement le premier prétendant. Elle l'a quitté aussi vite parce que sans sentiments, c'était pas possible. Une petite est née. Larissa a vécu seule avec Ioula à Kirovograd. L'Etat s'occupait encore d'elle : elle travaillait, touchait un salaire de 400 roubles par mois, avait un appartement. La crèche située près de l'usine était gratuite.

Elle ne chantait plus.

Elle avait rendu son costume de scène et sa carte d'artiste.

Elle ne savait pas si elle chanterait de nouveau un jour.

Puis deuxième mariage, deuxième enfant, deuxième divorce, et l'Etat qui commence lui aussi à la trahir. C'était un roc, l'Etat, il fournissait tout : salaire, logement, culture, santé, vacances, école des enfants. L'écroulement du mur de Berlin en 1989 et la fin de l'Union soviétique en 1991 ont anéanti toutes les certitudes de Larissa. Elle travaillait à l'usine, mais son salaire ne lui était plus versé. Qu'est-ce que tu fais quand tu travailles sans être payé ? Tu continues, tu te dis que le mois prochain, tu seras payée. L'espoir te pousse et tu te lèves comme si tout était normal. Tu arrives même à l'heure. Tu ne te permets pas le plus léger retard. Tu te déshabilles, tu revêts ta tenue de travail et tu fais ce que tu dois, une tâche où tu as été reconnue compétente, efficace et utile. A la fin du mois, tu attends. Rien ne vient. Tu entames tes économies. Tu étouffes la petite voix en toi qui te dit qu'il faut que tu trouves autre chose, Larissa, tu vois bien que ça ne marche plus. Tu t'obstines parce qu'autour de toi tout le monde fait de même et que peut-être en continuant comme ça, de cette façon, absurde, mécanique, tu tentes de nier la réalité. Tes filles vont à l'école où les enseignants ne sont plus payés. Comme toi. Comme tous ceux qui travaillent pour l'Etat. Les cantines servent une nourriture infâme. Elles se plaignent, les petites. Ce n'est pas bon à l'école mais ce n'est pas bon, non plus à la maison. C'est une paire de bottes qui t'a décidé. Il fallait des bottes à Ioula. C'était nécessaire. On ne rigole pas avec l'hiver à Kirovograd quand le thermomètre est pris de folie et descend jusqu'à moins vingt.

- Je suis partie de Kirovograd avec pas grand-chose, trois valises et mon cahier. J'avais 40 ans, je retournais vivre chez mes parents. Au moins à Altchevsk, ma mère pourrait me garder les enfants et moi je chercherais un autre boulot, payé.

L'entreprise privée faisait ses débuts sur les ruines de l'Union Soviétique. Dans le privé, les salaires étaient versés.

Larissa abandonne son casque de chantier dans les oubliettes de l'histoire pour serrer autour de sa taille un tablier de serveuse.

Elle a rangé depuis longtemps sa carte d'artiste.

Elle ne chante plus.

Elle ne chante plus toutes ces années où elle travaille autant qu'elle peut. Un jour, lasse, elle se met à faire des comptes : elle gagne l'équivalent de 35 euros par mois, la paire de bottes coute 85 euros. Elle n'aura jamais assez d'argent pour payer les études de ses filles.

Alors le départ.

Parce qu'elle n'a rien à perdre.

Et le hasard : l'amie mariée à un étranger qui vit à Rome… Tu peux aller chez lui. Je te rejoindrai. Il va t'aider. Du travail, il y en a pour les femmes de l'Est en Italie.

Elle aurait préféré la France, Larissa, à cause de monsieur Jean mais va pour l'Italie et ce salaire qui permettrait tout : les bottes, les études, les réparations de la maison, les soins.

Elle est ici pour le travail. Elle me le répète : on est toutes ici pour le travail.

Son amie ne lui a pas dit que les femmes de l'Est qui arrivent en Italie deviennent soit des « badante », c'est-à-dire des gardes malades, soit, si elles sont jeunes et belles, des prostituées.

Larissa se retrouve dans un village de Lombardie à soigner une vieille femme qui lui parle une langue inconnue. Toute la journée au service de … Et toute la nuit aussi. Et tous les jours de la semaine. Et toutes les semaines du mois. Une pause de deux heures par jour dont elle ne sait que faire dans ce village déserté l'hiver par les habitants, tous partis gagner leur vie à Milan. La vieille, elle, n'attend plus rien.

Je veux mourir chez moi. Je suis née ici, je mourrai ici. Au moins, on va te prendre quelqu'un, maman. Je veux personne chez moi. Tu ne peux pas rester seule. Je suis vaillante. Mais s'il t'arrive quelque chose. Dis tout de suite que je perds la tête. Non, ce n'est pas ce que je veux dire. La tête je l'ai, Dieu merci. Oui, la tête tu l'as, et bien dure. Qu'est-ce que tu dis ? Rien, je ne dis rien. Mais tu peux tomber, avec la neige, le verglas, ça glisse dans la cour. Je suis jamais tombée. Chez nous, on n'est pas des chochottes, on tombe pas, on fait attention, on est habituée. Maman, on te prend quelqu'un ou tu viens passer l'hiver à Milan. Pense à nous, on n'est pas tranquilles de te savoir seule. A Milan, j'irai jamais. Qu'est-ce que tu veux que je fabrique chez toi ? Moi j'ai besoin des arbres, des poules, des odeurs d'ici, du feu dans ma cheminée. Chez toi, rien n'est naturel. Alors, on te prend quelqu'un ? Je veux personne. On te prend quelqu'un quand même.

Cet emploi dans la montagne, personne n'en avait voulu. L'endroit était trop isolé. Larissa était arrivée en plein hiver, accompagnée par la fille de la dame...

- Il y a un autocar qui va à Milan. Le dimanche après-midi, vous pouvez aller vous promener.

Elle faisait un effort pour communiquer en mélangeant des bribes d'anglais, de français, et d'italien.

Ici tout est encore plus vieux qu'en Ukraine : pas de salle de bain, ni de chauffage central, des toilettes dans la cour. Une chambre mansardée et glacée. Un escalier gluant de crasse et cette vieille qui ne se lave jamais et ne lui parle pas. Heureusement, il y a la télévision qui diffuse ses mirages en

42

continu et un poste de radio que Larissa a mis dans sa chambre et grâce auquel par miracle, quelquefois, elle parvient à capter des émissions en français.

La nuit, sous l'édredon de plumes dans sa chemise en flanelle, Larissa ne chante plus. Elle pleure.

Fallait-il venir jusqu'ici pour gagner de l'argent ? Pas commode la vieille. Elle veut tout faire seule. Et elle pue. Mon Dieu, ce qu'elle pue ! Il faudrait que j'arrive à la laver. A Milan, dimanche, j'irai à la piscine. Au moins, il y a des douches dans les piscines. Et après, j'irai au cinéma ou au musée. Je prendrai mon séchoir pour les cheveux. Il ne s'agit pas d'être malade. Je trouverai bien une librairie ouverte. J'ai besoin d'un livre pour apprendre l'italien. Je ne comprends rien à ce qu'elle me dit, la vieille. Alors, je lui souris. Plus seule qu'un chien. Elle n'aime jamais ce que je lui fais à manger. Qu'est-ce que j'en sais, moi, de la cuisine italienne ? Polenta. C'est tout ce qu'elle veut manger. Polenta. Burro. Formaggio. Elle ne peut pas manger que ça. Et moi, tourner cette maudite polenta pendant une heure ! Déjà que j'ai le dos en compote, et les bras aussi à force de nettoyer et de chercher à l'aider la vieille qui proteste tout le temps. Sauf pour les bas et les jarretelles en élastique, là elle ne dit pas non. Elle ne peut pas mettre de collants comme tout le monde. Il faut que je lui dise à sa fille pour les bas et la polenta. Il faut qu'on arrive à la laver au moins une fois. Toute seule, je ne peux pas y arriver. Elle téléphone, tous les jours, sa fille mais qu'est-ce que je peux lui expliquer ?

- Come sta ?

- Bene.

- E lei ?

- Bene.

Bene, je sais dire. Come sta, je sais dire.

Gentille, je suis par force. Quand on est étrangère, qu'on ne sait pas un mot, on est condamnée à la gentillesse. Pour protester, il faudrait savoir parler. Ma vie, celle de Ioula, d'Elena, de mon père, de ma mère dépend de ce que je fais ici, avec cette vieille qui elle, peut se permettre d'être méchante. Au fond, la méchanceté, ce n'est qu'une question de pouvoir. Est-ce que j'étais méchante lorsque j'étais ingénieur à Kirovograd ? Peut-être. Je ne sais plus... Kirovograd, Altchevsk... Des siècles. Je ne suis plus cette femme-là, indépendante, sûre de son métier, appréciée, respectée. Qu'est-ce que je suis ? Redevenue une petite fille. Plus rien ne m'appartient. Cette maison n'est pas ma maison. Si c'était ma maison, je jetterais tout, je passerais de la javel partout, je repeindrais les murs. J'installerais le chauffage, je mettrais des ampoules électriques plus fortes, j'achèterais une machine à laver, une nappe, des rideaux. J'appellerais des hommes pour déblayer la cour, je virerais tout le tas de ferraille qui rouille à l'entrée, je planterais des fleurs. Cette maison n'est pas ma maison. Mon temps n'est plus mon temps. Je me lève quand elle se lève, je mange quand elle mange, je regarde la télévision quand elle regarde la télévision. Je pourrais aller me coucher et lire mais il n'y a pas de livres ici, et puis il faudrait que je me lève pour l'aider à monter cet escalier assassin, pas calculé pour une vieille de 95 ans.

Elle me dit, la patronne :

- Lei deve integrarsi.

S'intégrer. Mais à quoi elle veut que je m'intègre ? Je suis toujours avec sa mère. Je sors avec elle : quelques pas jusqu'au village où il y a un bar qui fait épicerie. Et encore, il faut que je la convainque de sortir.

- Camminare. Buono per la salute.

- Non ho bisogno.

44

Et je ne sors pas.

Elle est habituée à vivre seule, la vieille. Elle pourrait être une baba strega russe. Elle prédit le temps qu'il va faire rien qu'en humant l'air :

- Domani, piove.

Elle parle davantage à ses poules qu'à moi. Des poules aussi vieilles qu'elle qui pondent péniblement un œuf de temps en temps.

- La rossa ha fatto un uovo.

Elle déguste l'œuf frais en laissant le jaune dégouliner sur son menton.

- Je peux le cuire, cuocere..

- Non c'é bisogno. Buono cosi.

L'après-midi, elle s'endort devant la télévision. Je peux sortir une heure. Juste le temps d'aller prendre un café dans le fameux bar qui fait tout : épicerie, boulangerie, tabac. Papeterie. Toujours les mêmes vieux qui jouent aux cartes, avec toujours le même verre de grappa. Ils me regardent, ils marmonnent : C'est l'Ukrainienne de la Marta.

L'Ukrainienne de la Marta ! Ici, je n'ai pas de nom. Leur regard s'insinue sur mon corps. Si j'esquissais le moindre sourire, ils seraient capables de lâcher leurs cartes pour se transformer en prétendants. Je resterais ici toute ma vie. Je serre les dents pour ne pas sourire. Je fixe la tasse de café pour ne pas croiser leurs regards et j'échange deux mots avec la patronne.

- Fa fredo

- Si fa fredo. Anche da te, fa fredo.

Je n'ai pas de nom et en plus je suis transparente. Ils ne me voient pas, ils voient ce qu'ils imaginent de la Russie. Je voudrais leur dire. Chez moi, il fait froid mais il y a le chauffage central au gaz, une salle de bain et de l'eau chaude. Chez moi, j'étais ingénieur et artiste, je chantais sur une

45

scène avec des fleurs dans les cheveux. Je ne dis rien. Au printemps, je partirai, je ne resterai pas ici. S'intégrer, ici, ce n'est pas possible. Au printemps, je partirai pour une ville.

Au printemps, la vieille a l'élégance de mourir dans son sommeil, d'une crise cardiaque. Larissa a téléphoné aux enfants, elle a assisté aux obsèques. On lui a payé un mois de salaire en plus pour qu'elle puisse trouver un autre emploi et elle est partie.

Elle est arrivée à Mestre avec un peu plus de deux mots d'italien. Et ce fut un autre vieux, un vieux des villes, plus policé, et ce fut le plaisir de Venise, les jours de congé. Cette ville qui gomme les regrets, polit les peines et les chagrins, les deuils et les souffrances, cette ville qui accueille et émerveille 26 millions de touristes par an, cette ville où il est impossible de se sentir étranger, où personne ne dévisage personne à cause de sa langue ou de son accent. Cette ville où se perdre et demander son chemin est habituel et même conseillé. Larissa va donc se perdre à Venise, avec délice, le dimanche après-midi, elle va rêver devant les boutiques de luxe de la calle du « 25 marzo ». Elle regarde, extasiée, des chaussures de princesse à 1200 euros aussi belles que la pantoufle de vair de Cendrillon.

Au bout de quelques années, Larissa a pris des allures italiennes : elle assortit les couleurs de ses vêtements, va chez le coiffeur, sait choisir son rouge à lèvres et dans un restaurant n'hésite pas sur le type de pizza à commander. C'est alors qu'elle a l'idée de faire reconnaître son diplôme d'ingénieur. Elle suit sans peine un cours sur les techniques spécialisées concernant la sécurité des chantiers et décroche un vrai travail avec des horaires normaux. Elle n'est plus « badante » Elle en a fini d'être souriante et diplomate.

- Pendant les trois ans où j'ai travaillé dans une entreprise, j'ai été comme tous les Italiens, avec un appartement et une vie personnelle.

Embauchée parmi les dernières, elle est parmi les premières personnes qu'on licencie quand les chantiers de Marghera ferment.

Va-t-elle repartir en Ukraine ?

Pense aux autres, Larissa...

Elle reste et redevient « badante » mais elle découvre le chœur de la Via Piave et désormais elle chante.

Ce mois de février où Lisa est clouée au lit par la grippe, Larissa prend l'initiative de nous apprendre un chant de chez elle. Elle n'est pas contente de notre interprétation trop terne.

- Il faut que ça s'enfle comme le bruit d'une locomotive, progressivement.

Et le train du chant démarre et Larissa mime le mouvement des roues.

Et ce train l'a amenée jusqu'ici : elle n'a plus sa carte d'artiste, ni sa jupe froncée, ni sa blouse brodée, mais elle monte sur scène et elle chante.

## 6

## Automne 2014

Il pleut sur Venise.

En plus, c'est l'acqua alta et certains vaporettis qui ne peuvent plus passer sous les ponts, ont été supprimés. Pour se rendre de la gare à la Giudecca, il faut aller jusqu'au Tronchetto. Personne ne comprend rien à la confusion des transports. Pour les Vénitiens, c'est le fatalisme habituel et pour les touristes, la panique et la déception. Seuls sont contents les vendeurs de parapluies surgis de nulle part avec tout un stock qui finira désossé dans les poubelles de la Sérénissime.

Même à l'intérieur du vaporetto, les gens frissonnent de froid. Aucun passager ne prend la peine d'admirer les quais déserts, les « zattere » et les goélands désolés qui titubent sur les terrasses vides. Derrière les vitres embuées du bateau, l'église du Rédempteur a des allures fantomatiques et la coupole de San Giorgio semble flotter au-dessus d'un monde délavé.

L'embarcation a du mal à s'arrêter : les pontons balancent plus que d'habitude. Ça glisse, ça bouge. Pour descendre, l'employé me tend la main. Sur l'esplanade de San Giorgio, on n'a pas le choix : il faut emprunter la passerelle de fortune et son chemin étroit jusqu'à l'entrée de la fondation Cini. Dès qu'on franchit la porte, le cloître offre un abri sûr. C'est une surprise, ce cloître : dans la confusion extérieure, rien ne le laissait présager et le voilà soudain avec ses buis, son puits central, ses arcades qui scandent la nuit, régulières et posées. Le concert a lieu dans la salle des Arazzi.

J'étais en retard, j'en avais pris mon parti, persuadée, vu le temps, que je ne serais pas la seule. Mais sur la scène, ils étaient déjà tous là : Nasser, Leila, Eugénia, Maria, Luda, Shami, Alex, Martin, Larissa. Les Italiens aussi étaient présents : Fabiana, Marina, Marco, Franco, Sergio et bien sûr Lisa. La répétition avait déjà commencé. Je profitai d'une pause entre deux chansons pour me planquer au dernier rang, celui qui m'offrait toujours oubli et protection.

Lisa dont la chevelure illuminait l'avant-scène, remercia ceux qui avaient été à l'heure.

L'envoi du chant éclatait dans le double escalier de marbre. Martin, le Nigérien, du haut de la balustrade lançait l'appel. L'énergie de l'Afrique gagnait cette cage d'escalier qui avait dû voir défiler toges pourpres et robes longues à ourlet pesant. Les autres choristes, éparpillés sur les marches, répondaient à cet appel. C'était un chant qui courait d'envoi en réponse, et qui, devenu écho, transformait l'espace de marbre en forêt.

A la fin, les chanteurs se regroupaient sur la scène. Bien cachée derrière des grandes, je savourais le paradoxe de cette situation. La salle d'apparat de la Cini, dont les tapisseries couvraient les murs, résonnait de nos chants populaires. Quand, sur deux lignes régulières, coudes serrés, on entonna « Noi vogliamo l'egualianza » j'eus la sensation que plafonds et lustres frémissaient d'un souffle révolutionnaire.

Luda ce soir-là était vraiment jolie. Sa voix d'alto avait quelque chose de frêle et de frais. C'était de toutes les femmes moldaves du groupe la mieux intégrée. Arrivée très jeune en Italie, elle n'était pas garde-malade et possédait permis de conduire, voiture, appartement et fiancé. Mais ce soir-là, elle redevint une belle jeune fille moldave à la gravité sereine. Il suffisait d'une voix, d'une chanson, d'un corps et de notre attention pour oublier Venise, la Cini et ses artifices... On était là-bas en Moldavie, autrement dit ailleurs. Et tous les spectateurs téméraires qui ce soir-là avaient affronté l'acqua alta, la pluie et le chaos des transports, se laissaient emporter par sa présence poétique.

Les choristes reprenaient le refrain de la chanson de Luda, et moi je bougeais les lèvres en simulant les paroles pour ne pas gâcher le chant des autres.

Être au milieu du chant sans chanter, c'est savourer de l'intérieur toutes ses modulations, s'associer aux autres par l'écoute, pas celle du spectateur mais celle d'une intruse. Bien que de petite taille, je me place toujours au dernier rang. Ainsi, ce ne sont pas les applaudissements que je vole. Je ne suis pas là pour le plaisir de me produire sur scène. Non, mais pour faire partie du chant comme le silence fait partie de la mélodie.

## 7

**Décembre 2014**

La zone de Marghera où nous nous rendons pour chanter quelques jours avant Noël semble très loin de Venise. Pourtant la Sérénissime est toute proche dans sa beauté ironique. Etrange collage de réalités : d'un côté, une architecture industrielle de citernes, de cheminées, de passerelles d'acier, de l'autre les premiers campaniles.

Des cités ouvrières se sont construites autour des usines de Marghera, juste après la guerre. Il fallait vite loger les réfugiés de l'Istrie. Ces immeubles de briques rouges, les pouvoirs publics les vouent depuis longtemps à une destruction prochaine qui recule au fil des ans.

Nous avons été invités par un comité de quartier qui cherche « à offrir une animation de Noël » pour tous les délaissés et les solitaires, créer un semblant de joie, arracher un sourire aux enfants.

Le groupe des choristes s'étire au milieu des immeubles. Les volets restent clos et les portes fermées. Il fait si froid que personne ne s'attarde dehors. Il faut être fou pour chanter et chanter dans la rue et chanter pour rien !

Par les fenêtres éclairées, on devine des écrans de télévision. Un vieil homme quelquefois s'extrait de son fauteuil et écarte le rideau. Il reste là, sans bouger, collé au carreau, à regarder ces écervelés qui brament sous son balcon avec crécelles, sifflets, guitares et tambourins.

Apercevant une silhouette immobile derrière la vitre, Lisa nous propose une pause. Et on chante pour lui, pour ce vieil homme, sans savoir qui il est. Un réfugié arrivé là, dans cette cité, après la guerre ? Quelqu'un qui a vu ces quartiers débordants de jeux et de cris d'enfants ? Quelqu'un qui a connu l'époque de l'activité et du travail, le temps des ouvriers qui rentrent à vélo, tous à la même heure, des femmes qui échangent des recettes et des plats ? Un Vénitien exilé qui a quitté sa ville après la grande inondation ? On lui a promis un logement sain avec chauffage, salle de bain et sans risque d'acqua alta. Et le voilà, coincé ici depuis 50ans dans une réalité qu'il déteste. De son balcon, il ne voit pas Venise, mais il en rêve toutes les nuits.

L'inconnu parfois ouvre la fenêtre et sourit. C'est une victoire. Notre victoire contre la solitude, la tristesse et la peur. Car, ici, tout le monde a peur. Peur diffuse, sans objet précis mais qui imprègne jusqu'à l'humidité des murs.

La présence de l'homme, cramponné à la balustrade de son balcon, avec une couverture jetée sur les épaules, nous encourage. Il y en a au moins un qui brave l'hiver pour nous écouter !

Des enfants suivent notre troupe, attirés par les bonbons et les instruments. Sur une place vide, on se rassemble en formant un cercle. Les petits se tiennent prudemment à l'orée du groupe. Il n'y rien d'autre que la nuit, les lueurs immobiles et glaciales des étoiles, un arbre pathétique décoré de guirlandes frileuses et des inconnus pour qui on chante, barricadés chez eux dans la solitude de Noël !

On se contente de ces visages protégés par des vitres : une femme indienne dans sa cuisine, entourée d'une ribambelle d'enfants. Eux, ils voudraient bien ouvrir, elle, elle bloque l'ouverture mais les laisse écraser contre les carreaux leur minois curieux. Leila, qui a revêtu par-dessus son sari pull et anorak, chante pour elle, pour cette sœur indienne retenue à l'intérieur par un million de liens invisibles et muets.

Et le chant de Leila transcende la misère, la solitude, la laideur et la peur. Il est là, sans aucune démonstration, sans aucun discours.

C'est possible de chanter en Bengali, un soir d'hiver, à Marghera.

## -8-

## Leila

Quand j'ai voulu raconter son histoire, bien des mois après notre prestation dans les rues de Marghera, Leila avait disparu. J'aurais pu ne rien écrire sur elle. J'ai préféré utiliser un enregistrement où j'épiais sa vie derrière l'émotion de sa voix. D'elle on disait qu'elle avait été malade, que la loi des hommes, frères, beaux-frères, oncles, fils, cousins, avait eu raison de sa liberté et qu'ils l'avaient renvoyée dans leur pays, au Bengladesh.

Où chante-t-elle désormais, Leila ? Dans quelle cuisine enfermée ? Derrière quels volets clos ?

Le lundi soir, elle arrivait suivie de son gros adolescent de fils qui jouait sur son téléphone portable. La présence de sa mère parmi nous dépendait de son bon vouloir de petit homme. Quelqu'un la surveillait. Un mâle de la famille.

Au printemps, j'avais donné une fête dans mon jardin. Je revois sa silhouette potelée, ses mains rondes recueillies sur son ventre, sa longue tresse brune, ses joues pleines et le soyeux vert de son sari. Une présence simple sans coquetterie ni séduction. Le chant, c'était toute sa vie. Déjà dans son pays, elle chantait. Quand elle fermait les yeux et que sa voix s'élançait par-delà la cime des arbres, il semblait qu'elle imposait silence aux oiseaux eux-mêmes.

Elle est venue du Bengladesh pour suivre son mari. Son roman d'amour est simple : quelqu'un l'observe un jour tandis qu'elle mange des beignets avec sa mère dans les rues de Dacca... Tu manges des beignets tous les jours et tu ne

57

sais pas que les beignets t'emmèneront jusqu'ici. Celui qui la remarque est un cousin de son futur mari. Les familles s'informent. Le prétendant travaille en Italie, il est retourné au pays pour trouver une femme.

Leila se tient debout, sert le thé, les yeux baissés comme on lui a appris. Elle ne veut pas que les siens aient honte d'elle. L'homme qui parle avec ses frères et son père suit discrètement ses gestes. Puis l'autorisation fuse :

- Allez faire quelques pas ensemble.

Les deux jeunes gens sortent avec l'approbation de tous. Des enfants les espionnent de loin. Les jeunes gens gardent leurs mains bien rangées le long de leur corps. Ils parlent. Lui surtout. De l'Italie. De ce que font les immigrés. D'un pays propre où tu vas à l'hôpital gratuitement, où les enfants vont à l'école gratuitement, où tu peux boire l'eau du robinet sans tomber malade, et prendre autant de douches que tu veux, où l'électricité n'est jamais coupée. Il parle. Elle écoute. C'est ce qu'on lui a appris. Elle lui pose des questions. Il l'amènerait là-bas. Leila a déjà un frère en Italie qui ne donne jamais de ses nouvelles. Alors elle dit oui. Sans bien comprendre si elle dit oui à la douceur de l'homme ou à la possibilité de partir et de revoir son frère. Elle confie sa vie à un inconnu avec qui elle n'a échangé que quelques mots dans une rue chaotique où les bruits les obligeaient à crier.

- C'est comme ça chez nous, les mariages. On m'a quand même demandé mon accord. J'aurais pu dire non, Mais ça arrangeait tout le monde... J'allais pouvoir retrouver mon frère. Mon père était content. Comme j'étais la seule fille de la famille, ils m'ont fait une grande fête. Trois jours au moins, j'ai été la reine. Ils ont égorgé je ne sais combien de chèvres, tué une quantité énorme de poulets. Les plumes volaient partout. On sentait l'odeur âcre de leur chair grillée jusqu'au bout de la rue. Il y a eu à manger pour tous les pauvres du quartier. C'est comme ça chez nous. Tu donnes aux pauvres et ton mariage est béni. Ça ne marche pas toujours.

Après, elle est restée chez ses parents, jeune femme enceinte que tous surveillaient. L'époux lointain écrivait des lettres, il disait qu'il travaillait comme cuisinier, qu'il faisait des économies pour la faire venir. Il fallait beaucoup d'argent non seulement pour le billet, mais surtout pour obtenir visas et passeport. Il manquait toujours un papier. A chaque fois tu payais. Tu les payais tous, du simple portier, au responsable. C'est comme ça chez nous.

Elle arrive à l'aéroport de Marco Polo, un jour de septembre pluvieux. Le froid la saisit aussitôt. Elle porte encore le costume traditionnel de son pays : pantalon et tunique longue. Elle passe vite un gilet de laine. Elle a les pieds nus dans des sandales d'été. Elle tremble. Ils s'engouffrent dans un taxi. Ils ne parlent pas. Elle reste muette, prise dans une observation avide. Autos, camions, bus, glissent dans un silence égal. Les magasins, à l'abri de leurs vitrines ne laissent échapper aucune marchandise sur les trottoirs. Peu de piétons.

- Tu comprends, c'est ça qui frappe ici l'espace, l'ordre, le calme. J'étais habituée aux rues de Dacca où tout tient du miracle. Tu risques ta vie à chaque pas. Les voitures, les pousse-pousse, les vélos, les mobylettes, tout se bouscule, crie, gesticule. En plus, ici, ça ne sent rien. Quand je sortais dans les rues de Mestre, avec mon mari, le samedi, je lui disais : il manque quelque chose, mais je ne savais pas quoi. Les mendiants, Leila, ou les nuées d'enfants, ou les broyeurs de canne à sucre ou l'appel du muezzin. Il manque tant de choses de chez nous, ici, Leila. Il se moquait. Et quoi, qu'est-ce qui manque ? Un jour, j'ai trouvé. Les odeurs. Là-bas, on était plongés dans tellement d'odeurs qu'on finissait par ne plus rien sentir : les huiles de friture, le sirop de canne, les déjections des animaux et surtout les senteurs du curry, du thé, de la cardamome, du safran et le jasmin des femmes... Toutes ces odeurs quotidiennes qui avaient caressé mon enfance sans que je m'en rende compte.

A Mestre, elle reste enfermée des jours entiers, osant à peine conduire son fils à l'école maternelle. C'est lui, le mari, qui fait les courses, qui parle italien, qui règle les factures, qui se déplace en bus et en train. Elle, elle n'est qu'attente close.

Les jours s'étirent rythmés seulement par ce trajet aller-retour jusqu'à l'école où elle saisit vite la main du petit et se sauve de peur qu'on ne détaille son teint sombre, ses vêtements, de peur surtout que quelqu'un ne lui adresse la parole sans qu'elle sache répondre. Des larmes lui échappent, quelquefois, le soir. L'homme ne se met pas en colère. Il l'écoute.

– Je ne sais pas parler. Je suis devenue incapable de tout. Même avec les copains de mon fils à l'école, je ne sais pas parler. Ici, je suis muette.

Alors, il l'autorise à suivre des cours d'italien pour étrangères. Il a pris ses renseignements : l'enseignant est une femme. Il a calculé le temps qu'il faut pour se rendre aux séances et téléphone à la maison pour vérifier qu'elle est bien rentrée. Avec les femmes, il faut toujours se méfier même quand elles ont l'air perdu. Bientôt, elle peut comprendre les journalistes de la télévision, parler avec les voisins, échanger quelques mots avec l'institutrice de son fils :

– E tranquillo a scuola, mio figlio ?

– Si è tranquillo.

- Prima non voleva venire, ma adesso ha capito che poteva giocare, allora vieni volentieri.

Un matin, son mari et elle se rendent à la questure de Marghera.
- Six heures et demie déjà... On ne sera pas les premiers. Tu vas voir la queue qu'il y a.

A la questure, les étrangers du monde entier attendent déjà : des Africains, des Asiatiques, des Indiens, des Dominicains ou des Marocains. Dans la file d'attente, il y a même des femmes tenant des tout petits dans leurs bras... Passez devant, madame, avec le bébé. Ils ne veulent pas les gardiens. Ils veulent que je fasse la queue comme tout le monde. Et la femme reste à sa place. Les gardes se campent dans leur pouvoir. De temps en temps, ils rentrent se réchauffer ou prendre un café. Eux, les étrangers sont dehors : heureusement qu'il ne pleut pas. Sinon ? Sinon rien. Il pleut et ils attendent. Ils attendent ce fameux bout de papier qui les sauvera de la clandestinité, leur permettra de trouver un travail. Le rêve. Ils échangent des propos avec des compatriotes ou d'autres étrangers, dans un italien tout nouveau....
- Voilà la troisième fois que je viens. Il manque toujours un papier. Je suis arrivé très tôt, vers cinq heures. Avant, je n'aurais pas pu, il n'y a pas de bus. Les femmes avec leur gosse, elles pourraient au moins rentrer à l'abri. C'est pas bon pour les petits de rester là, dehors, dans l'humidité. Et puis, tu vas voir, quand ils commencent à nous faire passer, ils hurlent des ordres comme si on était des voleurs. T'as pas intérêt à protester. Tu fermes ta gueule et tu acceptes.

Leila serrerait volontiers la main de son mari si elle osait, mais ça ne se fait pas. Elle cherche quelque chose de beau où accrocher son regard. En vain. La beauté est ailleurs. A Venise, paraît-il.

- C'est bien une qualité qu'on a, nous les étrangers, de savoir attendre. Les Italiens, après un quart d'heure, ils se tortillent sur leur chaise et s'impatientent. Nous, on est habitués ...

Il n'y a jamais eu de révolte dans la file des immigrés à la questure de Marghera, de Trévise ou d'ailleurs, jamais de protestation, de réclamation. Une foule de pauvres. Muets. Le seul qui a peut-être élevé la voix, ce fut, Luigi, mon mari. Il m'avait accompagnée et lui, un homme si calme a osé dire aux policiers :

- On ne traite pas les gens comme ça. Vous n'avez pas à crier. Pour qui vous prenez-vous ? Il ne vous manque que le fouet.

On ne lui a rien dit : il était italien et portait chapeau et manteau de cachemire !

Leila a eu ses papiers. Elle a regagné son appartement de Mestre sans se promener dans les rues de Venise : elle n'en avait pas envie. A peine prit-elle le temps de laisser errer son regard sur les eaux lisses de la lagune et reconnaître au loin la tour de contrôle de l'aéroport.

Elle aurait pu rester là-bas au Bengladesh, elle aurait été enseignante. Sa famille l'aurait autorisée à ce type de métier. Elle aurait vécu dans une ville chaotique où rien ne fonctionne vraiment, mais au moins elle n'aurait pas dû mendier à six heures du matin, dans le froid, l'autorisation de rester dans un pays qui ne veut pas d'elle.

Avec ses quelques mots d'Italien, Leila s'enhardit à parler à une voisine. Quelques paroles simples. Cette femme, veuve, dont le petit-fils a le même âge que le fils de Leila se prend d'amitié pour cette immigrée et ses vêtements colorés qui tranchent sur la grisaille des jours. Elle lui apprend la cuisine italienne. Toutes les deux passent des après-midis entiers à confectionner des pâtes fraiches, des raviolis ou des gnocchis...

- Elle a été comme une mère pour moi. Mon mari ne me disait rien parce que c'était une vieille femme et qu'aucun homme jamais ne lui rendait visite. Et puis il était content que je ne pleure plus. Avec elle, Marina, je retrouvais un peu les ambiances de chez moi. Là-bas, on ne cuisine jamais pour soi. On porte toujours à la voisine. C'est comme ça, on partage ce qu'il y a. Alors, si tu n'as rien à manger un jour, tu sais que quelqu'un va frapper à ta porte et toi, tu fais pareil quand tu as. C'est la coutume. On ne mange pas enfermé chez soi. Evidemment, on ne fait pas des choses variées comme ici, c'est toujours un peu pareil, du riz avec quelque chose dedans, des légumes, parfois du poisson, de la viande, les jours de fête.

Alors Leila commença le jeu des comparaisons.

Ici, en Italie, les femmes travaillaient. Marina aussi avait travaillé, toute sa vie dans les ateliers de tissage de Venise. Le travail était pénible mais au moins elle ne demandait pas d'argent à son mari. Ils faisaient les comptes ensemble, une fois par mois, dans la cuisine, sur la toile cirée. Ils payaient ensemble les factures, elle gardait toujours quelque chose pour elle, pour aller prendre un café ou manger une pizza le samedi avec les filles de l'atelier.

Cette phrase Marina la prononce avec nostalgie tandis que sur la gazinière ronronne le fameux « ragoût » qui sent bon la tomate, le vin blanc et le romarin, Marina répète...

- Oui, on partageait, c'était une bonne entente. Il aurait pas dû mourir, cet imbécile, juste l'année de sa retraite. C'est ce qu'il a respiré sur les chantiers qui l'a empoissonné... j'ai déposé un dossier chez un avocat du syndicat mais tu penses bien… !

Et tout cela est nouveau pour Leila, qu'un mari fasse les comptes avec sa femme, qu'une femme honnête entre dans un bar ou dans un restaurant, sans un homme de sa famille, qu'une ouvrière dépose une plainte contre des patrons, qu'une veuve vive seule…
- Chez nous, dans les usines de textile ou pire dans les teintureries de cuir, les gens respirent n'importe quoi et personne n'irait se plaindre, tu parles, ils sont trop contents de travailler.

Marina raconte les luttes, les progrès, les grèves…
- Avant la guerre et juste après, il faut pas croire, Leila, ici aussi c'était la misère. Moi j'ai commencé à travailler, j'avais dix ans ! Chez nous, mon père et ma mère se croisaient le matin, lui, il rentrait de sa nuit, elle, elle partait pour sa journée. Remarque, c'est peut-être pour ça qu'ils n'ont pas eu beaucoup de gosses…

Leila rougit. Dans les rues de Mestre, quand elle voit un couple s'embrasser, elle ferme les yeux.
- Tu parles combien de langues, Leila ?
- Quatre, maintenant je parle quatre langues : Hindi, Anglais, Bengali, et Italien.
- Madre Mia, quelle savante, tu fais ! Et moi qui ne parle que l'Italien et quelques bribes de patois et encore celui de Chioggia où je suis née, pas celui de Venise. Tu n'as jamais eu l'idée de travailler ?
- Travailler ?
- Quand même Leila, ne me dis pas que c'est facile pour vous avec un seul salaire. Qu'est-ce qu'il gagne ton mari ? 1000 euros par mois ? Quand vous avez payé le loyer et les

factures et envoyé de l'argent au pays, qu'est-ce qu'il vous reste ?

- On ne se plaint pas : tout est gratuit ici, l'hôpital, l'école, les médicaments.

- Pas l'électricité, l'eau et les spaghettis.

- On n'est pas exigeant, tu sais, Marina, on a l'habitude de vivre de peu.

- Leila, tu pourrais aider les autres.

Cet argument-là, la jeune femme l'écoute plus volontiers.

- Ce matin, je suis allée à la mairie, il manquait encore un papier pour le procès, tu sais, pour mon mari... C'est à n'en plus finir. Je ne sais pas si on aura gain de cause. Enfin bref, il y avait une affiche. Tu vois, c'est vraiment le hasard, Leila.

- Nous, chez nous, on ne croit pas au hasard, on croit que tout ce qui nous arrive est voulu par Dieu. C'est pour ça qu'on dit toujours Inchallah !

- Dieu, Allah, le hasard, appelle ça comme tu veux. Je ne suis pas contrariante. Avec mon mari, on était communistes, on voulait pas attendre la mort et le paradis pour être heureux, on voulait la justice sur terre. Maintenant, il y a juste le pape comme dernier communiste. Si ce n'est pas malheureux ! Enfin passons. Revenons à notre affiche. Elle propose le recrutement de médiatrices culturelles, des femmes qui parlent Bengali, Hindi, Anglais, comme toi et qui pourraient aider les gosses des écoles parce que, quand ils arrivent de leur pays, les mômes, ils sont perdus, ils ne comprennent rien.

- Médiatrice culturelle, moi ?

- Oui, pourquoi pas ? Tu gagnerais au moins 800 euros par mois et ce serait un boulot régulier. A la mairie, ils peuvent pas employer au noir ! Je peux t'aider à rédiger ton CV. Au syndicat, ils m'ont appris quand j'ai été licenciée.

- Il faut que je demande à mon mari.

- Oui, c'est sûr, c'est sûr, il faut que tu lui demandes. Mais si tu veux un conseil, Leila, ne lui dis rien du salaire. Les hommes comme ton mari, n'aiment pas que leur femme gagne de l'argent. Dis-lui que c'est pour aider les enfants de ton pays, d'Inde aussi. C'est un bon musulman, je crois. Aider les autres, il comprendra. C'est comme nos cathos à nous.

- Oui, c'est vrai. Chez nous, on dit que ça donne « good Karma ».

- Ce sont les Hindous qui croient au Karma, pas les musulmans.

- Il y a eu des mélanges... Ce n'est pas étanche, les religions !

Elles rient toutes les deux dans l'intimité moite de la cuisine.

Le « good Karma » de Leila servi après « le ragoût » et juste avant le tiramisu emporta l'adhésion du mari fatigué. Qu'elle aille donc aider les gosses des écoles, ce n'était pas grave, cela restait une histoire de bonnes femmes !

Aidée par Marina, Leila rédigea son CV... Elle avait 28 ans, deux enfants, et elle parlait quatre langues ! Elle saurait communiquer avec les nouvelles venues qui avaient connu comme elle, la solitude et l'humiliation. C'est Marina qui déposa le CV à la mairie. On téléphona à Leila pour qu'elle passe un entretien. A ce point de la démarche, le mari marqua les premiers signes d'inquiétude :

- Un entretien à la mairie ?

- Oui, tu sais, pour la place de médiatrice culturelle. Tu étais d'accord.

- Je suis d'accord pour que tu ailles aider les gosses et les femmes de chez nous à l'école, pas pour que tu passes une heure en tête à tête avec un inconnu qui va te demander je ne sais quoi.

Leila n'émet aucune protestation. Elle sait que la moindre objection de sa part alimenterait la méfiance de son époux.

- Tu as raison, tu as vraiment raison mais c'est une femme qui m'a téléphoné et elle m'a dit que tu pouvais venir avec moi, qu'elle voulait aussi te rencontrer.

Elle prononce ainsi le premier mensonge de sa vie avec une telle tranquillité que l'homme ne se doute de rien. Elle a pris soin de lui tourner le dos et de s'affairer à la vaisselle. Mentir à son mari ! Huit ans auparavant, elle n'aurait pas cru cela possible. C'est si contraire au respect absolu de l'homme qu'on lui a inculqué. Mais elle se convainc aisément de son droit : avec un salaire de plus, les enfants pourront faire du sport, son mari se reposer et sa mère venir la voir.

Elle se rendait dans deux écoles après la fin des cours, ouvrait livres et cahiers et reprenait les leçons avec les enfants. Les mines renfrognées, les sourcils froncés des petits se détendaient : une femme douce comme leur mère, habillée comme elles, leur expliquait dans leur langue ce qu'ils n'avaient pas compris. Les sourires et l'espoir revenaient.

Parmi les mères de ses jeunes élèves, certaines étaient enceintes. Il leur fallait affronter seules le système de santé italien sans rien comprendre de ce qu'on leur disait. Leila proposa son aide. Elle les accompagnait lors des consultations, leur expliquait parfois qu'elles ne pouvaient pas refuser d'être examinées par un homme.

- C'est comme ça ici. C'est pour le bien de ton petit. Et puis, l'homme, il ne te regarde pas comme une femme, il a beaucoup étudié pour faire ce qu'il fait, dix ans au moins, c'est un docteur. Pour lui, tu es comme une malade même si la grossesse ce n'est pas une maladie. C'est mieux pour le bébé qui naîtra en bonne santé, tu vas voir.

- Si mon mari le sait…

- Ne t'inquiète pas, on lui dira que le docteur était une femme.

Mensonges féminins qui apaisent l'angoisse séculaire des hommes.

Leila s'efforce, malgré son travail, d'assumer les mille taches qui lui reviennent. La complaisance du mari est fragile. Alors, elle se lève plus tôt, se couche plus tard et l'homme croit que rien n'a changé dans sa maison.

C'est dans le centre d'aide aux femmes enceintes que Leila rencontre Lisa, venue là dans le but de former un chœur multi-ethnique, à l'initiative de la mairie de Venise.

- Je voudrais t'écouter, t'écouter chanter des chants de chez toi, dans ta langue.

- Je ne peux pas venir aux répétitions, le soir, Lisa. Avec mon mari, ce n'est pas facile. Tu sais, les hommes, chez nous, ce n'est pas pareil. Il ne voudra jamais. Si j'insiste, je risque de tout perdre. Tu comprends ? J'y tiens à mon métier. J'adore ce que je fais.

- Viens ici, l'après-midi ou le matin enfin quand tu peux, je me libérerai.

Alors les deux femmes se rencontrent dans une petite salle de classe destinée à l'alphabétisation. Lisa est assise. Leila reste debout devant le tableau. Elle ferme les yeux et croise les mains sur son ventre, paisible, ronde, simple. Et le chant monte d'elle, de tout son corps. Peut-être qu'elle oublie qu'elle est à Mestre, peut-être qu'elle est là-bas, dans son pays aux mille odeurs perdues. Ça parle d'amour, de séparation, de parents autoritaires, de larmes, de déchirements. Ce sont des volutes, des tremblements qui lacèrent l'âme en la portant toujours un peu plus haut. Lisa ne la quitte pas du regard :

- Mais toi... Toi alors, toi...

Elle ne peut pas achever sa phrase :

- Chanter comme ça, avec de telles modulations, personne ne le ferait ici. C'est la première fois que j'entends un tel chant. Tu as pris des cours, Leila, je veux dire dans ton pays ?

- Oui, j'ai appris. J'ai toujours chanté en famille pour les fêtes. J'ai toujours aimé.

Lisa a trouvé la première de ses solistes. Elle imagine un groupe qui accompagnerait les envolées de Leila par son attention, son écoute, et quelques refrains. Le diamant est là, l'écrin reste à inventer.

- Mais tu sais, je ne pourrai pas venir aux répétitions, le soir, c'est vraiment impossible.

- Tu viendras de temps en temps. Surtout tu viendras aux spectacles.

Leila parle du chœur à son mari par approches prudentes. Un chœur, pour faire connaître leur pays, qu'ils ne se figurent pas, les gens d'ici, que le Bengladesh n'est qu'un nom sur l'étiquette de leurs vêtements. Chanter en Bengali, chanter aussi des chants religieux pour rendre grâce à Dieu. Elle pourrait y aller le soir avec le fils ainé. Une femme viendrait la chercher et la ramènerait. Elle ne trainerait pas dans les rues la nuit. Elle rentrerait de toutes façons avant lui qui travaillait jusqu'à deux heures du matin, Campo San Giovanni e Paolo. Le petit à huit heures, il dort déjà et Marina monterait le surveiller en regardant la télévision chez eux.

Le mari se fit prier, il fallut beaucoup de tartes à la carotte, de tiramisu et de beignets pour lui arracher son consentement.

Puis il vit que ces répétitions ne changeaient rien à sa vie, qu'à son retour, tout était en place : les enfants au lit et Leila qui l'attendait pour lui servir le thé. Il interrogea le fils ainé : il y avait des hommes dans le chœur mais ils se tenaient à gauche de la salle. Leila, soprano, était à droite. Très loin d'eux. Ils ne se mélangeaient pas, se disaient bonjour mais ne s'embrassaient pas.

Et puis, dès les premiers spectacles, il fut assailli de compliments : quelle voix elle a votre femme ! Elles chantent toutes comme elle, celles de votre pays ?

Et puis, leur vie sociale se trouva bouleversée : des choristes italiens les invitaient ! Ils se rendaient à des repas, des fêtes, ensemble. Ils pénétraient dans des maisons avec jardin et cheminée qui n'avaient rien à voir avec les « Case populare » où ils vivaient. Les gens se montraient accueillants, courtois, curieux. On l'écoutait quand il parlait du Bengladesh. On lui posait des questions. A ce moment-là, Leila s'arrangeait toujours pour disparaître dans la cuisine.

Alors, devenue plus confiante, elle relâcha son attention : il lui arriva de ne pas prévoir le repas, de négliger le repassage, d'avoir dépassé l'heure du retour.

Au Ramadan de cette année-là, la famille hébergea un des cousins de l'époux :

– Elle est vraiment bien intégrée, ta femme. On la regarde quand elle chante, tu sais. Moi, j'aimerais pas ça. Chez nous, de plus en plus d'hommes exigent que leurs femmes portent le voile. Ici, il faut les protéger, nos femmes. C'est notre devoir, à nous les hommes. C'est difficile. Ta femme, elle travaille, chante, rencontre des tas de gens. Elle reste honnête, c'est sûr. Mais les tentations sont fortes dans ce pays… Et puis, il n'y a pas la famille. C'est aux maris et aux maris seuls de veiller sur elles.

70

Peu à peu, ces propos fomentent la méfiance et un soir, après un long temps d'incertitudes et de peur, la colère du mari éclate :

- A partir de maintenant, ça suffit Leila. Tu en as pris trop à ton aise. C'est fini pour le chœur. Ils n'ont qu'à chanter sans toi. J'ai bien vu que tu étais copine avec Shami, la Sri-Lankaise au regard papillonnant, catholique, divorcée et remariée !!! Je ne veux plus de ça. Les hommes te regardent quand tu chantes.

Leila ne proteste pas. Elle accepte de ne plus participer à la chorale pourvu qu'elle puisse encore travailler, garder cette possibilité de sortir de la cuisine-cage pour rencontrer le monde.

Mais les paroles du cousin distillent leur venin :

- Une femme qui travaille, c'est bien pour le salaire. Ça vous aide. Toi, tu fais ce que tu veux, cousin, mais moi, je ne voudrais pas que ma femme travaille : qu'est-ce qu'on est, nous les hommes si on n'est pas capables d'entretenir notre famille ? Et puis, elles sont malignes, les femmes, elles commencent par travailler et ensuite elles te chassent et gardent les enfants. Ici, leur loi le permet. Rien ne les retient. Elles peuvent se débrouiller toutes seules. Il y en a beaucoup en Italie, des divorcées avec enfants…

C'était trop : la perspective du divorce et de l'éloignement des enfants provoque chez l'homme une réelle terreur…

- Leila, tu arrêtes de travailler, tu restes à la maison. C'est ton rôle. Moi, je travaillerai davantage, s'il le faut. Je ne veux plus te voir sortir. D'ailleurs, je les accompagnerai moi, les enfants à l'école et je fermerai la porte à clé.

Devenue regard triste derrière des vitres closes, elle reste prise au piège de la maison. La télévision diffuse ses rêves.

71

Elle ne voulait pas être une femme comme celles d'ici qui montrent leurs cuisses ou leurs seins sur les plages. Non, ça, elle ne le voulait pas. Elle voulait juste connaître l'extérieur.

Vient un jour où elle ne se lève plus. A quoi bon ? Plus personne n'a besoin d'elle. Elle se blottit dans son lit et elle rêve qu'elle chante. Elle ne se lave même plus. Quand son mari rentre, il n'y a rien à manger, que du riz blanc aux larmes. Il crie. Elle reste debout face aux cris. Aux insultes. Aux gifles. Il peut faire ce qu'il veut. Un chiffon, elle est devenue. S'il la tue, ce sera mieux. Et ça recommence tous les soirs.

- Tu vas rentrer au pays, là-bas tu retrouveras le sens de tes devoirs.

Leila, au Bengladesh, je l'imagine aujourd'hui dans la prison invisible de la tradition. Tenue, attachée par des millions de chaines.

Je l'imagine avec un impossible désir de solitude : même pas un réduit où pleurer, au service de tous, esclave de tous, du plus vieux au plus jeune

Peut-être quelquefois, un chant se presse sur ses lèvres. Il a besoin de son souffle pour sortir et elle, elle a tout juste assez de souffle pour survivre.

72

**Hiver 2015**

En apparence, rien ne me distinguait du groupe : j'allais aux répétitions et remuais les lèvres. Tout le monde semblait ignorer qu'aucun son ne sortait de ma gorge. Je participais aux spectacles, prudemment tapie au fond de la scène, exhibant un sourire inaltérable par lequel je cherchais à compenser les applaudissements destinés aux autres. Je découvris que la chorale était née d'une volonté politique de la mairie de Venise. Il s'agissait de réhabiliter le quartier de la rue Piave en donnant une image positive des immigrés. Pas des mendiants, ni des voleurs, ni des dealers. Non. Des hommes et des femmes qui, de leur propre volonté s'étaient arrachés à leur pays pour tenter de trouver une vie meilleure, ici, en Vénétie. Les services sociaux avaient contacté Lisa. Lisa avait rencontré Leila et peu à peu, le chœur s'était élargi.

C'était une chorale qui chantait sans partition, n'arborait aucun costume et proposait des musiques du monde entier dans des langues diverses. Des textes écrits circulaient parfois mais personnes ne s'y référait. L'apprentissage venait de la répétition et de l'imitation. Celle qui assurait la cohérence de l'ensemble, c'était Lisa. Prenant le risque de tous les mélanges, elle ne craignait pas, dans un même spectacle, de passer d'un chant sarde à un chant africain. Et tout à coup la sensation d'un lien de parenté se déployait.

Lisa était là, devant nous, sur la scène. Le public ne voyait que son dos. Nous, nous pouvions jouir de ses mimiques et de ses pitreries car elle savait être à la fois sérieuse et clownesque. Qui était-elle ? De quelle histoire venait-elle ? Privée de voix, je voulais au moins lui offrir ma plume…

Alors, elle et moi, nous nous sommes retrouvées juste avant les répétitions. Elle était, je crois, heureuse de se confier. Elle m'a même étonnée avec sa façon d'avouer : tu sais, pour une fois qu'on s'intéresse à moi...

## -10-

## Lisa

Petite, elle était déjà trop. Trop vive, trop rousse, trop franche, trop sauvage. Une étrangère dans ce milieu de campagnes vénitiennes aux terres si grasses.

Ici, à Mira, tout pèse son poids d'ennui : les brumes enveloppantes des hivers, les champs aux lignes plates et infinies, les canaux sages. Alors, elle évolue comme venue d'ailleurs. Une extra-terrestre dans cette famille où on attend d'elle ce que toutes les familles de Mira attendent d'une petite fille née dans les années 50, qu'elle se marie, qu'elle ait des enfants et basta. Un métier ? Si elle y tient vraiment. Oui. Pourquoi pas ? Institutrice ou infirmière. C'est bien pour une femme.

Mais elle, elle déborde du cadre. Elle le pulvérise. Elle est aussi récalcitrante que ses cheveux. Elle agite ses boucles rouges comme des grelots d'indépendance. Elle grimpe aux arbres et part en vadrouille dans la campagne. Elle revient avec des fétus de paille plantés dans ses mèches. Sa mère commence le combat. Ses armes ? Le peigne, la brosse, le gant de crin. Il faut démêler cette tignasse, si tu veux être présentable. Et puis, pourquoi tu ne gardes rien de propre plus d'une heure. Où tu vas traîner pour avoir toujours cet air de sauvageonne, de gitane ?

Lisa n'entre pas tout de suite en lutte contre sa mère car au commencement, malgré tout, il y a l'amour. Alors, je l'imagine vivre une enfance de petite fille docile, de cire molle que sa mère sculpte à son aise, à coups d'injonctions : Et tu dois te laver les mains plus souvent. C'est pas possible d'avoir les ongles noirs et tu ne dois pas toucher la terre ni courir comme une folle et tu dois faire attention à tes chaussures, qu'elles soient impeccables. Les chaussures, c'est important. Tu ne peux pas marcher dans les flaques comme ça. Tu fais jamais soigné, ma fille.

La petite écoute et s'efforce de …

Elle a beau obéir aux injonctions maternelles, les interdictions se multiplient avec des raisons qui lui échappent : tu ne peux pas rire comme ça, en pleine rue avec tes copines, je t'ai vue . Au bout de toutes ces interdictions, il n'y a jamais aucun signe de satisfaction. La loi engendre la loi, selon une logique qui s'affole jusqu'à l'absurde. La petite ose quelque-fois une remarque à peine murmurée : tu n'es jamais contente.

Puisqu'elle n'est de toute façon jamais contente, je ferai ce que je veux.

La première fois qu'elle brave l'interdit, elle a peur que sa mère-qui-sait-tout-d'elle ne le sente. Non, elle n'est pas rentrée tout de suite de l'école. Elle est passée par le parc, elle était avec ses copines de classe. Il y avait même des garçons. Mais sa mère ne note pas le rougissement de sa fille qui lui ment. Ah le délice de ce premier mensonge, cette surprise de constater que le pouvoir maternel a des limites ! Elle portera des pantalons qu'elle s'achètera avec son argent de poche. T'as l'air de rien avec ça et sûrement pas d'une fille. Elle lâchera ses cheveux à peine le coin de la rue tourné et tant pis si elle n'est pas une jeune fille comme il faut. Elle a besoin de vivre à tout prix au risque de trahir les attentes.

Aujourd'hui, ce qu'on voit d'elle d'abord, c'est son sac. Un sac énorme qui lui mange l'épaule et qu'elle jette sur la table ou sur la chaise comme si elle assénait un coup : voilà c'est moi. A prendre ou à laisser.

Evidemment, je n'ai pas fouillé dans son sac mais je sais, par sa façon d'y plonger, d'en extraire son agenda, son téléphone, ses clés, ses partitions, qu'elle y transporte sa vie, ce qu'elle a de plus précieux : carnet de photos , journal intime, brosse à cheveux, billets de train, carte de vaporetto, paquet de mouchoirs, boites de cachets contre le mal de tête, le mal de ventre, le mal de vivre, clés diverses et en tous genres, clé de la salle de musique, clé de la voiture, de la maison, de la salle communale où nous répétons, kit de survie avec bouteille d'eau et biscuits vitaminés, parapluie et châle, crème anti-moustique et baladeur pour écouter de la musique en toutes circonstances.

Elle pose son sac sur la table et elle est là. On la découvre alors et on voit qu'elle est assortie à son sac, qu'elle a comme lui un côté débordant, désordonné, excessif.

Elle a appris dès son enfance à faire comme les nomades, tout avoir sur elle pour laisser le moins de traces possibles, pour pouvoir lever le camp à toute vitesse en cas de danger.

Pas de cachette possible dans sa chambre. Au début, à dix ans, à douze ans, elle a essayé sous le matelas puis sous la pile de culottes dans la commode et même au-dessus de l'armoire. Sa mère détectait toutes ses astuces. Pas vraiment sa mère mais le balai de sa mère, le chiffon de sa mère, la serpillère de sa mère, l'aspirateur de sa mère, et cette rage de propreté et d'ordre qui faisait d'elle une parfaite détective. Elle a compris, Lisa, que sa chambre n'était pas sa chambre et que, même si elle s'engageait à tout nettoyer, à tout ranger, sa mère finirait par mettre la main sur ses secrets de petite fille. Alors, elle a commencé à utiliser son cartable qu'elle voulait gigantesque et qui était déjà, quand elle avait douze ans, son ile aux trésors, contenant des pierres-souvenirs, des biscuits écrasés, une peluche, un carnet où elle notait ses coups de gueule.

Adolescente, elle achète avec son propre argent un sac à son goût.

-Tu aurais pu choisir quelque chose de plus discret, de plus chic, Lisa. Vraiment ce sac, ça fait romanichel.

Mais justement, ils me plaisent à moi les romanichels, comme tu dis, ils ne restent pas toujours enfermés entre quatre murs, ils vivent dehors.

- Avec un sac pareil, rouge en plus, tu vas te faire remarquer.

Et c'est ce que je veux, être remarquée. Je ne veux pas être une femme toute grise qui ne sort que pour aller à la messe.

Mais Lisa répond calmement.

- Tu sais, maman, il était en solde. Je ne l'ai pas payé cher.

Elle sait, Lisa, à quinze ans, qu'après le Bon Dieu, mais vraiment juste après, l'argument de l'argent, c'est le seul qui puisse clore une polémique. Plus tard, dans ce sac rouge, elle glisse le journal communiste que sa mère lui interdit de lire et, certains jours spéciaux, la mini-jupe et les bas qu'une copine lui a prêtés et qu'elle enfile dans les toilettes les dimanches de surprise-partie. Elle ne va quand même pas se pointer en jupe longue avec des socquettes. Elle aurait l'air de quoi ? D'une bonne sœur ?

- Je veux aller au lycée artistique. Les profs m'ont dit que j'avais le niveau.

La mère de Lisa interrompt son repassage pour regarder sa fille.

- D'abord, Lisa, une fois pour toutes, on ne dit pas « je veux » mais je voudrais. Je te l'ai répété des dizaines de fois. On dirait que tu es sourde.

Elle reprend sa tâche et repasse des chemises avec le plus grand soin.

Jamais, je ne repasserai les fringues d'un mec. Qu'est-ce que cela peut être ennuyeux de faire ça pendant des heures !

Lisa s'assoit, reprend son souffle et repart à l'attaque.

- Excuse-moi, maman, tu as raison – ça calme toujours ce genre de phrase – Je voudrais aller au lycée artistique. Deux de mes amies y vont, l'Ornella et la Fulvia. Tu les connais. On est ensemble depuis la maternelle !

A présent, la mère de Lisa plie la chemise, c'est tout juste si elle n'utilise pas un centimètre pour que les rabats soient exactement de la même mesure. A chaque fois, elle redonne un coup de fer. Au moins vingt minutes par pièce. Elle pourrait aller plus vite. Sans lever les yeux sur sa fille, elle lui demande.

- Il est où ce lycée artistique ?

C'est ça le problème ! Tout ce qui compte pour elle, c'est que cela ne soit pas loin de la maison ! Elle n'en a rien à faire de mes notes, de mes envies, elle veut juste que cela ne soit pas loin. Elle me ferait étudier la mécanique, si c'était à côté de chez nous.

Sa mère attaque une autre chemise. Le dos, les devants, en soignant bien les pourtours des boutonnières.

Lisa avale une grande goulée d'air : ça va être difficile.

- Le lycée artistique, il est à Venise mais comme je te l'ai dit, j'irai avec Ornella et Fulvia. Tout est bien organisé. On prend le pullman sur la place de Mira, le matin, jusqu'à Piazzale Roma et là, on va à pied pendant un quart d'heure jusqu'au campo Santa Margherita, puis San Barnaba, la calle de la Toletta et on est arrivées. C'est juste en face du lycée Marco Polo.

- Tu es vraiment bien renseignée. Tu y es allée ?

Et voilà, c'est reparti. Le doute, la méfiance, la peur. Si je pouvais la prendre dans mes bras et lui dire : mais il ne m'arrivera rien, je t'assure. A Venise, il n'arrive jamais rien de dangereux. Il n'y a pas de voitures ni de motos et on est des centaines de jeunes de la Terra Ferma à aller étudier à Venise.

- Bien sûr que non, je ne suis pas allée à Venise. Mais la prof, elle nous a donné une carte avec les différents lycées et avec mes copines, on a calculé le trajet. Et Ornella, elle est même allée avec ses parents, le dimanche, voir si ça faisait pas trop loin de Pizzale Roma.

Cet argument-là, ça peut marcher. Il y a toujours chez elle quelque chose du genre... si les autres le font pourquoi pas nous ? Surtout si ce sont des gens « bien » comme les parents d'Ornella qu'elle croise à la messe.
- Venise, ma fille, enlève-toi cette idée de la tête.

C'est toujours comme ça, chez elle. Pas d'explication. Juste une phrase.
Elle plie une chemise, elle n'en a pas commencé une autre : profiter de l'interruption...
- Mais pourquoi ? S'il y avait un lycée artistique près de chez nous, je te demanderais d'y aller.
- Arrête de vouloir toujours discuter : j'ai dit non, c'est non. Tu es trop jeune pour te balader dans les rues de Venise. Un point c'est tout.
- Mais maman, je ne vais pas me balader. Je ferai toujours le même trajet, je te le promets. On l'a déjà étudié.

Oui, on l'avait bien étudié, le trajet, avec les copines, les quais, les ponts, les places, ce campo Santa Margarita, rendez-vous des étudiants. La direction était celle de L'Accademia. On ne pouvait pas se tromper.

Elle a fini de repasser. La pile de vêtements regarde Lisa.

- Bon, c'est fini pour aujourd'hui. Demain, je ferai les draps.

Non plus les draps, je repasserai jamais.

Dans sa chambre, Lisa sort le plan de Venise et trace au crayon rouge ce trajet qu'elle ne fera pas vers le lycée artistique qu'Ornella lui avait décrit. C'était un ancien couvent. Elle avait entrevu, derrière les grilles closes, les arcades du cloître qui abritait désormais les œuvres des élèves et le puits central au milieu d'un carré de dalles entouré d'une allée d'herbes. Elles s'étaient rêvées toutes les deux sous les voûtes, lisant et étudiant dans la grande complicité des pierres, à l'ombre des bâtiments au doux crépi rose.

En septembre, Lisa ne monte pas dans le pullman qui conduit ses amies à Venise, mais dans celui qui va à Mestre. Elle se trompe d'arrêt. Elle ne descend pas à l'entrée du lycée professionnel où sa mère l'a inscrite pour qu'elle apprenne la comptabilité et le secrétariat. Le soir, elle raconte cette méprise :

- Et dire que tu voulais aller à Venise ! Tu vois bien que tu es trop jeune. Tu loupes l'arrêt du bus ! Alors figure-toi, aller à Venise ! J'avais bien raison.

Quelle force transforme une jeune fille soumise, qui assiste à la messe tous les dimanches et obéit à sa mère, en une rebelle qui distribue des tracts, colle des affiches, hurle des slogans dans un mégaphone ? La timide, animée par une cause à défendre, oublie sa timidité. Ce n'est plus elle qui est

81

en jeu, ce sont les autres et, au-delà des personnes, les idées de justice et d'égalité.

La rébellion commence précisément dans ce lycée de Mestre où Lisa se rend tous les matins à contre-cœur. Quand elle parle au nom des autres, une force inconnue l'anime. Elle est vraiment comme son oncle, prêtre, capable de bousculer les conformismes, de déranger les dévots tranquilles. Ses sermons réveillaient tout le pays. Ils l'ont envoyé en mission, loin, ailleurs. Il paraît que je lui ressemble.

C'est l'époque où les premiers conseils d'élèves sont élus. Elle devient déléguée de classe et mène des combats pour le prix des livres et les tarifs de la cantine. Rien ne l'arrête quand il s'agit des autres. Pour un idéal, elle est capable d'exploser de rage et de persuasion.

C'est aussi l'époque, dans les années 70, des grandes luttes ouvrières sur les chantiers de Marghera. Après bien des débats, les ouvriers ont décidé de pratiquer l'auto-réduction des factures de gaz et d'électricité : ce n'est pas juste qu'elles ne tiennent pas compte de la différence de salaires.

Dans les écoles, les élèves mettent en place l'auto-réduction des tarifs de bus. Un matin, Lisa se retrouve seule dans le car face à un contrôleur qui lui réclame un titre de transport en règle.

- Petite, tu payes ce qu'il faut ou tu descends.

A la grande surprise du fonctionnaire, l'incriminée ne se lève pas.

- En assemblée générale des élèves, on a décidé de faire comme les ouvriers de Marghera. C'est pas juste de pratiquer le même tarif pour tout le monde. Votre tarif doit être proportionnel aux revenus des gens alors je paie moins, c'est tout et je ne descends pas.

Elle s'assoit, cherchant à maitriser un léger tremblement. On a beau parler aussi bien que son oncle, lutter comme lui pour la justice, on n'en a pas moins quinze ans et en plus on est une fille. Les passagers commentent à voix basse : quel culot, cette gosse ! Un ouvrier prend le parti de Lisa : Tiens bon, petite, nous, on a tenu bon, à Marghera. Le contrôleur fusille l'homme du regard et se retranche derrière une phrase : la loi, c'est la loi. L'ouvrier rétorque : tu sais la loi de qui tu es en train d'appliquer ?

Le contrôleur ne veut pas rentrer dans une querelle politique à 7h30 du matin, entre Mira et Mestre, un jour d'hiver et de brume où il vient à peine de commencer sa journée. Mais s'il cède, allez savoir combien d'autres feront de même. L'embêtant, c'est qu'il n'a reçu aucune consigne. A lui de se débrouiller. Il choisit l'autorité, en espérant que l'ouvrier du fond ne s'en mêlera pas.

- Tu te lèves immédiatement et tu me suis.

- Non. Je prends le bus pour aller à l'école, j'ai cours. Votre tarif, il n'est pas juste.

Après son intervention et estimant sans doute qu'il avait accompli son devoir, l'ouvrier semble se désintéresser de l'affaire. Il opte pour le silence en faisant mine de dormir. Mais autour de lui, les commentaires vont bon train : avec ses grands principes, elle va tous nous mettre en retard, cette morveuse. C'est comme les grèves à n'en plus finir, qui ça gêne le plus, je vous le demande ? Les pauvres bougres qui vont travailler. C'est égal, elle a du caractère, cette rouquine.

- Tu vas pas faire la loi du haut de tes quinze ans. Tu te lèves et tu me suis.

- Non. Je ne me lèverai pas : on a décidé l'auto-réduction des tarifs de bus et moi je l'applique.

- Tes camarades, eux, ils ont payé !

- Les autres, ils font ce qu'ils veulent : moi, j'applique les décisions du comité des lycéens.
- Tu vas mettre tout le monde en retard et ce sera ta faute.
- Vous pouvez dire ce que vous voulez.
- Je vais appeler la police.

Devant cette menace, soudain le silence se fait dans le bus. Tous les regards sont tournés vers la lycéenne. Elle serre son cartable entre les jambes. Autour du bus arrêté, le flux des voitures poursuit sa course. Le chauffeur a posé ses mains sur le volant, lui-aussi, il attend.
- Tu vois tout le désordre que ça crée. Bientôt, il y aura un embouteillage à cause de mademoiselle.
- Non pas à cause de moi mais à cause de vos tarifs.
- Je vais appeler la police et ils te feront descendre de force.
- Faites ce que vous voulez, moi je ne descends pas et je ne paie pas votre prix.

Elle s'ancre dans le siège.
Elle pose ses pieds bien à plat.
Elle s'amarre encore un peu plus à son cartable.
Elle devient indéracinable.
Elle évite de regarder les autres.
Elle fixe un point devant elle.
Ses genoux tremblent, ses mains tremblent et tout son être tremble.
Elle ne cèdera pas.
Elle a la certitude qu'elle défend la justice et le droit.
- Tu n'es qu'une têtue, une dévergondée, hurle l'homme qui se saisit d'elle par le bras, la traine dehors et lui balance son cartable en pleine figure comme une gifle.
- Et voilà, tu peux démarrer, dit-il à l'adresse du conducteur.

Sur le trottoir, la petite rousse s'est relevée et regarde le bus s'éloigner. Elle passe la main sur ses vêtements et ramasse son cartable. Des passants l'entourent. Quelqu'un lui propose de l'accompagner jusqu'à l'école.

Elle ne sera même pas en retard !

Ce samedi-là, sur la place de Mira, elles sont venues en bande, le « ragazze ».

Elle a dix-sept ans, Lisa. Elle est avec ses copines et toutes, elles rient, chantent, ébauchent même des pas de danse. C'est le printemps. Elles arborent des tee-shirts décolletés ou de larges tuniques flottantes. Elles n'ont pas sorti de chaises et se sont assises pas terre, à même le sol ou sur des cartons ou sur un bout de châle ou sur un journal déplié. Elles parlent entre elles, comme s'il n'y avait personne autour. Parler leur donne du courage. Elles échangent des propos à la volée, elles ne murmurent pas, elles n'ont pas peur ou alors ne le montrent pas. Elles se lancent des invitations :

- On se retrouve chez Cristina pour faire la fête, ce soir. Ses parents ne sont pas là.

- Tu apportes ton accordéon ?

- Ok, j'apporte l'accordéon, mais je veux aussi pouvoir danser.

- Tu crois qu'elle va finir par passer, cette loi ?

- Partout, les filles manifestent dans les villes et même ici dans les villages.

- Au parlement, c'est presque que des mecs. Je sais pas combien elles sont les femmes, mais elles sont pas nombreuses.

- En plus celles qui y sont au parlement, elles sont de la Démocratie Chrétienne.

- T'inquiète pas, elle passera la loi.

85

- Ça bouge trop.

- Te fais pas d'illusion sur notre action. C'est pas pour ça qu'elle passera la loi. Ils en ont rien à faire des femelles en chaleur comme ils disent.

- Sur le divorce, c'est passé, alors aussi sur la famille.

- Ils ne veulent plus de l'Italie bigote. Ils veulent faire moderne. Ils préparent l'Europe. Alors ça va passer, cette loi. Notre petit sit-in n'y est pour rien. Mais copier la France, ça oui, ça compte.

- C'est égal, même si ça ne sert à rien, j'adore manifester entre copines. Au moins on les emmerde.

- Sors les banderoles, Lisa, on va rire un peu.

Autour d'elles, les hommes de Mira qui ont, pour l'occasion, abandonné leurs cartes à jouer, leur grappa et leur café, font cercle. Ils croisent les bras et regardent les donzelles du pays. Ce sont des oncles, des grands-pères, des pères. Ils cherchent à prendre des airs méchants et par cet effort affichent plutôt leur bêtise et leur vulnérabilité. Un cordon de policiers les empêche d'intervenir mais, dans leurs bras résolument croisés, leur stature bien campée, leurs jarrets en éveil, il y a des gifles qui s'impatientent. Parfois un rire fuse du cercle, un propos est lancé.

- Celle-là, je la connais, c'est Lisa Batistel.

- T'as pas besoin de faire ça, ici, dans ta paroisse, elle t'a pas donné assez de roustes ta mère.

- Quand ça pousse tordu, ça reste tordu.

- Elle y est pour rien, ma mère.

- On a mis de foutues idées dans la cervelle de nos filles.

- Avec des femmes pareilles, où va l'Italie ?

Et comme pour leur répondre des banderoles se déploient au-dessus des filles assisses :

IO SONO IO

DA ORA IN POI DECIDO IO.

86

Je suis moi, c'est moi qui decide.

Les hommes poursuivent leurs observations, murmurant des insultes… et qu'est-ce qu'elles veulent, ces salopes, elles ont déjà eu le divorce. Y a plus rien de sacré. Il leur faut quoi maintenant ? La pilule ? L'avortement ? La liberté sexuelle ? Des putains, c'est tout ce qu'elles sont. Un homme crache par terre, tout en fixant, fasciné, les bras nus d'Ornella qui brandit une banderole…

- Des coups de pied au cul et enfermées à la maison, c'est tout ce qu'elles méritent.

Le soleil est pour elles, de leur côté. Il exalte leurs chairs, les polit de sueur, leur donne une belle patine dorée et chaude. Pas de chapeau. Des bouteilles d'eau qu'elles boivent à la régalade et dont les gouttes se perdent dans leur décolleté.

Un autre homme s'enhardit : il fait le geste du majeur dressé avec une telle ardeur que les veines de son cou se gorgent de sang, prêtes à exploser. Les filles répliquent avec le geste du triangle, joignant les deux mains par les pouces et les index.

- C'est quoi, ce geste ?
- C'est pour désigner le sexe de la femme.
- La vulve, le vagin, la chatte si tu préfères.
- Des salopes.
- De vraies salopes.
- Où elles sont, leur mère à ces garces ?
- Enfermées à la maison, elles ont trop honte.
- Prends leur nom, qu'on leur dise demain à la messe.
- Elles savent déjà.
- Quel scandale !
- Et sur la place de l'église en plus !
- Vous ne respectez donc rien ? Vous n'avez pas honte.

Quand elles sont ensemble, le code de la honte inculqué dès l'enfance par les mères et les curés se déchire.

Ensemble.

Seule, c'est autre chose.

Et quant au respect, Lisa répond au vol :

- Respect de quoi ? Des lois que vous avez faites pour vous, les hommes. Vous nous respectez, vous, quand vous violez sans être punis, quand vous tuez au nom de votre honneur, quand vous poussez vos femmes à avorter et à mourir ? On n'en veut plus de ce respect. Il va falloir vous habituer. Ora basta.

- Allez, calme-toi Lisa. Tu vas vraiment finir dans leur collimateur. Ne te fais pas remarquer.

- Trop entendu cette chanson. Tu m'entends. Je m'en fous d'être remarquée.

- T'es pas majeure, Lisa, tu l'oublies.

La jeune fille s'assoit contre son gré, tirant sur son air renfrogné le rideau rouge de ses cheveux. Non, elle n'est pas majeure, elle en rêve assez d'être majeure.

Il lui faut attendre et supporter. Avec patience.

Juste l'impossible.

Tout le pays ne parle plus que de ça : dans les commerces, sur la place des marchés, à l'église, dans les jardins publics, les bars, les écoles, les stades, les salles de sport. Quelquefois, ce n'est qu'un sous-entendu... Vous avez su pour cette petite ? Tout le monde la connaissait ici. Une brave petite, un peu écervelée. Elle méritait pas ça tout de même.

Parmi les amies de Lisa, c'est plus que de la consternation, un état où se mêlent la difficulté de reconnaître la réalité, la révolte, la tristesse, le dégoût, la peur, la méfiance : Cristina, leur amie de dix-neuf ans, a été violée et assassinée. Son cadavre a été retrouvé dans un fossé, méconnaissable, gonflé d'eau. C'est sa mère qui l'a identifié grâce à une cicatrice d'enfant. Depuis, elle se terre chez elle, la mère, ses volets restent baissés, elle ne va même plus acheter le pain, boude la messe du dimanche et ne fait plus à manger à son mari. Lui, il longe les murs de la maison jusqu'au bar. Il boit grappa sur grappa. Comme il n'a pas l'habitude, il s'écroule avant midi.

Les amies de Lisa se retrouvent dans le parc. Elles sont là, muettes et désœuvrées à gratter le sol de leurs ballerines, n'arrivant même pas à articuler leur peine. Elles ont tellement de rage en elles que leurs larmes restent bloquées dans leur gorge, leur ventre, leur cœur. Cristina, c'était la plus gaie, la plus alerte, la plus innocente. Elle ne voyait le mal nulle part, Cristina...

- Elle était là avec nous, le jour de la manif, vous vous souvenez, sur la place. Elle faisait des pieds de nez au vieux avec sa pancarte : Mio utero, lo gestico io. Mon utérus, c'est moi qui le gère. Ils l'ont eue, ces salauds. On lui avait bien dit de pas faire de stop.

- Tout de même, c'est pas sa faute.

- Je dis pas que c'est sa faute, je dis qu'elle aurait dû se méfier.

- Elle savait pas se méfier, Cristina, c'était pas dans son caractère.

- Elle faisait confiance à tout le monde. Un peu fofolle, mais si rigolote.

- Qui sait dans quelle voiture elle est montée ?

Les filles imaginent un beau mec à l'allure sportive, au volant d'une décapotable ou un homme à l'air paternel au volant d'une fiat. Dans quelle voiture et avec quel homme ? L'assassin n'a pas encore été retrouvé.

A vingt ans, cette réalité de « l'absence pour toujours » ne peut pas pénétrer l'esprit. C'est comme si elle déchirait leur jeunesse, comme si toutes les luttes menées, ouvrières, féministes, étudiantes, révélaient soudain leur vacuité. Les filles pouvaient sortir, danser, rire, flirter, scandaliser les mères avec leurs manifestations, leurs allures ou leurs propos, il suffisait d'un inconnu dans une voiture, du hasard de cette rencontre-là, de cet homme-là qui s'arrête ce jour-là, à cet endroit-là pour prendre cette fille-là en stop et toute vie cessait.

Dans le parc, à échanger leurs idées, à tortiller entre leurs doigts leur cigarette, elles se sentent impuissantes : ça les dépasse, cette cruauté. Avoir profité de la naïveté de Cristina qui s'affichait avec une telle évidence ! Avoir saccagé ce qu'elle avait d'enfantin ! Un homme qui pouvait être n'importe quel homme, un homme qui, peut-être, est rentré chez lui, a embrassé sa femme et ses enfants !

Le silence s'installe entre elles. Le ballon d'un petit garçon échoue à leurs pieds. Lisa s'en saisit et le lance au gamin, secouant ainsi sa tristesse.

- Faut faire face.

Les autres la regardent, l'une d'elles hausse les épaules : elle en a assez de ce langage de militante. Où Lisa trouve-t-elle encore la force de lutter ? Elle n'en a pas marre de tous ses slogans qui les ont menées à rien ? Elle ne voit donc pas que l'adversaire aujourd'hui est un homme banal qui pourrait être partout ?

- Il faut pas qu'on leur laisse dire n'importe quoi. Il faut qu'on la défende, Cristina. On lui doit bien ça.

Celle qui a haussé les épaules proteste :

- On va pas la faire revenir.

90

Alors la jeune rouquine s'emporte, son discours s'enfle tout seul en dehors d'elle comme si les mots ne passaient même pas par sa réflexion.

- Non, ça va pas la faire revenir, c'est vrai mais on ne peut pas rester sans rien faire. Vous entendez toutes ce qu'on dit d'elle dans le pays... qu'elle n'aurait pas dû monter dans la voiture, qu'elle n'aurait pas dû porter une mini-jupe. Bref qu'elle l'a bien cherché. Elle avait le droit de faire du stop sans se faire violer et tuer. Il faut leur enlever de la tête l'idée qu'on est des provocatrices si on fait ça. On provoque pas, on est libres. C'est tout. S'ils se sentent provoqués, ça les regarde.

- La liberté de Cristina, tu vois où ça l'a amenée.

- Tu parles comme ma mère. Les filles, c'est ça qu'ils veulent : inverser les rôles. On va pas rentrer dans leur jeu. Il faut pas.

- Y en a marre, Lisa, c'est toujours toi qui nous dictes notre conduite avec tes « on doit », tes « il faut ». Je suis trop assommée, je me bouche les oreilles, je laisse dire.

- C'est ça ! Bouche-toi les oreilles, Ornella, si tu peux. Moi je n'accepte pas. Je n'accepte pas la mort de Cristina et l'hypocrisie de ce pays. Ils compatissent avec les parents et dans leur dos, ils disent qu'elle l'a bien cherché. Tu peux accepter ça, toi ?

Non, aucune ne pouvait accepter mais elles auraient voulu agir sans avoir la sensation de céder encore une fois aux injonctions de la plus jeune du groupe.

Et l'affrontement se poursuit et Lisa la passionaria aux boucles rebelles secoue les esprits. Et ses mots sont justes, tellement justes qu'il faut encore faire comme elle dit.

Quand elle rentre chez elle, elle tremble d'excitation : oui, c'est elle qui va mener la bagarre, oui elle va passer pour

91

celle-qui-veut-le-pouvoir, oui elle va faire des envieuses et des jalouses, non elle ne peut pas faire autrement.

Puis le torrent en elle s'apaise, elle ferme la porte et pleure en secret.

Elle voulait que je raconte la mort de Cristina. C'est même par cet épisode qu'elle avait commencé notre entretien : j'ai eu une enfance heureuse, je n'ai pas connu de drame, sauf la mort d'une amie. Sa vie, à elle, elle la jugeait « pas intéressante » mais pour sortir Cristina de l'oubli, pour réparer le scandale de ce meurtre, elle était prête, Lisa, à dévider l'écheveau de sa vie.

Avons-nous tous ainsi des morts à tirer de l'oubli ?

Après le lycée professionnel, Lisa trouve facilement un emploi dans une entreprise de Marghera. De la fenêtre de son bureau, derrière la brume, elle voit s'estomper les contours de Venise : une Venise irréelle qui se dessine à peine dans le lointain. Elle, Lisa, est de l'autre côté, du côté des usines et des entrepôts, réduite à jouer la secrétaire aux cheveux disciplinés, en jupe et chaussures à talons.

Avec son premier salaire, elle achète un tourne-disque et la musique rentre dans sa chambre et dans sa vie. Jusque-là, chez elle, il n'y avait eu que la radio, les chansons populaires chantées par les femmes dans les réunions de famille ou les chants d'église. Le premier gramophone – et tu jettes tes sous par la fenêtre, ma fille, tu devrais plutôt faire des économies pour plus tard – et les premiers disques, marquent une révolution. Elle revient de Marghera – ne traine pas après le boulot, tu m'entends ? – envoie promener son déguisement de secrétaire, enfile un vieux jean, ferme la porte à clé – et pourquoi tu fermes à clé, qu'est-ce que tu as à nous cacher ?

Plutôt que de t'enfermer, tu devrais m'aider à faire la cuisine, au moins tu apprendrais quelque chose d'utile. Une femme, ça doit savoir cuisiner – et découvre la musique classique, écoute les yeux fermés les ballades de Chopin, le clavecin bien tempéré de Bach, savoure les effets de l'harmonie sur elle. C'est la paix immédiate, totale, une sorte de réparation. Un bain onctueux qui lui ôte toute espèce de tension. Elle cesse d'être en lutte contre le monde. Elle oublie la comptabilité, le téléphone, les rendez-vous à prendre, les ordres du patron. Elle oublie cette maison étriquée, trop bien rangée, trop propre. Elle oublie sa chambre aux meubles en merisier qu'elle n'a pas choisis – et tu verras, c'est de la qualité, ça durera jusqu'à ton mariage – et même ses copines, celles qui l'aiment comme elle est et celles qui l'envient et la jugent autoritaire. Et surtout, elle oublie sa mère et ses refrains.

Souvent quand la musique cesse et que dans le silence, elle écoute encore le craquement de l'aiguille sur le sillon du disque, elle a du mal à se lever.

Elle trouve des amies qui lui prêtent des disques. Elle passe des week-end entiers, assise, immobile à écouter …

- Qu'est-ce que tu fais dans ta chambre ?
- J'écoute de la musique.
- J'entends bien, tu sais. Mais c'est tout ?
- C'est tout.
- Bon, moi du moment que tu ne sors pas…

A ce moment-là du récit, j'ai eu envie de l'interrompre. J'avais tant de mal à imaginer Lisa en sage secrétaire que j'aurais voulu pousser le bouton « avance rapide » pour accélérer le film et savoir par quel hasard sa vie avait basculé. Qu'est-ce qui avait permis la métamorphose ? Par quel tour malicieux du destin, la jeune fille qui aligne des chiffres sur

93

des livres de comptabilité devient chef de chœur, à ce point connue que c'est à elle qu'on confie la création d'une chorale multi-ethnique ? Mais je n'ai pas écouté mon impatience et j'ai attendu que d'elle-même, elle dévide les astuces du hasard.

Pendant son travail, Lisa profite de la moindre pause pour contempler Venise, si lointaine et si proche, évanescente et mirifique, qu'elle imagine à sa guise. De l'autre côté de la rue, elle remarque un local d'où s'échappent des refrains de musique qu'elle connaît et qui accompagnent sans qu'elle s'en rende compte sa rêverie. Un soir, alors qu'elle rejoint l'abri du bus et qu'il fait déjà nuit, elle ralentit son pas aux abords de ce hangar : des rires fusent, des plaisanteries entrecoupées de musiques à l'accordéon. L'ambiance est joyeuse, là-dedans. Sur la route passent les vélos des ouvriers pressés, portant en bandoulière la musette vide de leur repas. Elle aussi est pressée. Sa mère l'attend. Elle a encore fait des heures supplémentaires qui ne lui seront pas payées et ça la met en rage, sa mère, qu'on exploite sa fille chérie. Toi qui luttes pour tout le monde, tu devrais apprendre à te défendre, ma fille. Au lieu d'aller manifester pour Pierre, Paul, Jacques, va donc réclamer ce qu'ils te doivent. C'est égal, Lisa, devant le local, ralentit le pas. A ce moment-là, un jeune homme sort pour fumer une cigarette.

- Allez, tu peux entrer. Nous, on n'exclut personne, tu sais, au contraire.

- Qu'est-ce que vous faites là-dedans ?

- On prépare le carnaval. On fait des masques, des déguisements, on apprend aussi des chansons. On va mettre une sacrée ambiance à Marghera en février, tu verras ça. Mieux qu'à Venise.

Elle se laisse convaincre. La fête, ça lui plaît.

94

- Je peux pas rester longtemps sinon ma mère va s'inquiéter.
- Entre juste pour voir.

Elle est entrée et elle est restée toute la soirée. Le maître de chœur remarque sa silhouette coincée sagement sur une chaise.
- Allez, viens chanter avec nous.

Elle prend place sur une scène improvisée
- Tu les connais ces chansons ?

Pardi qu'elle les connaît !
- Allez chante, chante-nous quelque chose, petite.

Elle s'avance sur la scène, elle chante a capella une chanson de toile de la Vénétie. Elle oublie l'heure et sa mère et le bureau et tous les habitants de Mira.

L'accord de sa voix avec le silence des autres crée quelque chose d'aussi délicat, d'aussi émouvant que la ligne solitaire d'un dessin : un trait dans l'espace.

Le maître fixe du regard la petite rousse déguisée en secrétaire. Quand le chant cesse en elle, elle a un geste de la main comme pour dire : voilà, c'est tout. Le maître s'écrie :
- Mais tu dois chanter, toi, tu dois chanter.

Il se précipite sur elle et presse son épaule.

Cette parole, elle se la répète et dans le bus et une fois chez elle dans sa chambre... Tu dois chanter, tu dois chanter.

Les mots ne la quittent plus, même le lendemain quand elle travaille, répond au téléphone, reçoit clients et fournisseurs, gère les livraisons, établit les factures.
- Tu dois chanter, tu dois chanter.

95

Elle retourne dans le local magique, antre du chant, conque de naissance de son existence. Elle participe à toutes les répétitions. Elle devient vite soliste dans le chœur... Tu dois chanter.

L'ordre fait son chemin en elle, comme une lime douce et sûre... Tu dois chanter, tu dois chanter.

Et le chant lui vient facilement. Elle se coule en lui. Elle n'a pas d'efforts à faire. Ce qu'elle éprouve, c'est plus que le plaisir, c'est le bien être. Tu dois chanter. Elle se sent tout à coup libre. Parce que c'est comme ça que ça se passe : quand on découvre sa vraie nature, on devient libre. Elle ne veut plus que ça : chanter pour se sentir être.

Bientôt, le décalage est trop grand entre la secrétaire et la chanteuse exaltée sur la scène, alors Lisa donne sa démission. Elle le fait d'une façon impulsive sans ménager personne. Elle s'attendait aux reproches de sa mère – Un boulot ça ne se lâche pas comme ça, Lisa – il n'en fut rien. La paroissienne de Mira, pour une fois, soutient sa fille... tu as raison, le patron, il exagère vraiment à te faire bosser dix heures par jour sans te payer les heures sup. Tu mérites mieux.

Lisa n'eut aucun mal à trouver un emploi à temps partiel dans une maison pour personnes âgées.

Ce qui frappe d'abord, c'est l'odeur. Odeur d'urine, de sueur rancie, de linges sales, de pièces mal aérées, de corps malades, d'haleines lourdes, de produits chimiques, de médicaments.

L'odeur aurait dû faire partir Lisa et ses vingt ans frais : mais elle avait besoin de travailler pour se payer les cours de musique. Elle tente de ne pas respirer, elle suffoque et voilà, ça la prend à la gorge cette odeur à vomir. C'est rien, on s'habitue, lui dit quelqu'un. Elle s'habitue mais le soir, elle reste des heures sous la douche comme si l'odeur avait imprégné sa peau, ses cheveux et tout son être

Elle a été employée sans spécialité dans cette maison de retraite pour personnes âgées dirigée par des religieuses débordées de travail. Elle fait les lits à se casser le dos, donne à manger à la petite cuillère aux vieillards grabataires. Mais surtout, ce qu'elle fait de mieux, c'est qu'elle sourit, qu'elle parle, qu'elle plaisante. En patois de Mira. Elle leur remet leurs quatre idées en place à ces pauvres vieux en fin de parcours…

- Allez, diable, vous n'allez pas toujours vous plaindre, c'est quand même pas pire que la guerre. Nourri, logé, vous êtes.

Et ils l'aiment, Lisa. Ils sonnent pour qu'elle vienne illuminer leur chambre.

- Cinquante fois, vous appelez, j'ai pas de patins à roulettes pour me déplacer dans les couloirs.

Ils sonnent pour le sourire, la fraîcheur, la joie et quelquefois aussi des bribes de chanson.

- Ce que vous fredonnez là, je le chantais dans le temps.

- Ça ne m'étonne pas, c'est une chanson de Mira. Ma tante et ma mère me l'ont apprise.

- Une brave petite, vous êtes, toujours joyeuse.

- C'est pas l'avis de ma mère.


Les religieuses, infirmières ou gestionnaires, veillent que tous les patients aillent à la messe et que ceux qui ne peuvent se déplacer reçoivent l'Eucharistie dans leur chambre. Pour le reste, elles calment les angoisses et les souffrances par des

« je prierai pour vous » et frôlent les longs couloirs de leurs robes pressées.

Lisa met du temps à comprendre ce qui se trame dans les chambres quand les cornettes disparaissent avalées par le service et mille obligations. Plus tard, elle s'en voudra. Mais à vingt ans, que sait-on de la méchanceté ordinaire ? Ce sont de petits détails qui l'alertent.

- Pourquoi, Giulia, tu as placé la bouteille d'eau de Madame Scabello si loin sur sa table de nuit ? Elle ne pouvait pas l'atteindre.

- Et voilà une jeunette qui me dit ce qu'il faut que je fasse. J'ai dix ans de service dans cette boîte, petite.

- Mais elle avait soif, sa bouche était toute sèche. Heureusement que je m'en suis aperçue. Je suis entrée dans la chambre pas pour elle mais pour sa voisine et je l'ai vue qui tournait de l'œil en regardant la bouteille.

- Ecoute-moi, et ne pose pas de questions : une vieille qui ne boit pas, c'est une vieille qui ne pisse pas. Point, stop.

Point, stop.

Quelques jours après, elle trouve bizarre que les personnes âgées dorment toute la matinée quand Giulia a été de garde la nuit.

- Giulia, quand tu es de garde, ils dorment presque toute la matinée. Tu m'expliques ce miracle ?

- Pas de miracle, petite : des somnifères en plus et le tour est joué. Ils dorment et moi, je suis tranquille. Et vous aussi, le matin. Tu devrais me remercier. Tu ne te figures pas que je vais rester debout toute la nuit pour de vieux débris râleurs. Je te conseille d'en faire autant.

- Je ne ferai jamais ça, Giulia.

98

- Tu apprendras. A la longue, on en a marre. Toi, tu n'en es qu'au début.

- Non, moi, ça, je ne le ferai jamais. Jamais, tu m'entends. Absolument jamais.

Et Giulia n'est pas la seule. Il y a celles qui rentrent dans les chambres sans frapper, celles qui se servent sans vergogne dans les friandises apportées par les familles, celles qui oublient les fauteuils roulants des heures durant dans les couloirs, qui expédient les repas, qui insultent ou menacent – si vous sonnez encore une fois, je ne vous apporte pas le goûter – celles qui sont cruelles avec le sourire – Il n'est pas venu depuis combien de temps, votre fils ?

Lisa note tout sans rien dire. Elle n'a pas l'esprit délateur, la petite musicienne. Mais elle décide de crier haut et fort sa désapprobation. Et vous n'avez pas le droit de faire ça, c'est inhumain. Elle entre en lutte et se met en colère, profère elle aussi des menaces. On la sent déterminée et incorruptible. Alors, au moins devant elle, les attitudes changent.

- On n'est pas des sadiques, tu sais, mais ça fait trop longtemps qu'on fait ce boulot, on est fatiguées, sur les nerfs, c'est tout, rien de plus. Et puis nous ici, on n'a pas d'espoir. Toi, tu fais ça à temps partiel.

- Vous n'avez aucune excuse.

- D'accord, d'accord, calme-toi. Ne crie pas comme ça, tu vas alerter les bonnes sœurs.

Le Christ sur son crucifix écoute dialoguer les aides-soignantes. De temps en temps, Lisa lui jette des coups d'œil furtifs. Pas un signe : il continue, sur les murs de l'hospice à exposer sa souffrance qui justifie toutes les autres. Elle connaît le refrain, Lisa, elle l'a assez entendu à la messe et chez elle... S'il a souffert, Lui, on peut bien souffrir, nous. On ne souffrira jamais autant.

99

- Ils ont le droit d'être bien traités. Ils ont le droit.

Non décidément, elle n'accepte pas, elle n'acceptera jamais. Dans son refus, elle se sent forte. La lutte encore et toujours. La lutte pour les femmes, les vieux, les ouvriers, les étudiants, les immigrés. La lutte qui vous donne de l'énergie et qui vous laisse seule, le soir, quand vous rentrez chez vous. Elle a vingt ans, la petite rousse, tout juste vingt ans. Au fil des années, elle prendra quelques rides, mais sa soif de justice restera toujours aussi forte. Le chœur, son chœur, n'est-il pas au fond ce qu'elle a trouvé de mieux pour continuer de lutter aujourd'hui ?

Elle ignorait tout du chant, ne savait pas déchiffrer une partition, agissait d'instinct à l'oreille et reprenait sans faute ce qu'elle entendait. Elle dut apprendre le solfège, les subtilités du rythme, l'histoire de la musique. Elle trouva un professeur, un vieux monsieur, exigeant, autoritaire, sévère, avare de compliments. Il reçut la sauvageonne avec quelques réticences. Il la découragea même …
- Vous voulez entrer au conservatoire de Venise, mademoiselle et vous n'avez jamais étudié la musique ? Je ne fais pas de miracles. Ceux qui sont reçus au conservatoire, ont plusieurs années d'étude derrière eux.
- J'ai peu de chances, je sais. Ce que je veux, surtout c'est apprendre la grammaire de la musique.
D'où lui venait cette expression ? En tous les cas, dans sa bouche, avec sa mine juvénile et son allure décontractée, ces mots « grammaire de la musique » créaient un tel contraste que le vieux professeur sourit et se laissa convaincre.
- Voilà qui demande des heures et des heures de travail, surtout à votre âge. Vous êtes jeune, certes, vous avez vingt ans mais excusez-moi de vous le dire, vous êtes déjà trop

vieille. Les autres, ceux du conservatoire Pisani, ont commencé à sept ans.

- Moi, c'est maintenant que je veux commencer.

Elle ne disait pas « je voudrais ».

Elle suivit les cours de cet homme rigoureux, précis, qui n'avait pour elle aucune indulgence. Le travail de la théorie musicale la transportait d'aise. Elle aurait pu renoncer, trouver que c'était trop ardu et prendre des allures d'artiste offensée – je chante déjà si bien qu'ai-je besoin de tout ce fatras ? – Il n'en fut rien. Elle découvrit en elle une sorte d'humilité. Oui, elle chantait bien, très bien, tout le monde le lui disait mais il lui fallait se plier aux règles, comprendre comment cela fonctionnait, acquérir une discipline. Son humilité était soutenue par sa curiosité. S'ouvrit à elle un monde nouveau où elle pénétra par ses sens et son intelligence.

Cette année-là, en 1981, l'état italien décida de doubler les heures d'enseignement de la musique dans les collèges et de mettre ainsi à la portée de tous les élèves ce qui jusque-là n'avait été réservé qu'à une élite. La loi à peine promulguée, le ministre de l'Education Nationale se heurta au manque d'enseignants. Aussitôt, un nombre important de postes fut mis au concours. Il fallait recruter et vite. On était même prêt à embaucher des jeunes gens peu formés auxquels on promettait une formation plus tard. Il fallait parer au plus pressé et appliquer la loi avant que l'opposition n'en dénonçât le caractère utopique. Lisa se présenta au concours, comme ça, pour tenter le coup, sans trop savoir, par impulsion, instinct comme tout ce qu'elle faisait. Elle fut reçue. Elle composa sur le cadran téléphonique d'un bar le numéro de son domicile. Elle eut du mal à articuler, elle avait déjà bien fêté son succès et les multiples spritz qu'elle avait bus avec ses amis lui brouillaient un peu l'esprit :

- Maman, tu sais quoi ?
- Baisse la musique, je n'entends rien. Tu es où encore ?
Le juke-box impertinent clame haut et fort sans se soucier de Lisa et de sa mère le refrain de « Sarà perché ti amo ».
Lisa hurle dans le combiné :
- J'ai réussi. J'ai été reçue au concours.

"Vola, vola con me,
se l'amore non c'é
basta una sola canzone".

- Je t'ai dit de baisser la musique.
- Je peux pas.
- T'as réussi quoi ? A me rendre folle ?
- J'ai réussi le concours de prof de musique des collèges. Tu te rends compte, maman, moi qui ai commencé la musique seulement il y a trois ans, je vais être professeur !
- C'est quoi encore cette idée, Lisa ? Prof de musique, mais tu n'as même pas fait le conservatoire !
- Si, si j'ai réussi. Je te dis. Mon nom, je l'ai vu sur la liste des reçus. Prof de musique, je vais être. Tu es contente ?
- Je ne sais pas moi ce que c'est ça. A quelle heure, tu rentres ?

Lisa raccroche, dégrisée. Elle regarde ses amis qui rient, plaisantent, lui tapent sur l'épaule. Elle reste figée au milieu du groupe. Quelqu'un lui propose un autre spriz. Elle répond crânement…
- Non, une double grappa.

102

- Tu veux dire qu'elle ne t'a pas félicitée ?

Le silence entre nous s'installe.
- Même plus tard ? Quand tu es rentrée chez toi ?

Le silence de la blessure.
Il y a des blessures qui cristallisent en elles toutes les autres. Les autres pour ainsi dire, on ne les a pas vues passer et tout à coup une, peut-être pas plus grave que les précédentes devient celle dont on se souvient. Chaque être humain se promène ainsi avec la marque indélébile d'une blessure secrète. Le récit qu'il en fait laisse quelquefois les confidents perplexes (mais ce n'est que ça, pourquoi toute cette histoire ?) c'est que précisément cette blessure arrive après toutes les autres, c'est peut-être la dernière, celle après laquelle la conscience se révolte et n'autorise plus personne à vous faire mal.

- Alors, tu es partie, Lisa ?
- Partie ?
- Oui, je veux dire, tu avais un travail qui te plaisait, des amis, tu chantais dans des groupes, tu menais des combats politiques, tu étais indépendante, tu es partie de chez tes parents ?
- Non, tu vois, je ne suis pas partie. Je suis restée jusqu'à 24 ans. J'aurais pu partir, aller vivre ailleurs, à Florence.

Partir. Rester. Revenir.
Est-ce qu'on sait toujours pourquoi ?
Elle n'est pas partie.
Elle aurait pu.

Elle a laissé filer tout un éventail de possibles qui aujourd'hui encore la laisse rêveuse. Elle est restée chez sa mère dans l'attente de ce qui ne pouvait pas advenir.

- Et quand tu es partie, alors ? Tu t'es mariée ?
- Il a fallu un drame pour que je parte, tu sais, Marie. J'ai été obligée. Une histoire d'homme. Le fiancé de ma cousine.

Elle n'en dit pas plus.


Voleuse d'hommes. Dans cette paroisse si étriquée de Mira, la nouvelle avait dû vite se divulguer... Qu'est-ce qu'on pouvait attendre d'une fille qui manifeste, qui chante pour les ouvriers de Marghera, une échevelée qui ne va plus à la messe depuis longtemps ?

Fuir.

Mais pas trop loin.

Le départ rendu obligatoire comme si rien d'autre n'aurait pu le permettre.

Nos drames personnels ont quelquefois une fonction cachée que l'on ne découvre pas sur le champ : ils nous forcent à des choix. Ils nous poussent là où, sereinement et librement, nous ne serions jamais allés.

A Mira, la porte s'est refermée sur la fugitive avec tout ce qu'on peut imaginer de pathétique... Tu n'es plus ma fille, comment as-tu pu faire cela, et à ta cousine en plus, pas deux sous de morale, je ne veux plus te voir.

Il fallait le levier de l'amour et du drame pour oser renoncer à la maison maternelle.

Elle a vécu le « va-t'en ailleurs, tu n'es pas comme nous ». Son cœur tressaillait à chaque fois qu'elle voyait les 4 lettres écrites sur les panneaux de signalisation : Mira. Elle inventait des stratégies pour les éviter et cédait quelquefois la nuit à la tentation de passer par le centre de ce bourg qui l'avait vue grandir. Elle interrogeait discrètement ceux ou celles qui pouvaient lui donner des nouvelles, guettant le moindre signe qui permettrait le retour.

Exclue.

Seule.

Elle ne l'était pourtant pas, seule. Elle avait de nombreuses relations à la hauteur de sa personnalité chaleureuse et charismatique : des enseignants, des choristes, des musiciens, des journalistes, des hommes et des femmes appartenant au monde du spectacle, du syndicalisme, de la politique et des associations. Sa solitude était son secret. Ce que tout le monde devait ignorer pour que fonctionne le personnage de Lisa, dynamique, forte, enthousiaste etc…, etc…, etc…

Mais, les jours d'été quand la canicule fige la vie et que, retranchée dans sa maison aux volets clos, elle erre d'un canapé à l'autre, d'un ventilateur à l'autre, elle lutte comme elle peut – avec les écouteurs de son baladeur sur les oreilles ou le téléphone à portée de main – contre la sensation du vide qui la gagne. Ce vide paradoxal pèse des tonnes.

Vacances. Vacante. Vide.

Elle refuse les plages encombrées de corps exténués de soleil et luisants de gras, à peine accepte-t-elle, le soir, de rompre l'isolement pour un apéritif ou une glace. On peut être aimée et se sentir seule, persécutée par ces familles au bonheur spectaculaire, envahissant, tyrannique et leur ribambelle de gosses.

105

Elle préfère l'automne, Lisa, quand le monde sort de sa torpeur estivale et que le cours de la vie reprend avec les enfants des écoles, les copines du chœur, les projets de spectacle, les luttes à mener.

Toutes ces années de solitude, elle s'installe dans l'exclusion, pas trop loin du centre affectif de sa vie, de Mira, de sa mère, peut-être pour mieux guetter les signes, ou croiser des connaissances qui pourraient colporter des nouvelles ou tout simplement pour être là, prête à s'emparer de la moindre possibilité de réconciliation. Et l'espoir renaît un dimanche de promenade.

Ils sont toute une bande d'amis. C'est un jour délicieux de chaleur et de lumière douces. Ils ont choisi d'aller se balader le long de la lagune entre Portegrandi et Jesolo sur un chemin de terre entremêlé de roseaux et de boue. Le regard se perd à l'infini sur les eaux calmes à peine zébrées par le vol intempestif d'un oiseau. La pointe de son aile brise le miroir de l'eau qui retrouve aussitôt après sa paix large et lumineuse. Ils ne parlent pas. Ils ont compris d'instinct qu'il leur fallait s'accorder au silence s'ils voulaient surprendre les libellules, les grues et les grenouilles.

La silhouette d'un homme s'avance sur le chemin en sens inverse. Lisa lève les yeux. L'homme lui sourit. Le long de son torse, au bout de ses bras ballants, ses mains s'ouvrent. Lisa court vers lui. Ils s'étreignent sans un mot. Longuement. Il murmure des choses en lui caressant la nuque sous la masse de ses cheveux. C'est la première fois de sa vie qu'il accomplit ce geste.

Les autres ont continué leur marche, ils attendent plus loin. Quand l'homme et Lisa s'écartent l'un de l'autre, le soleil accroche des étincelles au coin de leurs yeux. L'homme tente quelques mots d'explication … Je n'ai rien contre toi. Laisse filer le temps. Tu sais bien comment elle est ta mère. Ça finira par s'arranger. Allez, sois courageuse. Ça va passer. Dans la vie, tout passe.

Il continue son chemin. Elle reste là, à contempler cette plaine d'eau paisible où la lumière se couche et se prélasse. On l'appelle. Elle rejoint le groupe.
- C'était qui cet homme ?
- Mon père.

Et lui reviennent en mémoire des images de son père. Un homme de peine et de travail, de regards muets et de gestes à peine ébauchés, à la tendresse discrète et silencieuse. Il était là pourtant, mais toujours dans un effacement prudent. La paix était à ce prix. Encore maintenant, il ne proteste pas, n'impose rien, ne s'oppose à rien. Il laisse faire. Elle ne lui en veut pas. Elle n'en veut même pas à sa mère. Elle comprend qu'il fait ce qu'il peut. Sa mère aussi, fait ce qu'elle peut. Tout le monde fait ce qu'il peut.

La réconciliation est venue lentement. L'amoureux, instrument du départ, s'est avéré volage : il avait accompli son rôle dans la vie de Lisa. Elle pouvait vivre désormais un amour de femme et pas d'adolescente rebelle.
Celui qu'elle rencontra alors, son compagnon actuel, musicien amateur, je l'ai connu. Nous étions invités en Toscane à une rencontre de choristes. Dans l'autocar, Lisa était assise à côté de lui : un homme à l'allure sobre et réservée, grand, mince, élégant, discret. Avec Lisa près de lui, ils formaient un duo tout en contrastes comme si le feu, en bonne intelligence, côtoyait l'arbre, altier et rassurant. A un moment précis, il y eut du mouvement parmi les choristes – rien de tel qu'un voyage en autocar pour vous ramener à votre esprit d'adolescent débridé et braillard – et Lisa s'est

107

levée comme un diable rouge qui surgirait de sa boîte. Alors l'homme paisible a tiré sur son bras et l'a obligée à se rasseoir, l'air de dire : laisse donc les enfants se démener, économise un peu tes forces.

Ce geste n'était pas un rappel à l'ordre plutôt un geste tendre qui cherchait à calmer l'impétuosité de la vie, à lui imprimer une sorte de mesure, de réserve. Lisa aurait-elle trouvé un homme qui la contient ? Une femme comme elle, aussi pétulante, aussi énergique, a-t-elle besoin de rencontrer l'homme qui doucement pose un cadre autour de sa folie ? Et lui a-t-il besoin d'une femme qui soit mouvement, animation, feu d'idées et de projets ?

Et la voilà, Lisa, qui dirige le chant de tout son corps. Elle peut devenir féline et avec des gestes déliés de chat imposer au groupe que nous sommes, la délicatesse et la subtilité, ou au contraire se servant de ses bras comme des ailes de moulin, encourager la force. Elle saute, fait la moue, grimace, danse, fronce les sourcils. Elle se tait, mais elle est toute oreilles, encouragements, persuasion. Elle est unique, seule contre nous les cinquante qui lui faisons face, mais sans elle, sans son énergie, son enthousiasme, sa générosité, nous n'existerions pas. Elle improvise des scénographies et s'adapte à toutes les salles. Il lui suffit d'un coup d'œil... Cette fois-ci, le chant est un tableau. On lancera des phrases chantées non de la scène, mais de notre place dans le public. Et chaque phrase sera comme une touche de couleur sur une toile imaginaire. D'autres fois, le chant est lui-même une toile qui se tisse et se répète et se prolonge, un fil...

J'essaie de chanter comme je peux, au dernier rang, la peur au ventre. J'essaie de chanter et je ne la quitte pas des yeux. C'est une flamboyante. Une de ces femmes où la vie s'exalte, exulte. Une, capable de colère et de larmes, de cris et de sentiments, de murmures et de hurlements, une qui prend tout à bras le corps, et tant pis si elle tombe, et tant pis si on ne l'aime pas. D'ailleurs, tous ne l'aiment pas. Elle a des aspects trop autoritaires qui en blessent plus d'un, surtout les hommes. Des dissensions couvent. Des phrases murmurées. Des critiques souterraines. Les guerres n'éclatent pas soudainement. Il y a auparavant le lent travail d'un venin qui se diffuse, secret et silencieux. On aurait pu arrêter sa progression, mais il aurait fallu ne pas l'ignorer. Or tout le monde fait comme si... Dans le chœur aussi tout le monde faisait comme si...

Moi, je trouve cela fabuleux d'en savoir un peu plus sur elle. Nous sommes tous comme ça, pareils à des frondaisons d'arbres. Ce qui fait la différence entre nous, ce n'est ni le vent, ni le soleil, ni la pluie, identiques pour tous les arbres, mais ce qui repose dans nos racines nocturnes.

C'est avec d'autres arbres, ceux du parc Piraghetto à Mestre que nous avons conclu, en Juin, notre saison de chant.

Le jour, les allées voient défiler des enfants, des poussettes, des mères de famille, des rêveurs oisifs, des travailleurs exténués, des lecteurs tranquilles, des sportifs de tous genres et des amoureux discrets. Le soir, le parc se transforme en un lieu que les habitants évitent : des groupes d'hommes s'y retrouvent. On imagine toutes sortes de trafic de substances illicites et des accords douteux. Il n'en faut pas plus pour que la peur s'installe. Or c'est la nuit que Lisa nous a fait chanter dans le parc.

Des arbres centenaires fusait le chant. Un soliste dissimulé derrière le tronc prêtait sa voix au cèdre, au platane, au pin. Et ainsi d'arbres en bosquets, le parc s'est animé d'une autre vie, poétique et surréelle. La voix d'un choriste répondait à une autre plus lointaine par un jeu d'échos subtils. Les troncs s'animaient, les feuillages vibraient de notes. Surpris, se demandant de quel arbre sombre jaillirait l'étincelle, les spectateurs suivaient. Puis, de toutes les directions du parc, nous nous sommes rassemblés sur une esplanade pour chanter ensemble une chanson en espagnol : Todo cambia. Tout change. Le parc Piraghetto à la réputation si mal famée était devenu, un soir, une scène naturelle et magique, sans aucune séparation entre les spectateurs, la musique, les arbres et les étoiles.

**Printemps 2015**

## Le chant trahi

- Non, vous ne pouvez pas chanter comme ça. Non, vraiment je ne peux pas vous laisser faire ça. Vraiment non. Ce n'est pas possible. C'était un chant d'affrontement. Les femmes chantaient contre les hommes qui faisaient mine de reculer, effrayés, puis à leur tour, ils prenaient leur revanche sur elles. Certaines, les mains sur les hanches, empiétaient sur le territoire masculin par provocation ; les mâles les poursuivaient alors, le regard énergique et la voix menaçante. Voilà que Maria refusait ce jeu, elle en était même scandalisée.

- Vous n'avez rien compris à ce chant. C'est un chant d'amour que chantent les jeunes de chez nous, dans les campagnes, l'été. Vous, vous en faites une lutte. Je ne peux plus accepter ça.
- Mais on l'a toujours chanté comme ça, proteste quelqu'un.
- C'est vrai, oui. A chaque fois, ça me met mal à l'aise. J'ai jamais osé vous le dire. C'est pas comme ça qu'on le chante chez nous …

Chez elle, en Moldavie, on doit le chanter dehors, une fois les champs moissonnés et les récoltes rentrées
- On est libre d'interpréter les chants comme on veut. C'est ça justement l'interprétation, tente d'argumenter une choriste.

Elle a raison. En général. Mais pas face à l'émotion de Maria dont l'indignation déborde :

- Je suis venue en Italie, j'ai tout accepté de vous. Vous comprenez tout : je parle italien, je fais la cuisine italienne, je travaille dans une famille italienne. Tout. J'ai tout accepté. Mais quand je vous propose un chant qui vient de chez nous, je vous demande de le respecter. Ce n'est pas le respecter que de le chanter comme ça.

- Si ce chant ou la manière dont on le chante te fait violence, on le retire du répertoire, propose Lisa. On est là pour la paix ensemble.

Je retiendrai cette phrase quand la guerre s'installera dans le groupe.

Maria rougit : elle ne pensait pas que son intervention spontanée pût aller si loin. Elle bafouille :

- Ce n'est pas cela que je veux mais vous pourriez chanter autrement, avec plus de douceur.

L'Italienne revient sur son idée d'interprétation. La rupture est imminente : Maria va éclater en sanglots ou quitter le groupe.

Je n'aime pas les conflits : dans mon Italien de pacotille, qui provoque déjà l'indulgence voire l'hilarité, je me lance dans une explication...

- Tu te sens trahie, Maria. Mais notre duel n'est qu'un jeu. Ce jeu des jeunes qui se repoussent pour mieux se trouver. On a tous fait ça quand on était amoureux et qu'on avait quinze ans : semblant de fuir et de crier, juste pour que l'autre se lance à notre poursuite.

Avec cette évocation du souvenir de jeunesse, tout le monde rit.

Rien de grave.

On ne chantera plus ce chant moldave.

112

L'équilibre est subtil.

Nous ne savons rien de ce qui se cache derrière un chant. Il est là, amené là, avec des paroles étrangères à peines traduites. Nous ignorons quels souvenirs et quelles émotions il recèle. On peut le trahir sans le vouloir, le tordant dans une direction qui ne lui appartient pas. Alors, celui qui le porte dans sa mémoire, se sent perdu : on a trahi les musiques de sa terre.

Dans l'esprit de Maria, depuis cet épisode, je suis son alliée. C'est peut-être pour cette raison qu'elle est venue s'assoir à mes côtés dans le car qui nous conduisait en Toscane. Elle a commencé son récit sans que je le lui demande. Elle avait envie de parler. Et les trains, les avions, les bateaux, tous ces lieux en mouvement favorisent la parole. Je n'ai pas pris de notes. Parfois, je lui posais une question, pour l'inviter à continuer, lui dire que j'étais là, à l'autre bout de son histoire, pour l'absorber, m'en imprégner et la restituer comme je pouvais. Sans trahir.

114

## Maria

Elle, elle ne voulait pas partir, Maria.

Elle ne voulait pas quitter ses enfants, son mari, ses parents, ses élèves, sa maison et sa terre.

Elle, elle ne voulait pas partir.

Elle n'a rien d'une coureuse de chimères, la Maria. Elle est d'un coin perdu de Moldavie depuis des siècles. Oublié du monde, son petit mouchoir de pays et ses façons de vivre d'un autre âge. Elle se voyait bien rester là, dans son village de 450 âmes, jusqu'à la fin de sa vie. S'occuper de son jardin, de ses vaches, de ses poules, de ses canards, de ses oies, couper le bois, alimenter le feu, nettoyer la cheminée, commander à tout son monde.

Elle, elle ne voulait pas partir.

Elle aimait son pays : les fêtes du printemps, les hivers isolés quand la vie se retire très loin dans une cellule protégée où le gel ne pénètre pas. Elle aimait la rudesse et la joie, le travail et la frugalité. Elle aimait ce pays, sans le savoir, sans même se le dire parce qu'il faut partir pour prendre conscience de ce qu'on aime et elle, elle, ne voulait pas partir. C'était pour les autres, ce car qui gagnait la ville, puis l'Europe de l'Ouest, les femmes plus jeunes, les désespérées, les insatisfaites. Elle, en plus de la santé, de l'amour et de trois merveilleux enfants, avait reçu ce don du ciel : celui de se contenter de ce qu'elle avait. Peu mais ici : dans sa cuisine, dans sa maison, sous son toit, sur sa terre.

Elle, elle ne voulait pas partir.

Elle n'y pensait même pas. C'est à peine si elle savait que ça existait l'Italie, la France. Loin. Si loin. Elle aurait voulu que le monde l'oublie, la laisse tranquille, là où elle était. Elle aurait vieilli plus vite peut-être. Elle serait devenue plus vite une femme usée par les travaux. Elle aurait préféré ça.

Elle, elle ne voulait pas partir.

L'Histoire a percuté son bout de terre moldave et quand l'Histoire s'en mêle, tout se délite. Aucun abri, aucun havre de paix, aucun paradis terrestre, ou du moins que l'on croit tel, ne lui résiste. Il fallut toute la violence de l'Histoire pour l'ébranler, la Maria. Car c'est une force. Un pilier. Une colonne, cette femme.

L'Union Soviétique s'est écroulée en 1989 et en 1992 les Républiques amies l'ont suivie dans sa chute. La monnaie locale et les économies du peuple ont fondu. Tour de passe-passe, là-bas dans les banques. Les banques, là-bas dans les capitales. Les capitales où se déroule l'Histoire.

Il lui restait son métier à Maria : institutrice dans le bourg voisin. Elle se rendait à l'école même si son salaire ne lui était pas versé. Elle y allait pour les petits qui attendaient d'elle des lectures, des rondes et des chansons. Elle ne se voyait pas leur dire : à partir de demain, je ne viendrai plus parce que je ne suis pas payée. Qu'est-ce qu'ils auraient pu comprendre au mot salaire, les enfants ?

Il lui restait sa terre qui lui assurait de quoi manger. Mais pour la maladie des parents, les études des enfants, les réparations de la maison, les outils à changer, elle a emprunté. C'était un petit emprunt, pas grand-chose mais à des taux ! Très vite, elle ne put rembourser. Les usuriers sont passés aux menaces…Tu as des filles, Maria, elles sont jeunes et belles, tes filles, Maria.

Dans son lit, la nuit, elle ne dort pas : qu'est-ce qu'ils ont voulu dire avec cette allusion à ses filles ? Ils ne peuvent quand même pas les lui enlever. On n'est plus au Moyen Age. On n'asservit plus les gens pour dettes. D'abord, ils prendraient un lopin de terre. Rien qu'avec le pâturage de derrière la maison, ils se paieraient. Puis peut-être la maison. Les bijoux, ça fait longtemps qu'elle n'en a plus. Sauf sa croix et son alliance. Ça, c'est sacré. Ça ne se vend pas. Alors qu'est-ce qu'ils ont voulu dire ? Lui suggérer qu'elle pourrait envoyer ses filles travailler en Europe. Elle sait bien ce que cela signifie.

Maria frémit. Ses idées s'emballent. Comment retenir cet imaginaire qui galope à toute vitesse dans la nuit calme ?

Quelque chose se contracte dans son ventre. Ça serre. Ça fait mal. Elle a la sensation d'accoucher une deuxième fois, une troisième fois. Des chevaux fous, elle a dans la tête, la Maria : on ne peut plus y arriver, on ne gagne plus rien. Même quand on va en ville pour vendre des légumes, personne n'achète. A croire qu'ils ne mangent plus les gens. On ne mourra pas de faim sous mon toit. C'est sûr. Mais on ne remboursera pas le prêt. Et pourquoi, ils m'ont parlé de mes filles, ces salauds ? En quoi ça les regarde que j'ai des filles ?

Pour elles, et pour elles seules, l'idée se lève dans son esprit : partir. Ses filles. Cet amour total, animal qui la transformerait en assassin s'il le fallait. Une force. Une force muette, concrète, viscérale. Ses filles. Et tout se mêle dans sa tête durant ces nuits sans sommeil où elle suit l'effleurement du vent sur les tuiles, l'aboiement d'un chien qui perce les ténèbres. Partir. Il faut partir. Aller gagner de l'argent là où il y en a. Apaiser les usuriers. Et que ses filles restent au pays. Qu'elles fassent des études. Qu'elles se marient. Partir. L'idée flotte en elle tandis que, dans le grenier, une souris et ses petits se régalent des résidus de noix. Elle entend leur sarabande joyeuse. Elle entend aussi les ronflements de son

117

mari et pour une fois, elle ne lui en veut pas. Elle les trouve plutôt sympathiques, ces ronflements confiants qui rythment la nuit et le silence. Si je lui dis pour les usuriers, il va devenir fou. Un homme, ça réfléchit pas comme une femme. Il est capable de prendre le fusil de chasse et de foncer en ville. Qu'est-ce qu'on y gagnerait ?

Elle ne dort pas, la Maria.

Partir, il faut partir. Elle le dit quelquefois à son mari. « Je vais faire ma valise, et je vais partir ». Elle le dit en riant. Il ne la croit pas. Il la regarde et ne comprend pas. Pourquoi elle a cette idée de départ alors qu'ils s'aiment et qu'ils s'aiment à la folie depuis le jour où ils se sont vus ? Quand il la regarde, elle se tait. Ils ne discutent jamais. Lui se repose sur elle de tout. Elle est sa forteresse. Il travaille, rentre épuisé, mange sa soupe, écoute le bavardage des filles et n'a qu'une hâte : se coucher avec elle, près d'elle, dans sa chaleur profonde. Elle envie sa tranquillité. Elle voudrait bien, elle, dormir dans la paix de quelqu'un qui l'entourerait ou la protégerait. Mais c'est elle qui garde, veille, réfléchit, compte, et ne dort pas.

Les usuriers, ce ne sont pas les promesses, les sourires ou les prières qui les calment. Elle n'aurait pas dû emprunter. Elle n'aurait pas dû accepter ces taux.

Elle ne dort pas.

En Italie, il y a déjà sa sœur qui gagne bien sa vie. Maria aurait vite fait de tout rembourser.

Et lui, son mari, est enfoncé dans le sommeil... Depuis le temps qu'on partage tout. Combien d'années ? J'avais 17 ans et lui 27. Depuis 20 ans, on vit dans le même souffle. C'est pas qu'il cause beaucoup mais il est là. Et si je le touche au milieu de la nuit, il ne dit jamais non. Moi non plus, je ne dis jamais non. C'est comme ça entre nous. Simple. On s'est rencontrés au bal du pays et le lendemain, on est allés voir le pope. On pouvait pas attendre. C'était plus fort que nous. On lui a dit : mariez-nous sinon on va faire des bêtises. Comme ça, sans fête, sans parents ? Comme ça. On fera la fête après. La fête, c'est sa présence. On ne se le dit pas parce que chez nous, ça ne se dit pas, mais vivre sans lui, mon Dieu, vivre sans lui !

Maria transforme ses nuits d'insomnie en prières... Mon Dieu, dites-moi ce que je dois faire. Rester ici, auprès de lui, mon mari, auprès de mes enfants, de mes parents, et risquer de se retrouver sans rien, sans terre, sans maison, à la rue ? Partir ? Les laisser tous et aller je ne sais où gagner ce maudit argent ? Où elle est votre volonté, Seigneur ? Est-ce qu'une femme doit quitter son mari ? Est-ce qu'une mère doit quitter ses enfants pour aller gagner sa vie en Italie ?

Au matin, elle n'a reçu que les stigmates de la fatigue : des cernes bleus autour des yeux.

- Tu as l'air fatigué, Maria. Tu en fais toujours trop. Tu n'as plus vingt ans, ma belle. Laisse un peu faire les jeunes. Les filles ne sont pas des princesses. Tu les gâtes trop. Elles peuvent t'aider. Tu travailles à l'école pour rien et en plus, tu te démènes à la maison.

- Ce n'est pas ça qui me fatigue, tu sais. Je ne dors pas.

L'homme prend sa veste et sort.

Au début, elle prononçait les mots en plaisantant : je vais partir en Italie. Des paroles lancées au milieu du repas du soir qui ne rencontraient que silence et incrédulité. On la laissait dire, c'était un rêve. Les choses sûres étaient là autour de la table où l'on mangeait tous en paix, tenant les ombres à l'écart.

- Un jour, je vais faire ma valise et je vais partir, redisait-elle en faisant la vaisselle. Je vais partir avec le car, comme Natacha et Ivana.

Maria croit aux choses qui s'imprègnent lentement dans les esprits. Sans déchirures et sans cris. Elle croit à l'eau qui use la pierre, aux graines qui germent, pas aux bouleversements et aux coups d'éclat. Alors elle répète :

Partir… Italie …

Que ces cinq syllabes fassent leur chemin dans les cœurs et les esprits !

Partir … Italie.

Parce qu'il n'y a pas d'autre solution.

Partir… Italie.

Parce que des femmes qu'elle connaît, l'ont fait, qu'elle a des exemples et des adresses.

Partir… Italie.

Un jour, elle avance une date…

- Je vais partir en Septembre. J'irai en car jusqu'à la capitale puis en train jusqu'à Milan. Ma sœur, m'a trouvé un travail dans un bourg à 200 km.

Le projet est tout empaqueté de certitudes, de dates, de chiffres, de noms. L'homme regarde Maria et ne dit rien. Contre elle, il n'a jamais rien dit. Tout ce qu'elle fait est juste. Il le sait. Si elle part, c'est pour les enfants. Il regarde immensément cette femme qui déjà s'éloigne de lui. Pour leurs enfants.

C'est lui qui aurait dû partir mais les hommes ne trouvent pas de travail en Italie… Alors les rôles s'inversent : les femmes partent gagner l'argent et les hommes humiliés errent seuls dans les rues des villages.

Lui, il ne la retient pas. Il ne lui dit rien qui puisse alourdir sa décision mais il la regarde. Il la regarde chaque jour avec plus d'intensité. Il tente d'imaginer l'espace sans elle. Cette maison sans le corps de Maria, son pas, son chant, ses mains.

Il la regarde et c'est comme s'il cherchait à graver en lui ses gestes les plus ordinaires.

Un matin, il reste là, assis devant son bol de café vide. Elle s'affaire, comme toujours. Elle fait le pain. Ce soir, ils sont invités chez des parents. C'est une coutume de porter un pain. Elle fait un pain qui lui ressemble, chaleureux, odorant, moelleux. Il regarde ses mains pétrir avec vigueur et ses bras et son buste. Elle donne à la pâte toute sa force, toute sa générosité.

- Tu vas me regarder comme ça toute la matinée ? C'est pas la première fois que je fais ça, tu sais.

Il baisse les yeux. Il ne trouve rien à lui répondre. Il voudrait lui dire que c'est la première fois qu'il prend le temps de la regarder mais il a peur qu'elle trouve cette déclaration trop tendre. Alors, il ne dit rien. Comme toujours.

- Tu vas pas travailler ce matin ?

Non, ce matin, il ne va pas travailler. Ce matin, il s'imprègne des gestes de sa femme. Sa femme qui va partir.

Quand elle pétrit le pain, quand elle épluche les pommes de terre, quand elle fait des gâteaux, elle est tellement présente. Tellement là. Tellement totalement là. Elle a une façon d'être, si puissante, si pleine qu'il ne peut pas concevoir la cuisine, la maison, la chambre sans elle. Tout l'espace se videra de sa substance.

Lui aussi se videra de sa substance et ne sera plus qu'une écorce d'homme.

Puis, un jour, elle part.

Elle n'avait qu'une valise et un sac.

Dans la valise, elle avait glissé des photos. Elle avait tenté de dire quelque chose de rassurant :

- Tu sais, pour moi, il n'y aura pas d'autre homme.

Il le sait.

Il n'avait aucun doute. Ce n'est pas une aventurière, la Maria, pas une séductrice. Là-bas, en Italie, elle ne portera pas le foulard, comme ici. Là-bas, elle sera libre. Il n'y aura aucun voisin pour la surveiller mais l'amour s'est ancré en eux depuis si longtemps.

- Tu as raison Maria de penser aux enfants avant tout mais nous Maria, nous ?

Cette question, il la portait en lui depuis si longtemps déjà, sans arriver à la prononcer. Il a fallu la valise, le sac, le manteau jeté sur la valise, Maria avec ses chaussures de ville et sa jupe des dimanches pour qu'il parvienne à l'exprimer...

- Nous, Maria ?

Elle ne répond pas. Elle évacue les larmes dans un mouvement brusque en saisissant son manteau. Nous ?

Elle n'est jamais allée plus loin que Chisinau.
Elle n'a jamais pris le train.
Elle ne parle pas l'italien.
Elle est déjà seule avec sa valise.

Elle est arrivée à Milan, de nuit. Elle a cherché le ciel sans le voir : à la gare, une voûte de verre la séparait des étoiles. Elle a serré sa valise en se donnant l'air assuré de quelqu'un-qui-sait-où-il-va. Elle devait prendre un autre train pour un bourg à deux cents kilomètres de Milan. Elle a trouvé le panneau d'affichage des trains. Tout était écrit en italien mais elle savait le sens de ces deux mots clés : arrivi, partenze. Pour sa destination, il n'y avait plus de train jusqu'au lendemain 10h. Où aller ? Dormir dans la gare ? Elle a fouillé des yeux les quais noirs, les voies ferrées noires, les wagons et les locomotives à l'arrêt. Elle a senti peser sur elle les regards d'hommes oisifs qui n'allaient nulle part et faisaient cercle autour d'une cigarette. Leur silence soupesait ses seins. Il ne fallait pas qu'elle ait l'air perdu. Il fallait qu'elle maîtrise la sueur de ses mains, leur tremblement. L'important, c'était que sa peur reste invisible. La peur qui se voit est un signal. Elle savait cela. Elle s'est mise à prier, parce que c'est toujours ce qu'on fait chez elle quand plus rien ne va, que la grêle menace les pruniers en fleurs, que le tracteur vous lâche en plein travail, que les filles ne sont pas rentrées de l'école. La prière, ça calme. On remet son paquet d'angoisses à quelqu'un d'autre... Aide-moi, aide-moi, je ne sais plus que faire, où je dois aller avec tous ces hommes qui me dévorent des yeux et leur mine de misère et leur air de n'avoir plus rien à perdre ? Pour ne pas affronter l'espace et la solitude, elle gardait la pose devant les panneaux d'affichage qu'elle avait cessé de lire. Elle fermait les yeux et elle priait, si concentrée que de loin elle pouvait passer pour une femme qui étudiait les horaires... Tu vas téléphoner à ta sœur, lui expliquer que tu n'as pas de train avant demain. L'impératif d'une action. La réponse de Dieu ? Peut-être.

Il fallait acheter une carte téléphonique. Trouver un kiosque et une cabine. Elle a repéré un kiosque, par chance encore ouvert. Elle s'est expliquée avec le vendeur comme elle a pu, avec des gestes. Munie du petit carton glacé, qui était pour elle un sauf-conduit contre la panique, elle a cherché du regard une cabine, pénétré dans le hall couvert. Elle ne comprenait rien à cette gare si imposante, avec ses escaliers monumentaux et ses mosaïques qui la rendaient pareille à une cathédrale sans Dieu. Elle a craint un moment qu'il n'y ait plus de cabine : tout le monde a un téléphone portable aujourd'hui ! Mais alors, le vendeur ne lui aurait pas vendu de carte. S'il y avait des cartes, il devait y avoir des cabines.

123

Les hommes qui l'observaient savaient désormais qu'elle était une étrangère : il n'y a que les étrangers pour téléphoner de cette façon démodée. Elle a rougi malgré elle. Elle aurait voulu ne pas être aussi évidente dans le hall de cette gare. Elle s'est enfermée dans la cabine avec sa valise. Elle craignait qu'on ne la lui vole. Ça n'a pas été facile. Elle se sentait prise dans une cage de verre que les regards transperçaient. Il a fallu poser son sac sur le rebord étroit, l'ouvrir, chercher son agenda et accomplir tous ces gestes, comprimée qu'elle était dans l'étau de verre, vulnérable, offerte, ne cherchant plus à dissimuler la vérité : non, je ne suis pas d'ici, personne n'est venue me chercher, je ne sais pas où aller, je suis perdue et en plus je ne parle pas l'italien.

La voix de sa sœur, qui lui parle dans sa langue, à l'autre bout du fil, la rassure un peu :
- Mais où tu es, Maria ?
- A Milan, je suis à Milan. Il n'y a pas de train jusqu'à demain. Je ne sais pas quoi faire.
- Maria, tu ne peux pas dormir à la gare. Les gares ne restent pas ouvertes toute la nuit. Et puis, il y a trop de gens bizarres. Fais attention. Prends une chambre d'hôtel... Tu sors de la gare et tu choisis un hôtel modeste, deux étoiles, pas plus. Il y en a dans le quartier.
- J'ai jamais dormi à l'hôtel. Jamais. Même pas avec mon mari alors seule, tu te figures que je peux faire ça ? Rien que l'idée me fait trembler.
- Ecoute, prends un taxi, alors. Mais ça va coûter cher. Tu as de l'argent ?
- J'ai de l'argent.
- Le taxi, ça va te coûter plus cher que la chambre d'hôtel, tu sais.
- J'ai jamais pris une chambre d'hôtel. Je ne peux pas.

- Arrive jusqu'ici. Je t'attends

Il a fallu descendre l'escalier avec sa valise. Ne pas avoir l'air de souffrir de son poids. Si elle avait donné des signes de peine, un des hommes oisifs aurait trouvé l'occasion de l'aborder. Il a fallu trouver un taxi, supporter l'air surpris du conducteur quand elle lui a montré le papier où elle avait écrit le nom de sa destination pour ne pas avoir à le prononcer.
- Si loin ?
Elle a acquiescé sans parler.
- Ça va être cher.
Elle a acquiescé de nouveau.


Dans la voiture, elle ne se détend pas. Elle surveille le compteur qui engloutit si vite ses économies. Elle aurait pu prendre un hôtel. Ce taxi, c'est plus cher que ce qu'elle a payé pour arriver de Chisinau. L'hôtel, c'était au-dessus de ses forces. Tant pis pour l'argent ! Elle va travailler. Elle le gagnera, l'argent. C'est pour ça qu'elle est là, dans une voiture inconnue, avec un homme inconnu, sur cette route inconnue. L'argent ! Si elle avait eu de l'argent, elle serait restée, là-bas, au creux de sa Moldavie avec son mari, ses enfants, sa terre, son village, son école, son église, son cimetière où elle aurait fini par dormir au milieu des siens. Tandis que le conducteur l'observe dans le rétroviseur, elle s'efforce de ne pas pleurer. Quand les larmes se pointent à l'orée des yeux, elle prie.


Après trois heures de route, le taxi est arrivé à destination. Le chauffeur a montré à Maria la somme qui s'affichait sur le compteur. Maria désignait son sac avec des gestes confus et désespérés. L'homme l'a fait descendre du véhicule. Il s'est dirigé avec elle jusqu'au hall de la gare, blafard et désert. Il

125

était presque une heure du matin. L'homme, sans se mettre en colère, lui désigne une cabine téléphonique. A ce moment-là, des policiers, trois, font irruption dans le hall. Maria les voit se diriger vers elle. Ils ne la quittent pas des yeux. Ils viennent l'arrêter. Elle passera la nuit au poste. Qu'est-ce qu'ils feront d'elle ? Ses papiers sont en règle. Mais avec son visa de tourisme, elle a bien l'intention de rester plus longtemps. Ils le savent. Ils vont la renvoyer en Moldavie. Et tout ce voyage n'aura servi à rien, qu'à épuiser ses économies. Le film de son désastre s'empare de son imagination. Elle est prête à supplier mais aucun mot ne lui vient. Alors, elle fait pipi sur elle. L'urine forme une flaque à ses pieds, exactement sous sa jupe. La petite mare jaune tient en respect les hommes qui s'en écartent, atterrés, mais sans dégoût. Leur regard remonte de la flaque coupable aux chaussures noires de Maria, aux bas, le long de ses jambes, au bord de l'ourlet de sa jupe et jusqu'à son visage rouge à en crever. Le chauffeur s'adresse doucement à elle :

- Madame, allez téléphoner à votre sœur.

Il ne pouvait pas dire une parole plus gentille que « ce madame » qui agit sur elle comme un baume. D'un geste amical, il lui prend le bras, la tire vers la cabine.

- Ne bouge pas, j'arrive, lui dit la voix moldave.

La sœur de Maria règle la course sans sourciller pour que les flics et le chauffeur s'en aillent, et qu'elles puissent toutes les deux s'étreindre et pleurer sans témoin. Un peu plus tard, elle demandera à Maria :

- Mais tu m'avais dit que tu avais de l'argent. Pourquoi tu n'as pas payé, Maria ?

- Je ne sais pas. Je ne suis pas arrivée à sortir les billets. Je ne sais pas mais maintenant, je peux te rembourser.

Ni elle, ni sa sœur n'ont cherché à comprendre ou à expliquer. Elle était là, maintenant, arrivée en Italie, dans la peur et la confusion.

Elle n'est pas restée longtemps dans ce petit bourg de Lombardie, le temps d'apprendre quelques mots d'italien. Quelques plats italiens. En acceptant ce premier travail de garde-malade, elle savait que ce serait provisoire : la compatriote qui l'occupait était partie régler des affaires au pays et pour rien au monde, Maria n'aurait insisté pour prendre sa place. Dans ce nouveau métier qu'elle découvrait, il y avait une éthique et Maria avait l'honnêteté chevillée au corps plus forte que le besoin d'argent. Trois mois après, elle a refait sa valise, avec un peu plus d'assurance. Elle connaissait les horaires de train, elle est arrivée à Mestre où elle avait rendez-vous pour un nouvel emploi.

J'attends que Maria me raconte son arrivée à Mestre mais elle se tait soudain.

Nous traversons la Toscane.

- Quand je vois les fleurs mauves des bougainvillées, les troncs des oliviers et les collines avec les cyprès et les vignes, je pense à chez moi, le Midi de la France. Je vais te faire une confidence, Maria : je n'aime pas la campagne vénitienne avec sa désolante platitude et ses labours. Comment c'est chez toi ?

- Chez moi, c'est beau.

Regret mélancolique : l'étranger est toujours un peu ailleurs, dans le pays qu'il a quitté dont il garde des souvenirs que le temps rend pareils aux rêves.

Le silence entre nous berce nos nostalgies jumelles. Le car a laissé la pluie et la brume de la Vénétie pour le soleil et ses

127

éclats bienveillants sur les vignes et les oliviers. Comme chez moi.

Maria peut continuer son récit ou ne plus rien dire, je n'irai pas la presser de questions. Il faut que cela reste une confidence libre. Elle répète ce mot : Mestre, et sûrement sous son front reviennent les premières impressions de son arrivée en Vénétie.

- Les gares, en Italie, c'est terrible. Tu as la sensation que tout le monde t'observe. C'est sale. Il y a une foule de gens. Tu te sens perdu.

- Quelqu'un t'attendait, Maria ?

C'est la deuxième fois que je prononce ces mots : à Larissa aussi j'avais fait la même demande. C'est qu'il est si difficile de voyager sans qu'une personne vous attende : à la solitude du voyage, succède celle de l'arrivée. Et ainsi, on a l'impression de se déplacer d'une solitude à l'autre.

- Quelqu'un m'attendait, oui, mais je ne savais pas qui.

Et si dans le flot des gens, l'homme qui avait reçu sa photo ne la reconnaissait pas, s'il était distrait, s'il avait oublié la photo chez lui, s'il ne se rappelait pas ses traits. Elle se cramponne à sa valise et tente d'écarter d'elle toutes ces idées... Ça va bien se passer, allez, Maria. Tu vas voir. C'est une bonne place. Pour longtemps, cette fois. Ça va bien se passer.

Un inconnu l'aborde, l'appelle par son nom : Maria. Oui, c'est elle. Ça doit être le fils. C'est toujours les enfants qui règlent ces questions. Il lui parle gentiment. Elle comprend la douceur des mots mais pas tout leur sens. Elle saisit quelques bribes :

- Mio padre é vecchio, molto vecchio. Mia madre è cieca.

128

Qu'est-ce que cela veut dire : "Cieca"? L'homme fait un signe de négation devant les yeux. Aveugle. On ne le lui avait pas dit.

- Mia madre, molto speciale.

« Speciale » ...Dans quel sens « speciale »?

L'homme est courtois, il porte sa valise jusqu'au premier étage d'un immeuble du centre-ville. Il a sa clé. Dès qu'ils ont franchi le seuil, surgit une femme élégante qui l'admoneste aussitôt :

- Tu peux sonner Enrico. Tu entres ici comme dans un moulin.

L'homme ne tente aucune protestation. La femme tourne la tête vers Maria exactement comme si elle la voyait :

- Alors, c'est ça, Maria ?

L'homme rougit. Maria a compris la question. Elle voudrait partir. La porte est fermée.

- Montre-lui sa chambre et dis-lui de mettre des chaussons et de se laver les mains. Et puis rejoins-moi, on va lui présenter ton père. Tu lui as expliqué qui était ton père ?

Enrico fixe la pointe de ses chaussures avec obstination et ne répond pas.

- Mon mari a été un homme important, président de plusieurs sociétés. On vous a engagée sur recommandation parce que chez vous, vous étiez institutrice. Je voulais quelqu'un d'un peu cultivé pour mon mari même si, comme vous ne parlez pas l'italien, votre culture ...

Elle finit sa phrase par une lame de sourire effilé.

129

- Vous l'appellerez « dottore », j'y tiens. Aucune familiarité avec le « dottore »je vous le recommande.

Le « dottore » gisait dans son lit, entouré d'une multitude de coussins comme s'il avait voulu ériger entre lui et le monde tout un système d'amortisseurs. C'était un souffle fragile dans un nid de plumes.
- Voilà la Moldave qui va s'occuper de toi.

La Moldavie, ce pays que Maria aimait, devenait soudain dans la bouche de cette femme une insulte.
- Bonjour Maria, lui dit l'homme.

Et ces mots si simples lui parurent soudain comme un signe d'humanité retrouvée.
- Allez, suivez-moi, vous n'allez pas rester plantée là. Il faut que je vous montre la maison. Ici, chez moi, je suis presque aveugle mais je connais le moindre recoin. Personne ne peut me tromper. Personne, vous m'entendez ?

L'appartement déroulait ses 200 mètres carrés de tapis, meubles, tableaux, bibelots en tous genres. C'étaient des tables, des guéridons, des commodes, des consoles supportant des vases de Murano, des lampes, des coupes, des carafes, des plateaux d'argent, des statuettes de bronze, des cadres avec toute une panoplie de photos de famille d'un autre siècle, bref tout ce que la bourgeoisie est capable d'accumuler sous prétexte de beauté. Et il fallait se couler au milieu de cette exposition permanente avec des souplesses de serpent, glisser, entre les tables, les bahuts, les chaises et les fauteuils capitonnés. Madame aveugle réussissait ce prodige !
Maria, engagée comme aide-soignante, comprit vite qu'elle devrait tout faire : le nettoyage minutieux de tous les objets précieux, la cuisine, le ménage, les soins au vieil homme, le

repassage et la promenade avec Madame dans les rues de Mestre. Elle n'avait pas les mots pour protester et quand bien même elle aurait pu le faire, elle se serait tue : elle ne voulait pas perdre sa place et risquer de ne pas envoyer d'argent aux siens. Au moins, elle avait une chambre, des repas assurés et pour le reste, elle pouvait toujours pleurer ou prier dans son lit en regardant la nuit et les étoiles.

Il ne lui fallut pas longtemps pour saisir le sens des mots « mia madre é speciale » : Madame avait gardé de ses origines nobles un antique mépris pour le peuple. Elle se comportait comme une femme privilégiée, méritant des égards, multipliant les efforts pour n'avoir avec la plèbe – dont elle avait tant besoin – qu'un minimum de contacts, réduits à des ordres ou des humiliations. Elle avait, avec une grande bienveillance, autorisé Maria à regarder la télévision mais lui interdisait de s'asseoir dans un fauteuil, la contraignant d'occuper toujours la même chaise de bois au dossier rigide – sa chaise – celle qu'elle devait ensuite ramener dans sa chambre ! Madame savait humilier la servitude, en gardant un ton calme et toujours ce fil de sourire au coin des lèvres.

- N'oubliez pas Maria, de mettre du sucre dans les fraises. Dans votre pays, vous ne devez pas en manger souvent des fraises… !!!

L'expression « dans votre pays » revenait la gifler plusieurs fois par jour sans qu'elle ne réponde jamais. A quoi bon ? Cette femme s'était fait une idée de la Moldavie qui concentrait en elle tous ses préjugés et son ignorance… Un pays de neige et de glace, sans aucun confort, où les gens ne connaissaient rien à la modernité, ni salle de bain, ni chauffage, une terre de barbares, longtemps sous le joug de l'Union Soviétique, des athées, des marxistes, sans raffinement.

- Ici, vous serez chauffée, pas comme dans votre pays !

Maria supporte. Supporte tout. Les remarques constantes, cet air excessivement poli, ce sourire si économe de lui-même qu'il en devient pathétique...

- Maria, je suis obligée de vous dire que vous avez trop cuit les pâtes, trop salé le risotto, pas assez citronné le poisson... C'est sûr, ma pauvre fille, que dans votre pays le poisson, vous ne devez pas en voir souvent sur la table !!! Maria, je dois vous dire que vous faites trop de bruit quand vous vous déplacez, on n'entend que vous dans cette maison. J'imagine bien que vous manquez de légèreté...

Des remarques à n'en plus finir « pour son bien » parce qu'il fallait qu'elle apprenne à servir dans une famille bourgeoise italienne, que cela lui serait utile pour son avenir...

Maria avait tenté de répliquer une fois ou deux. Il s'en était suivi une longue diatribe ponctuée de « ma pauvre fille » qui emberlificotait l'argument sur un mode compassionnel insoutenable.

Alors elle supporte, Maria, mère de trois enfants, âgée de presque 40 ans qui là-bas dans son pays, menait son monde comme elle voulait. Elle accepte d'être traitée comme une petite fille prise en faute. Elle baisse les yeux, se mord les lèvres. Quelquefois les critiques sont d'une telle méchanceté qu'ils la laissent sans voix, sans larmes, dans un état de sidération :

- Vous êtes mariée dans votre pays. Vous avez trouvé un homme, un moldave, j'imagine. Ce qui compte pour les hommes de chez vous, c'est la solidité, la santé. Ici, vous auriez du mal à dénicher quelqu'un, n'est-ce pas ?

Le « dottore » au fond de son lit n'était pas sourd et compensait par ses attentions la méchanceté de sa femme. Il appelait Maria aux heures creuses de l'après-midi pour lui apprendre quelques mots d'italien.

- Maria, encore à bavarder, vous n'avez même pas songé à aérer la pièce. Tu vas en faire une paresseuse de cette fille. Ne la retiens pas près de toi à ne rien faire. Je lui ai donné l'argenterie à nettoyer…

- Mais on ne reçoit plus personne.

- C'est égal. Dans ma famille, l'argenterie doit briller.

- Je lui apprends à lire l'italien, comme ça elle pourra me lire le journal.

- Et où a-t-on vu un patron qui apprend à lire à ses employés ?

Il n'avait plus la force de répliquer. Mais les jours suivants, il attendait que sa femme sorte en ville avec ses amies. Il appelait Maria. C'était doux, ces moments dans la chambre à la pénombre intense. Quelqu'un enfin qui lui parlait sans lui donner d'ordre, l'interrogeait avec curiosité sur son pays, corrigeait la maladresse de ses phrases sans se moquer d'elle. Ce n'était pas très long ni très souvent, mais ça suffisait. Elle, Madame, suspectait cette complicité qui la rendait encore plus amère, plus agressive et plus seule.

- Vous deux, vous vous entendez bien, disait-elle, cherchant à gratter quelque confidence.

Maria prenait alors un air stupide et s'éloignait très vite vers quelque tâche.

L'injustice. Les reproches. L'humiliation. Elle était d'une nature solide, la Maria, le travail ne lui faisait pas peur mais ça… Et aucune oreille amie. Les mensonges obligés à la famille, le dimanche au téléphone.

133

- Mais oui, je vais bien. Ce n'est pas très difficile comme emploi. Les patrons sont gentils.

A quoi bon inquiéter les siens ? Ils lui auraient dit de rentrer au pays, elle ne le voulait pas : il fallait rembourser les dettes, certes, mais aussi économiser pour payer les études des enfants et les travaux de la maison. Voilà des années qu'on n'avait plus rien réparé : bientôt ils pourraient repeindre, refaire le toit, installer une chaudière à gaz. Tout ça parce qu'elle était là, à Mestre.

Quelquefois, elle n'en peut plus. Elle ne déprime pas pourtant. La dépression, c'est pour les autres, ceux qui peuvent s'arrêter de travailler. Mais c'est trop à la fin, cette vie où elle n'est pas libre, où il lui faut une autorisation pour aller à la messe, le dimanche, pour téléphoner, pour sortir et se rendre jusqu'à la poste envoyer l'argent tant attendu.

Cette vie de recluse dans un appartement citadin l'étouffe. Il lui manque les pommiers et les pruniers, les corolles des tournesols au soleil de l'été, les champs d'orge ou de blé. Si au moins, elle était à la campagne. Et pas dans cette cité du Nord baveuse de brume. Alors, elle s'invente une méthode pour résister. Dans ces rares moments de pause, elle court jusqu'au parc Piraghetto.

- Et là, je fais quelque chose de complètement fou, me dit-elle.

Je la considère intriguée. Elle poursuit :
- Je cherchais des endroits peu fréquentés et j'embrassais les arbres. Je me collais à eux, je les enlaçais, je respirais leur sève. C'est ça, c'est d'embrasser les arbres qui m'a aidée. Les arbres, c'étaient la terre et la terre, c'était chez moi.

Il y a la suite des jours humides et gris où elle ne reconnait rien de la réalité : ce ne sont pas les mêmes voitures, les mêmes constructions, les mêmes enseignes de magasins, les mêmes façons de se vêtir, de parler, de manger. Alors tout, dans les moindres détails, jusqu'au goût du café et du pain, la pousse dehors... Tu n'es pas d'ici. Tu es une étrangère. Tu n'es pas d'ici...

Il faut qu'elle reste et qu'elle reste pour l'argent, ce fameux argent, ces billets qu'elle palpe et retourne. Elle reste.

Elle ravale son chagrin et son orgueil.

Elle apprend à sourire en toute occasion, à rester indifférente aux remarques, à être docile et humble ...

Elle apprend aussi à se promener sans foulard sur les cheveux, à soigner sa tenue.


Elle veille le « dottore » à l'hôpital. Elle dort dans un fauteuil. Elle est plus proche de lui que sa femme ou ses enfants. Elle a l'habitude de veiller les malades. Dans son pays, on ne paie personne pour le faire.

Lui, le vieux dottore qui a perdu toute son intelligence, son élégance et ses pouvoirs est suspendu au regard de Maria comme un nouveau-né au regard de sa mère.

Allez, vous n'êtes pas seul, dottore, vous n'êtes pas seul. Je suis là. Je guette en vous le moindre besoin, la soif, le froid, le chaud. Je suis là, je ne vous quitte pas. J'attends la visite de Madame pour aller aux toilettes ou faire quelques pas dans le couloir. Je suis là, pour vous. Vous n'êtes plus un homme important, vous n'êtes qu'un vieillard et vous allez mourir. Et vous le savez. Et tout le monde le sait. C'est la fin comme ils disent. Si étirée dans le temps. Pourquoi est-il si long de mourir, si difficile, si lent ? Vous n'êtes qu'un souffle, laborieux qui monte et descend en vous, rauque et profond.

Et chacun de vos souffles est un effort de tout votre être. Et vous accomplissez les souffles, l'un après l'autre, comme si vous les arrachiez au néant. Allez, je suis là. Tout va bien. N'ayez pas peur. N'ayez pas peur. Je suis là.

Elle répète ces mots-là, Maria, avec calme.

Je suis là. Je monte la garde. Je suis une gardienne, puissante, forte, à la poitrine immense. Je vous défends. Pas de la mort, mais de la solitude et de la peur. Vos doigts serrent les miens. Je vous masse les pieds. Votre corps n'est plus qu'une pauvre petite chose fripée, déjà toute recroquevillée. Vous êtes comme un filet d'eau qui s'éteint doucement jusqu'à la dernière goutte.

Il est mort au matin, en la regardant. Elle lui parlait dans sa langue à elle, parce que cela devenait trop difficile de parler italien. Il semblait comprendre...

Dumneavoastrà puteti pleca. Dumneavoastrà ati trait bine nu aveti pentru ce sa va reprosati.

Elle lui a fermé les yeux et elle a pleuré. Puis elle a commencé à téléphoner aux enfants. Ils ont envahi la chambre dans un falbala de douleurs et l'ont écartée du lit. Ils ne comprenaient pas pourquoi elle pleurait, pourquoi elle tenait tant à assister aux funérailles. Mais ce n'est pas un de vos parents ! Elle s'obstinait, elle disait qu'elle resterait au fond de l'église. Puis, ils ont eu besoin d'elle pour les choses d'après la mort : le nettoyage de la chambre, le rangement du linge et des objets.

Maria est restée chez la veuve du vieil homme encore des années. Combien d'années, elle ne sait plus...

- Tu sais, les jours, ils étaient tous pareils, alors quand les jours sont tous pareils, les années s'enfilent les unes aux autres. Il n'y a rien qui te marque, rien qui vaille la peine d'être raconté. Tu te lèves à 7h du matin, tu fais ta toilette. Tu réveilles Madame qui te raconte comment elle a passé la nuit, toi tu l'écoutes, tu lui poses même des questions. Tu lui sers son petit déjeuner. Elle commence... Le café est trop sucré, trop fort, le pain trop grillé. Tu promets que tu feras mieux demain. Tu la conduis aux toilettes. Tu lui décris le temps qu'il fait. Elle décide de ce qu'elle va mettre. Tu vas chercher les vêtements dans l'armoire. Tu l'aides à se laver. Tu l'aides à se coiffer. Tu l'aides à s'habiller. Puis, tu fais le ménage. Quelquefois, vous sortez toutes les deux. Et elle, elle fait ce qu'elle veut. Elle a son orgueil de vieille aristocrate devenue aveugle. Elle ne veut pas qu'on la voie marcher au bras d'une Moldave. Elle se détache de toi. Elle s'obstine à marcher au beau milieu de la route : mais, Madame, vous ne pouvez pas marcher sur la chaussée, c'est dangereux. Elle rétorque qu'elle cherche l'ombre. Quand une voiture la frôle de trop près, et qu'un passant l'admoneste, elle met tout sur ton compte : mes enfants la paient pour qu'elle prenne soin de moi. Vous voyez comment ils deviennent les étrangers que vous hébergez. Toi tu suffoques, tu dégoulines de rage et d'impuissance. Tu avises un arbre, tu t'appuies contre lui, tu reprends souffle et tu murmures à peine... Madame, s'il vous plaît, veuillez marcher sur le trottoir. La vieille n'a pas fini, elle tient le bout d'une belle humiliation... Elle fait la gentille, parce qu'il y a un témoin, dit-elle. L'autre, un passant quelconque, s'éloigne... Et toi, tu le regardes partir sans protester. Que va-t-il colporter sur les garde-malades venues de l'Est ? Tu voudrais lui crier que, non, que ce n'est pas ce qu'il croit mais les larmes bloquent ta voix. Tu te détaches de l'arbre. Ici, tu as appris à ne plus accorder de prix à ce que les autres pensent de toi.

Un jour, Antonella a commencé à se plaindre, répétant à chacun de ses fils qui s'obstinait à lui rendre visite, qu'elle n'en peut plus, que ce n'est pas Dieu possible de n'avoir personne à qui parler de toute la journée, que toi, la Moldave, tu n'as jamais rien à dire, que tu n'as pas une idée, que tu sais à peine lire le journal, que tu ne connais rien à l'Italie, qu'avec toi, elle ne peut pas évoquer le nom d'un peintre, d'un musicien, d'un chanteur, d'un homme politique, que c'est tout juste si tu sais qui est Mastroianni ou Fellini, que ça va pour la cuisine, le ménage, la toilette, enfin presque, mais que si elle reste seule avec toi, elle deviendra aussi bête que toi.

Le fils l'interrompt d'un « voyons, maman, n'exagérez pas ». Il se tourne vers toi. Il te sourit. Il cherche à te dire...

- Je vous en prie, Maria, ne faites pas attention, elle est spéciale.


Tu te tais. Elle continue, absolument comme si tu n'étais pas là. Pourtant elle sait que tu es là. Et peu à peu, laminée par son discours, tu te délites dans l'espace. Tu te mets à exister comme les tables ou les chaises.

Les fils d'Antonella ont fini par céder aux exigences de leur mère : elle a intégré une maison de retraite de luxe qui assure des animations culturelles.


Comme à chaque fois où elle doit changer de travail, la « badante » doit aussi changer de vie.

- C'est ça qui est dur, aussi, n'avoir pas de maison, devoir partir, faire rentrer toutes les petites choses de ta vie accumulées depuis des années dans deux valises, ces valises qui attendaient ton départ sous ton lit, à leur place, comme si elles avaient su... Être en quelque sorte nomade. Tu sais pour une de la terre, comme moi, c'est si contraire à ma nature. On accepte. Il y a tant de choses qu'on finit par accepter et qu'on croyait impossibles. Si on m'avait dit que je serais ainsi ballottée, déplacée avec mes frusques et mes photos, que je me retrouverais encore et encore à attendre sur un quai de gare, moi qui aimais tant décider, prévoir, ne pas aller à l'aveuglette. J'ai accepté un autre foyer d'accueil, une autre petite vieille. Ils ne sont pas tous semblables, les vieux, il ne faut pas croire. Il y a les autoritaires, les méchants, les maniaques, il y a les doux, les tranquilles, les fragiles. Nous, je veux dire, nous, les « badante de l'Est » on s'adapte à chaque fois. Très vite.

La voilà désormais à Venise, chez Angela, une très vieille femme innocente et perdue. Perdue dans sa tête, son appartement, sa ville, sa vie, à ce point perdue qu'il est impossible de ne pas l'aimer.

Maria dort avec elle, dans le même lit qu'elle parce que la nuit tout peut arriver : Angela peut se lever sans qu'on l'entende, elle est si légère, elle peut tomber, vouloir allumer le gaz, décider d'aller se promener, ouvrir et fermer la porte sans bruit, marcher dans les rues de Venise, se perdre, s'envoler, elle est si légère. Alors Maria épie le moindre de ses mouvements. Ce petit oiseau vieilli la suit partout et imite tout ce qu'elle fait. Elle prend un torchon quand Maria prend un torchon, un économe quand Maria épluche les pommes de terre, cherche un deuxième balai pour balayer avec elle. Un jour, elle va jusqu'à avaler un piment rouge parce qu'elle a vu Maria en mettre des miettes sur ses spaghettis. Angela devient cramoisie, prête à s'étouffer, suffoque, pleure, fait des gestes d'éventail désespérés avec les mains comme si elle prenait feu. Maria, qui un instant seulement lui a tourné le dos, ne comprend pas ce qui se passe, se précipite, cherche à la calmer… Entre la mort du dottore qui n'en finissait pas de tarder et celle d'Angela qui pourrait subvenir à tous les instants, la voilà nantie, Maria, d'une petite ombre délicate et conciliante qui ne la quitte jamais.

Elle n'a guère le temps de découvrir Venise et d'ailleurs elle n'en a pas envie. Cette ville dont la beauté sonne comme un diktat ne l'émeut pas. Elle n'aime pas la foule des touristes qui parcourent dans les deux sens la Strada Nova et la bousculent et la mettent en retard. Elle n'aime pas non plus ce monde de pierres, sans l'espoir d'un champ, ces fenêtres aux fleurs misérables, et surtout ces eaux angoissantes qui montent et descendent selon leurs caprices, envahissent les rues et les magasins puis se retirent, marquant la ville de leur boue. Elle n'aime pas l'odeur des canaux, l'été. Pas d'air. L'eau étouffe. Une sensation de pourriture à ciel ouvert, avec en plus ces pigeons sales qui sont pires que des rats, poussiéreux et malades. Elle n'aime pas Venise mais elle ne le dit pas. Ce n'est pas permis de ne pas aimer Venise. Et puis à qui le dirait-elle ? Aux enfants d'Angela qui se débrouillent comme ils peuvent pour qu'elle ait quelques heures libres et qu'elle aille se promener à Venise, qui lui offrent cette possibilité comme une chance, n'attendant aucune réponse d'elle quand ils lui demandent... C'est beau, Venise, n'est-ce pas ? tant pour eux la réponse est évidente. Non ce n'est pas beau Venise, avec ces poubelles dégorgeant de détritus, ces oiseaux morts, ces hordes de touristes épuisés, ces marchands ambulants. Non ce n'est pas beau, Venise, l'Artificielle, sans terre, sans arbres – ou si peu – sans feuilles. Elle n'aime pas Venise parce que pour aimer Venise, il faut accepter de se perdre et Maria veut savoir où elle va. Dans cette ville, même avec un plan, on peut déboucher sur une cour fermée, ou pire un canal. Elle n'aime pas cette ville qui s'amuse sans cesse à lui tendre des pièges.

Ses heures de liberté, Maria préfère les passer à Mestre. De la gare, elle rejoint vite le parc Piraghetto et elle respire.

140

Seulement cela : elle respire. Elle pourrait découvrir les jardins de Santa Elena, mais il lui faudrait prendre le vaporetto, plus cher que le train, encore moins ponctuel et surtout si instable, payer 14 euros pour un trajet sans confort, prise en étau au milieu d'inconnus, sans possibilité de s'appuyer quelque part, balancée sur l'eau sans savoir nager, à se demander si vraiment il y a autant de gilets de sauvetage que de passagers. Et tant pis pour le tralala des palais et des reflets nacrés etc.… Elle préfère la terre, la sécurité, l'ordre, le sérieux. Il faudrait qu'elle apprenne des Italiens la fantaisie et la légèreté. Elle sait que cela lui manque. Dans sa solitude, elle réfléchit, elle compare. Elle voit bien que la moindre plaisanterie la fait rougir comme si ce n'était pas convenable de rire. Qu'un marchand de fruits de la Strada Nova lui lance un « cara » ou pire un « carissima » et elle en oublierait presque ses achats. Ici les gens ont, même à l'égard d'inconnus, des termes affectueux que chez elle, on ne réserve qu'à l'intimité. Elle s'efforce de sourire. Au moins sourire. Elle est loin du rire clair de certains hommes qui plaisantent en buvant des verres, des « ombra » à l'extérieur des bars. Elle n'a pas appris. Chez elle, le sérieux, voire le sévère est une valeur. Seules les fêtes autorisent quelque laisser-aller. Mais, même dans les fêtes, le regard des autres, ce qu'ils vont penser, dire, colporter ou plus exactement ce qu'on suppose qu'ils vont penser, dire, colporter pèse.

Chez elle.

Ici.

Peu à peu, le chez elle n'est plus un pur diamant sans défaut. L'ici n'est plus un pays dont l'unique qualité est la richesse… Ici, elle peut apprendre une certaine fluidité des manières, une certaine frivolité. Ici, les choses n'ont pas toujours besoin d'être parfaites. On peut même se tromper et rire, ce qui, pour elle, est le comble de la liberté.

Elle serait bien restée chez Angela. Elle jouissait d'une certaine forme d'indépendance : personne ne la réprimandait ou la surveillait. Avec la petite vieille italienne au regard d'enfant égaré, elle se sentait, elle, Maria, adulte et responsable. Elle retrouvait avec elle des attentions maternelles, la bordait quand elle se découvrait la nuit, lui essuyait le menton si sa soupe dégoulinait, la coiffait avec soin. L'autre se laissait faire : elle sentait d'instinct la bonté de ces mains attentives. Mais un des fils d'Angela prenait sa retraite. Il quittait Venise et retournait vivre à Palerme. Il voulait offrir à sa mère le ciel de sa jeunesse.

- Je l'amène avec moi, Maria, à Palerme. Là-bas, c'est la maison de son enfance, où elle est née, où elle s'est mariée. Elle retrouvera les odeurs et les couleurs de sa terre. Ça lui fera peut-être du bien. Et puis, au moins, elle mourra chez elle, dans son pays.

Maria ne dit rien : les Italiens aussi, sur leur propre sol pouvaient se sentir étrangers. Cet homme du Sud, exilé en Vénétie depuis plus de 40 ans ne voulait pas reposer dans un cimetière du Nord.

- Vous venez avec nous, Maria ? Ma mère s'est habituée à vous et puis vous verrez, le Sud, c'est magnifique. Vous n'aurez plus besoin de manteau, vous découvrirez les fleurs des amandiers et les flocons des mimosas en plein hiver. Alors vous venez ? La maison est grande. Il y a une chambre avec salle de bain, pour vous.

Elle refusa. Un autre arrachement lui semblait impossible. C'était pour elle comme changer de pays encore une fois. Elle avait appris à se repérer un peu dans cette réalité-là, à circuler sur la Terra Ferma, à prendre le train ou le bus. Partir encore ! à Palerme ! Elle pressentait là-bas, dans le Sud, des manières de vivre encore plus différentes. On parlait tellement de l'absence de règles dans cette région. L'idée seule la terrorisait. Ici, les choses fonctionnaient à peu près...

Elle regarda s'éloigner, Angela. Elle détacha sa main de son bras qui s'agrippait à elle comme une racine ridée. Elle l'accompagna jusqu'au bout pour l'apaiser. Angela allait prendre l'avion. Elle avait des regards d'effarée et se retourna plus d'une fois pour chercher des yeux la silhouette rassurante de sa « badante ».

Maria est de nouveau sans toit.

Elle a la tentation de retourner chez elle. Un lieu de liberté où elle peut déplacer des objets sans qu'on lui demande des comptes. Et même changer les rideaux. Et même jeter ce qui lui déplaît. A force de se glisser dans la maison des autres, elle ne sait plus quels sont ses goûts, à elle. Mais il y a les demandes d'argent et elle seule peut y répondre. Alors, elle recommence, lassée, meurtrie, devenue seulement cela : une force de travail qui se déplace au gré des besoins.

Pour son troisième emploi, elle accepte de quitter Venise. Elle est même heureuse de se retrouver dans un bourg à une quinzaine de kilomètres de la Sérénissime : Mogliano.

Elle est encore l'étrangère qui attend sur un quai de gare avec ses valises et guette celui ou celle qui doit venir la chercher. L'inconnu est pressé. Il n'a pas le temps de s'attarder en explications, son travail à la boulangerie l'attend. Il lui a tout dit au téléphone. Si elle a un problème, elle peut toujours appeler, lui, sa sœur ou sa femme. La maison n'est pas loin de la gare. Les commerces sont à proximité. Le lundi, c'est jour de marché. La campagne est à un quart d'heure de marche et un petit chemin trace sa route au milieu des champs, le long d'un cours d'eau. Le couple de personnes âgées est facile à vivre :

- Ils perdent un peu la tête mais ils sont encore autonomes.

143

L'homme, dans sa présentation rapide, avait raison : Elle était loin, Maria, des foules tapageuses de Venise. Les arbres, érables ou magnolias, plongeaient leur frondaison dans l'encadrement de sa fenêtre. Elle remarqua même un petit écureuil chocolat qui avait pris ses quartiers dans le grand cèdre. Le couple, Vittorio et Elena, l'accueillit sans réelle hostilité mais avec précaution : c'était si difficile d'accepter entre eux une troisième personne. Car les deux époux ne faisaient rien l'un sans l'autre, se tenant par la main même à l'intérieur de la maison. Ils s'aidaient mutuellement dans tous les gestes quotidiens. Si Elena ne pouvait pas lever le bras pour se coiffer, Vittorio passait le peigne dans ses cheveux avec délicatesse. Si Vittorio ne pouvait pas se baisser pour lacer ses chaussures, Elena le faisait pour lui. Leurs handicaps respectifs se compensaient l'un, l'autre, si bien que Maria observait cet amour quotidien devenu au fil du temps silencieux et paisible. Une chorégraphie à deux de gestes, de regards, d'attentions. Elle était là pour veiller sur eux, limitant toute action qui pouvait les séparer. « Nonno et Nonna », grand-père, grand-mère, comme elle les appelait, étaient tout occupés à vivre leur amour : ils jouaient aux cartes ensemble, cherchaient ensemble à se rendre utiles en ramassant les feuilles mortes, en mettant le couvert, en coupant les roses fanées. Maria ne les quittait pas des yeux, non seulement parce qu'elle était payée pour ça et qu'elle avait le sens du devoir, mais aussi parce que cet amour la fascinait. Ils avaient tous les deux dépassé les 90 ans, cela faisait plus d'un demi-siècle qu'ils respiraient dans la présence de l'autre. Leur vieillesse avait effacé leur individualité. Ils étaient devenus pour ainsi dire jumeaux. Elle songeait, Maria, à son mari dans son village moldave. Il dormait seul dans le lit conjugal et elle, seule dans un petit lit étranger. Depuis qu'elle avait quitté son pays, elle n'avait plus connu que ces sortes de lit pour célibataires ou enfants. Elle ne vieillirait pas avec lui. Peu d'années après son départ, il avait déclaré un cancer et à présent sans que personne ne comprenne pourquoi, il sombrait dans une démence sénile précoce. Quand elle appelait chez elle le dimanche matin, c'était à peine s'il la reconnaissait. Le bel homme de ses dix-sept ans était désormais semblable à un vieillard dont la mémoire s'effritait. Et elle, elle se battait pour lui, pour ses enfants, ses parents, à l'autre bout de l'Europe dans une maison étrangère où elle était contrainte de contempler le spectacle quotidien de ces deux « nonni » s'avançant à petits pas fragiles vers la fin.

Ils lui réservèrent bien des surprises, ces deux amoureux tardifs. Elle se souvient du jour où, affolée, elle ne les retrouva plus ni dans la maison, ni dans le jardin. Elle jeta même un œil au grenier et à la cave : dans leur égarement, ils avaient peut-être confondu une porte ou un escalier. Personne. Disparus : leurs vêtements pliés sagement sur une chaise, leurs chaussures dans l'entrée, leur manteau suspendu. Elle sortit dans la rue, fit quelques pas, demandant à tous les passants s'ils n'avaient pas vu deux « nonni » égarés se tenant par la main. Alors elle les aperçut ou plutôt elle vit leurs fesses se balancer en toute innocence devant elle. Elle poussa un cri, les rattrapa, les couvrit comme elle put de son châle. Eux, ils considéraient avec calme cette femme agitée, qui parlait si vite :

- Mais vous ne vous rendez pas compte, vous êtes tout nus. Il faut rentrer à la maison. De suite. Rentrez.

- On va à la messe.

- Vous ne pouvez pas aller à la messe le cul à l'air.

Elle réussit à les persuader de rentrer tandis qu'un attroupement de gens à la fois amusés et attendris se formait autour d'eux. Depuis cet épisode, Maria ferma le portail à clé. Mais ils avaient pris l'habitude, dans cette grande maison aux multiples recoins, de se cacher : Maria appelait, ils ne répondaient pas. Un matin, elle les avait laissés seuls devant la télévision et avait rejoint la cuisine pour préparer le repas. Encore une fois volatilisés !!! Elle se décida à grimper à l'étage pour s'assurer qu'ils n'avaient pas regagné leur chambre. Elle s'aventura jusqu' au seuil. La porte était restée ouverte. Elle les vit : ils faisaient l'amour, trop occupés pour la remarquer. Ce spectacle suffoqua Maria qui s'enfuit sans faire de bruit. Un sentiment de honte inexplicable lui fit faire le signe de croix comme si elle avait surpris une activité diabolique.

Précisément à ce moment-là, le fils surgit dans le vestibule.

- Ils sont où, Maria ?
- Dans leur chambre.

Et le voilà au pied de l'escalier à gravir déjà les premières marches. Maria bricole un mensonge.

- Ils se reposent, ils dorment. Ils n'ont pas bien dormi cette nuit.

De sa famille, Maria recevait des demandes d'argent toujours plus pressantes : il y avait des dépenses imprévues de maladie, de réparations, d'aides à des parents. Son salaire n'y suffisait pas. Elle se mit à travailler le dimanche et sa vie ne fut plus que labeur, comme si elle voulait expier le fait d'avoir osé partir.

Un matin ordinaire, elle heurta dans le miroir du couloir son reflet. Elle se vit telle qu'elle était devenue au bout de quatre ans de travail sans répit. Elle eut une fraction de seconde peine à se reconnaître.

146

Maria... c'est moi, Maria ? Ses cheveux longs devenus gris pendaient le long de ses épaules, éplorés et pesants. Elle portait toute la journée des pantoufles élimées et des chaussettes de laine, une blouse de ménage qu'elle passait sur sa jupe, toujours la même, et un chandail sans forme. C'est moi ? Ça ? Ce reflet où elle peinait à s'identifier, semblait lui demander des comptes. L'image avait quelque chose d'accusateur. Regarde-toi, regarde ce que tu as fait de toi. Quand avait-elle disparu ? Car elle avait disparu, la jeune femme à la vitalité si séduisante. Elle se regarda longtemps, pour tenter d'apprivoiser la réalité. C'était bien elle, il n'y avait aucun doute. Etrangère à elle-même. Elle revint dans sa chambre, s'assit au bord du lit et s'autorisa un temps de pause. Dans le petit miroir de la salle de bain devant lequel elle se coiffait chaque jour, elle n'avait rien vu. Mais la grande glace en pied l'avait surprise et puis surtout elle n'avait pas eu le temps de se coiffer et cette femme aux longs cheveux tristes avait saisi son regard. Elle s'était laissée aller à ne plus exister, à force de vivre seule, de ne parler qu'avec des personnes âgées, de n'avoir aucune distraction. Des larmes de solitude s'échappèrent d'elle.

Elle donna vite congé à son emploi du dimanche et décida d'aller à la messe dans la communauté moldave de Marghera. Elle chercha de quoi se vêtir et elle ne trouva rien. Absolument rien. Pas un manteau correct. Pas une paire de chaussures convenables. Des frusques qui la faisaient paraître pauvre, vieille et laide. Cette semaine-là, elle n'alla pas à la messe. Elle puisa dans ses économies pour s'acheter des vêtements. Depuis qu'elle était en Italie, c'était la première fois qu'elle entrait dans un magasin pour s'habiller... Le dimanche suivant, elle alla à l'église et rencontra Eugénia, une de ses compatriotes dynamique et bien intégrée qui s'occupa d'elle. Elle lui suggéra une coupe de cheveux, une

147

teinture, quelques traces de maquillage, des boucles d'oreilles de temps en temps. Puis, surtout, elle lui présenta le chœur de la rue Piave.

Nous étions arrivés en Toscane : le récit que Maria m'avait confié n'avait duré que le temps du trajet. Elle voulait qu'au retour ce soit moi qui raconte...
- Al ritorno, tocca te.

Je me contentai de sourire : au retour, on verrait...
L'autocar, après bien des détours dans la campagne, nous avait enfin déposés dans le village où se déroulaient les rencontres chorales.
Pendant les répétitions, je comparai les différents groupes en compétition et me persuadai vite de notre infériorité. Les autres rivalisaient de virtuosité et de compétence, arboraient des tenues vestimentaires recherchées, savaient déchiffrer des partitions et jouer sur la polyphonie vocale ! Bref, de vrais chœurs avec des maîtres sérieux qui faisaient passer une audition individuelle à chacun des choristes et ne m'auraient donc jamais acceptée parmi eux ! Je les rangeais tous dans cette catégorie à la fois large et vague : les chœurs qui n'auraient pas voulu de moi, ceux qui rapidement m'auraient exclue du chant, ceux qui n'auraient pas pris ce risque inouï d'accepter parmi eux, celle qui chantait faux, la brebis noire, « la pecora nera ». En réalité, c'étaient aussi ceux qui ne misaient que sur leurs compétences et leur technique, qui ne faisaient pas confiance à une autre alchimie, plus subtile : dans le chant, les voix se fondent. Les fausses notes individuelles sont absorbées par l'harmonie collective.
Néanmoins, impressionnée par les répétitions de ces chorales presque professionnelles, et tremblante de peur, je

gagnai la scène et m'incrustai dans le mur du fond. J'épiais comme je pouvais le public, cachée par le dos des « grandes ». J'avais la sensation d'être une intruse dans une forêt. D'être à la fois tapie et aux aguets. Craignant pour notre chœur si marginal, un fiasco, je décidai de chanter en playback.

Le public fut gagné par la connivence, je ne trouve pas d'autre mot : il était devant nous, mais avec nous. Il sourit aux facéties de Martin, le Nigérien, qui chantait si bien « I am hungry » tout en se frottant le ventre, il reprit avec nous le refrain de « Todo cambia » ou de « Noi vogliamo l'igualianza ». Malgré une performance musicale inférieure, nous remportâmes une ovation. Cette chorale où personne ne restait figé sur scène, où le maître de chœur ne donnait pas le nom des morceaux interprétés pour ne pas rompre le fil du chant, proposait un spectacle et surtout incarnait une utopie qui relevait un défi : selon l'ancienne malédiction biblique, les langues devaient diviser les êtres humains. Le chant qui s'appuyait sur la musique et se servait des langues étrangères se situait ailleurs. L'universel avait raison du particulier. La musique unissait là où le langage divisait. Babel était sublimée. J'y croyais ce soir-là tant j'étais enthousiasmée et au bord des larmes. Je ne me doutais pas de ce qui allait arriver.

Le chant de Nasser concluait le spectacle : dans cette salle des fêtes un peu minable, sa mélodie déployait les images de son pays natal : déserts et océan, odeurs de myrrhe et de palme, champs de sorgho et de coton. Tout un exotisme. Somalyé... Somalia.

## -13-

## Frère noir.

Les traits de Nasser évoquent les figures masculines des fresques égyptiennes : la peau brune, les lignes fines, la silhouette élégante, une sorte de raffinement naturel dans toute son allure. Il est venu chez moi plusieurs fois pour me confier son histoire. Parfois une poussière grise, une cendre lourde, descendait sur son teint et un filet rouge cernait ses yeux.

- Raconte-moi, grand-père.
- Mais qu'est-ce que tu veux que je te raconte ? Je t'ai déjà tout dit ?

Le vieil homme et l'enfant ont mangé ensemble, assis par terre sur une peau de vache. Mamet a attendu le retour de son petit-fils et répété crânement à sa belle-fille qui voulait le servir : Moi, j'attends Nasser.

A présent, sirotant le thé sur la terrasse rafraîchie par l'air marin, tous deux s'abandonnent au clapotis des vagues proches. Parfois, ils chassent un goéland hardi venu se percher sur la balustrade. Ils sont censés faire la sieste, là au frais. Mais ni l'un, ni l'autre n'a envie de dormir. C'est leur moment à eux. Leur intimité. Les femmes s'occupent ailleurs dans la grande maison, une activité tranquille de l'après-midi, le père n'est pas là, pris à l'autre bout de la ville par son travail.

- Raconte-moi, grand-père.
- Tu veux que je te parle de la Somalie ? Tu sais pourquoi ça s'appelle comme ça, Somalie ?

- Oui, je sais, tu me l'as déjà expliqué... L'hospitalité, l'hôte qu'on reçoit plus important que la prunelle de ses yeux et la jatte qu'on lui tend pour qu'il aille traire la vache et boire son lait... Somal, va traire. Tu vois, j'ai retenu.

- Alors quoi ? Ta généalogie ?

- Ça aussi, j'ai retenu.

- Voyons un peu.

- Je m'appelle Nasser Der Ben Hassan, Ben Mohamed, Ben Abdil, Ben Ibrahim, Ben Abdallah, Ben Farah.

- Bravo, tu m'épates, petit. Mais qu'est-ce que tu veux alors ? L'histoire de notre ethnie ?

- Ça aussi, je le sais par cœur. Il y a trois ethnies en Somalie. Nous sommes des Der, alliés par mariage depuis des temps légendaires aux Dobiras. Non raconte-moi comment tu es parti du village.

- Mais je te l'ai raconté cent fois.

- C'est cette histoire que je préfère.

Et le vieil homme recommence le récit et l'enfant écoute comme si c'était la première fois et les mots imprègnent lentement ses yeux comme l'eau la terre gercée de soif.

Ils sont cinq jeunes gens à partir du village de Quooneey et à prendre la route de Mogadiscio : 550 kilomètres de savane et de désert, à pied. D'abord, ils en ont parlé entre eux comme d'un rêve, le soir autour du feu, fixant les étoiles... Quitter la tribu, gagner la grande ville, travailler avec les Italiens, changer de vie. Puis, à force d'en parler, le rêve a pris la substance du désir et de la possibilité. A Mogadiscio, on les aidera. Entre cousins d'une même ethnie, c'est un devoir. Ils ont attendu que passe la saison chaude alors chacun a annoncé à son père... Je vais partir, je ne vois pas de futur pour moi, ici. Les pères ont protesté : mais on a des bêtes, on ne meurt pas de faim. Bientôt, on te trouvera une femme. Les fils n'ont pas cédé à la tentation : Ma femme n'est pas ici.

Et ils partent.

Les mères leur donnent de la viande séchée dans un sac d'étoffe. Une chèvre que la tribu a tuée pour eux. A part ça, ils n'ont rien. A la grâce de Dieu. Sur la piste, ce sont les bédouins qui les nourrissent. L'hospitalité toujours. L'accueil du voyageur. Celui qui ose se confier aux éléments, au vent, au sable, aux étoiles, aux déserts, qui a abandonné la sécurité pour s'en remettre au chemin. Celui qui prend tous les risques.

Ils marchent pieds nus. La plante de leurs pieds devient plus épaisse qu'un cuir tanné. Elle ne craint ni les épines, ni le sable brûlant. Mais à cent Kilomètres de Mogadiscio, un des cinq, Abraham, s'assoit sous un arbre... Laissez-moi seul, quelqu'un finira bien par passer. Il ne peut plus marcher. Une blessure qu'il s'est faite à la jambe s'est infectée. Les quatre hésitent. Partez, je vous dis. Je vous rejoindrai bientôt.

Il n'entrera pas dans la terre promise.

Au fil des après-midi, l'enfant s'approprie l'histoire de Mamet qu'il se raconte le soir avant de s'endormir. Il parcourt lui-aussi la savane, allume des feux, la nuit, pour éloigner les lions, abandonne Abraham sous un arbre. Les moindres détails pénètrent sa jeune conscience : le récit des guerres tribales, les hommes armés de poignards au fourreau recourbé et ciselé, leur main gauche protégée par des peaux d'animaux, le code d'honneur : on ne touche pas aux femmes et aux enfants, on se bat entre guerriers. Les paroles du vieil homme sont des graines qu'il sème dans son esprit... Les fils d'Adam peuvent faire le bien ou le mal, toi cherche à faire le bien. Tu es responsable de ta vie. Tu dois te sauver, toi seul. Chacun choisit sa route. Et l'enfant se laisse ensemencer, ces longues après-midis de chaleur, sur la terrasse douce à l'abri

153

de la canicule et du monde. Aux heures de sang et de massacre, de déroute et de désespoir, l'adulte qu'il sera devenu se réfugiera dans cette parole. Ce sera son élixir de vie. Il a noué avec elle un pacte de fidélité. Il n'oubliera jamais Quooney, le village initial, au nord de la Somalie, sur la route de l'Ethiopie.

Car une parole ne vaut pas que par son sens. Elle est importante aussi par sa musique, l'écrin d'affection où elle a été prononcée. La morale de Mamet, somme toute banale, mais dite ainsi, dans ces circonstances-là, avant la tragédie qui la guette, devient une sorte de berceuse référentielle... Commande ta vie, va vers le bien. Je t'enseigne ce que je suis.

Le grand-père de Nasser a d'abord été un jeune homme de seize ans qui arrive à Mogadiscio, étourdi du voyage, cherche dans l'entrelacs de rues et de peuples, italiens, arabes, africains, anglais, indiens, des frères de son ethnie, ne prend pas le temps du repos, se fait prêter de l'argent par des cousins, monte sa propre affaire : il se rend dans les campagnes très tôt le matin, achète des légumes aux paysans, les revend aux Italiens dont il apprend vite la langue. Son petit commerce prospère, il rembourse ses dettes et loue un magasin. Il est musulman mais ne nourrit aucune haine contre les chrétiens. Bientôt, il fait le lien entre les deux communautés. On a besoin d'un homme comme lui, habile, intelligent, tolérant. Il ouvre un entrepôt où il propose des produits de la péninsule, sauf alcools et charcuterie, et devient ainsi le fournisseur attitré de la communauté italienne qui achète chez lui pâtes, parmesan, sauces tomates, tous ces articles qui tout à la fois aiguisent et soignent la nostalgie.

Le petit-fils de Mamet, Nasser, naît dans une famille déjà riche qui vit dans une belle maison proche de la mer et de la cathédrale de Mogadiscio. En 1966, six ans après l'indépendance de la Somalie, la cathédrale est encore fière. Aujourd'hui, son toit s'est écroulé. Des mendiants ont dressé leur campement dans la nef : tentes, matelas, réchauds, ânes, ballots divers, couvertures, casseroles, nattes, sacs de farine, jerricanes d'eau ou d'essence, bouteilles en plastique ont envahi ses allées. Ça sent l'urine et la merde. Royaume des mouches et des rats.

Mais quand Nasser a huit ans, il admire le perron de la cathédrale et tous les européens qui s'y rendent. Il voit passer devant chez lui des sœurs aux longues robes blanches et des prêtres. Tout un ballet de religieux amusés de la curiosité de cet enfant immobile, les bras croisés, dont le regard suit l'ourlet de leur robe gravissant les marches. Il épie leur silhouette vite absorbée par l'ombre intérieure du bâtiment. Lieu interdit. Il ne peut pas, lui, le petit musulman, y entrer. Quelquefois, le dimanche, la nef s'anime de chants que la rue accueille. Et l'enfant reste là, pétrifié par tant de beautés : celle du monument, celle des gens élégants et de leurs voitures luxueuses. Il se met à roder autour de la cathédrale mais reste prudemment dehors. Ce lieu mystérieux exerce sur lui une fascination irrépressible. Est-ce l'attrait pour la différence, l'inconnu, l'interdit ou un appel mystique ? Il n'entre pas. Il reste l'enfant du seuil... Celui qui sourit à tous les religieux. Celui qui voudrait les suivre mais n'ose pas le faire. Il flaire de loin les odeurs et la texture énigmatique des ombres. Quelquefois il gravit les marches du perron, sous prétexte de donner quelques dirhams au mendiant inamovible assis dans l'angle de la porte. Il en profite pour se pencher, pour voir dedans, deviner la lueur des cierges, imaginer le grésillement de la cire et surtout contempler comme un voleur le grand crucifix de l'autel. Un jour pourtant il ose. Il a multiplié les prudences, attendu les heures les plus chaudes du mois le plus chaud quand même les mouches engluées de torpeur ne bougent plus, que tout est figé, la poussière et les hommes. Alors il s'aventure, délaisse les histoires de Mamet, franchit l'espace saturé de lumière qui le sépare de la cathédrale : il espère que personne ne le verra. Aucun regard derrière les persiennes closes. Il passe le seuil et s'aventure dans la grande allée jusqu'à l'orée de l'autel. Il est saisi. Comme on dit saisi pour une viande qui passe soudain du cru au cuit. Il reste là, au pied du crucifix, sans gestes et sans voix. Il me dira pour expliquer cet état, bien des années après... « la chiamata », l'appel, de Jésus ».

Mais la famille de Nasser est connue dans le quartier : on rapporte les errances du fils à son père... Ton petit, ton Nasser, on le voit toujours rôder autour de la cathédrale. Un jour même, on l'a vu y entrer. On l'a vu aussi parler à un de leurs religieux. Qui sait ce qu'ils se sont dit ? Alors le verdict de l'adulte tranche la vie :

- Nasser, si tu remets les pieds dans cette église, je te taille la tête.

L'homme accompagne sa menace d'un geste du pouce égorgeant son fils.

- A présent, c'est fini, tu m'entends, fini avec les Italiens. Tu n'iras plus dans leur école. Tu iras à l'école coranique, comme un bon musulman.

Et de l'âge de neuf ans à sa majorité, Nasser ânonne le Coran des heures durant, assis sur une natte, par terre, dans sa gandoura blanche. Il n'apprend plus rien que des récitations mécaniques. La surveillance de son père ne se relâche pas. Il garde l'adolescent près de lui au magasin et la vie de Nasser devient un désert de solitude et d'enfermement. Plus tard, le jeune homme apprend à ruser : les jours de congé, quand il a l'autorisation d'aller au cinéma, il achète un billet, et le montre parfaitement oblitéré à son père, mais quitte la salle dès les premières images. Par des routes peu fréquentées, il se

156

rend à la cathédrale : il connaît à présent la porte de derrière. On l'attend, une famille italienne, des religieux. Tous savent qu'il risque sa vie. Lui est radieux : on lui parle de Jésus. Il apprend le Notre Père. Il dit cette prière en continu et la récitation intérieure calme son être. Quelquefois cependant la prudence l'abandonne. L'occasion est ordinaire : son père, quand sa femme l'a servi lui a effleuré le bras, alors l'homme s'est levé pour se laver. C'en est trop pour l'adolescent :

- Papa, ma mère n'est pas pipi ou caca. Elle n'est pas impure. Pourquoi tu te laves après l'avoir touchée ?

Une gifle lui répond. Il ne regrette pourtant pas sa remarque. Il faut qu'il prenne la défense de sa mère muette, qu'il dise à quel point il n'en peut plus de cette loi qui méprise les femmes, qui exclut toute expression de tendresse, même la plus légère. Dans les familles italiennes, les hommes tiennent leur épouse par la main, les mères embrassent leurs fils. Un jeu de comparaisons subtil tisse son réseau dans l'esprit de l'adolescent... Jésus, le don, l'acceptation de l'autre, le pardon, la paix, l'égalité et chez lui, dans sa famille musulmane, le culte de la pureté qui étrangle la vie. Mais la vie n'est-elle pas l'œuvre de Dieu, alors en quoi, serait-elle impure ? A l'école coranique, il ose parfois des remarques :

- Le Coran permet l'esclavage alors les arabes achètent des esclaves. J'ai entendu dire que les chrétiens ne le faisaient pas.

L'enseignant toise le jeune homme, et ses petits yeux noirs affutés transpercent son être.

- Toi, tu es avec nous ici, dans cette école, mais ton cœur est avec eux.

Ma tête, et mon cœur et ma prière et tout mon être, oui, là-bas de l'autre côté, du côté des chrétiens, là où est la liberté et

157

pas dans ce monde où règne une loi humiliante. Aussitôt, comme pour tempérer sa colère, l'image de Mamet lui revient à la mémoire. Il se souvient du vieil homme chargeant le soir dans sa fourgonnette tout le pain invendu de ses magasins et allant le distribuer aux pauvres des quartiers périphériques. Lui, enfant, le suivait. Une manne de bénédictions pleuvait sur eux… Commande ta vie vers le bien. Il faut donner et donner. Celui qui a beaucoup reçu, doit beaucoup donner. C'est un devoir. Une gratitude. Une prière. La prière, petit, c'est un état pas des mots, un état et des actes. Tu t'en souviendras, Nasser ?

Nasser a vingt ans à Mogadiscio en 1978. Sa vie est tout entière sous le signe de la duplicité. Apparemment, il est docile et travaille dans le négoce familial. Quelques sorties très contrôlées lui sont autorisées. En réalité, il multiplie les stratagèmes pour fréquenter les familles chrétiennes qui accueillent ce jeune homme musulman avec tant de cordialité. Dès qu'on lui parle de Jésus, le regard du jeune homme s'illumine.

Au cours d'un mariage à l'occidentale où hommes et femmes mangent et dansent ensemble, une jeune fille mulâtre partage avec lui douceurs et sourires. Elle s'appelle Fatima. C'est une marocaine née en Somalie. Ses cheveux flottent dans son dos, moirés, libres et souples. Nasser et elle sont du même milieu : cette bourgeoisie somalienne aisée qui pratique un Islam modéré et ne dédaigne pas les relations avec les chrétiens. Tous deux connaissent les limites du licite et de l'illicite : ils peuvent échanger des propos au cours d'une fête et même danser, à condition de respecter une juste distance, mais ne peuvent pas sortir seuls sur la terrasse, respirer les étoiles et les effluves de l'air marin, se rencontrer dans les rues de Mogadiscio, aller au cinéma, manger en tête

158

à tête dans un restaurant, faire un tour avec la petite Fiat que Nasser a reçue en cadeau pour ses vingt ans. Ils sont trop connus, leur relation serait vite divulguée. Alors Nasser n'a qu'une possibilité pour revoir la belle marocaine et plonger sa main dans sa chevelure : la demander en mariage. Et les voilà fiancés, pouvant enfin, dans le respect de certaines règles, se fréquenter. Leur mariage rassemble toute l'élite de Mogadiscio, pas moins de quatre ministres ! Italiens et Somaliens mêlés, commerçants, entrepreneurs, gens de finance. Le père de Nasser marque ainsi sa réussite : il a invité tous ceux de son ethnie, les Der, liés à sa famille. Il a choisi pour son fils l'hôtel le plus luxueux de la capitale, le long du fleuve Giuba. Certes les jus de fruits remplacent les alcools mais à ce détail près, rien ne distingue cette fête d'une fête européenne. Quelques originaux, ou nostalgiques, ont revêtu des costumes traditionnels, c'est un peu la touche folklorique de la fête.

Bien qu'il soit marié, la vie de Nasser ne change guère. Il habite avec Fatima la maison familiale au bord de la mer et continue à travailler dans le magasin de son père. Il cache à sa jeune épouse son amour pour le Christ. Il ne veut pas la perdre, ni entrer dans la polémique. La vie avec elle lui semble soudain si douce. Elle l'attend chaque nuit, elle et sa peau ambrée, elle et sa chevelure immense et sauvage où il peut tout à loisir laisser couler ses mains. Est-ce parce qu'il est trop absorbé par l'amour qu'il ne comprend rien à ce qui se déroule dans le pays ? Est-ce parce que la situation de sa famille reste confortable qu'il se sent épargné par les guerres : celle de la Somalie contre l'Ethiopie ? A la fin des années 80, c'est la réalité quotidienne qui l'alerte : les Somaliens aisés et les Italiens alliés de si longue date quittent le pays. L'Arabie Saoudite attire des jeunes gens, leur offre des bourses d'étude, plus de mille dollars, et les forme pour devenir imams. De retour en Somalie, ils se mettent à prêcher une forme rigide de L'Islam. Ainsi, peu à peu, les visages des femmes disparaissent sous de longs voiles noirs et voilà leur beauté transformée en corbeaux aux ailes lugubres. Les plages sont désormais désertes : les femmes occidentales n'osent plus s'y aventurer et les Somaliennes, sous leur suaire sombre, n'y trouvent plus aucun intérêt. Les hommes de la famille, le soir, autour du thé, après le repas, assis en tailleur sur cette peau de vache qui a vu le vieux Mamet raconter les temps anciens de la Somalie, disent leur inquiétude :

- Les Italiens partent. Que va devenir la Somalie sans eux ? Ils ont fait notre fortune. C'est eux qui ont construit cette belle route asphaltée entre Mogadiscio et Adis Abéba. S'ils partent tous, avec qui on fera des affaires ?
- Nous aussi, on devrait partir.
- Et pourquoi, s'il vous plaît, mes fils ? tranche avec ironie Hassan. On n'est pas italiens, on est somaliens de l'ethnie des Der, depuis la nuit des temps, musulmans. Bons musulmans. On respecte tous les préceptes : le jeûne, les prières, le pèlerinage à la Mecque, la générosité à l'égard des pauvres. Qu'est-ce qu'on peut nous reprocher ?
- Oui on est musulmans, mais pas comme les Saoudiens. Nos femmes ne portent pas le voile. Bientôt, elles ne pourront plus sortir.
- Père, tu sais ce qu'ils font, les Saoudiens ? Ce sont eux qui envoient ces imams de malheur qui prêchent le meurtre et transforment nos épouses en veuves noires.
- Tais-toi.
- Non je dirai tout. Il faut bien que tu entendes la vérité ! Les Saoudiens, ce ne sont pas des frères. N'oublie pas l'histoire de ces deux bateaux, il y a six ans. Deux bateaux chargés de pauvres qui fuyaient la misère et la guerre, l'un est

160

parti pour le Kenya et l'autre pour l'Arabie Saoudite. Les Saoudiens ont laissé les réfugiés en pleine mer, sans manger et sans boire ! Le navire a fini par quitter leurs côtes pour le Soudan, pays pauvre d'entre les pauvres. C'est l'ambassade américaine qui les a sauvés. L'autre parti pour le Kenya a chaviré non loin du rivage. Les Kenyans ont tout fait pour sauver les gens. Allez, dis-moi qui nous aide ? Pas les riches musulmans de l'Arabie Saoudite !

- Tais-toi, Nasser. On sait bien tous que tu as un faible pour les chrétiens. Ne crois pas que je sois aveugle. Allez, mes fils, il faut faire confiance. Tout va rentrer dans l'ordre. Le pays a déjà connu la famine. Jamais l'indépendance ne s'est faite sans heurts. L'apprentissage de la liberté est toujours difficile pour les individus comme pour les peuples.

Le père apaise comme il peut l'inquiétude de ses fils et de ses parents mais bientôt des mouvements de rébellion font fuir le président. Le Nord de la Somalie se détache du pays qui sombre dans le chaos.

Novembre 1997.

Il a plongé sous le lit.

Il ne s'est posé aucune question.

Il a cessé de respirer, du moins il a bloqué en lui tout le mouvement du souffle.

Il a passé les bras au-dessus de sa tête et serré ses coudes sur ses oreilles.

Là, sous le lit, il a senti le carrelage contre son ventre, ses cuisses, sa poitrine.

Il a voulu, de toute son âme voulu, rentrer dans le sol.

Il a contracté les mâchoires pour ne pas trembler. Et néanmoins, ses tremblements étaient si forts que sûrement ils allaient finir pas faire bouger le lit au-dessus de lui. Il entendait, malgré les mains sur les oreilles, les hurlements, les ordres, les cris et les détonations des Kalachnikovs.

Toute forme de pensée s'est arrêtée.

Seul le désir de rentrer dans le sol. Que la terre s'ouvre, l'accueille, se referme sur lui. Le protège.

Qu'il y ait en-dessous une grotte secrète où il soit à l'abri.

Rentrer dans la terre. Vivant.

Il a entendu les cris de son père et ceux de sa mère et ceux de ses frères. Il n'a pas bougé. Et tous les cris s'effaçaient devant celui-là, hurlé à s'en faire péter les veines : Allah Ak bar.

Sa femme et ses enfants n'étaient pas là. Ils étaient partis en visite dans sa belle-famille. En visite à l'autre bout de la ville. Pourvu qu'ils ne reviennent pas. Pas maintenant. Pas maintenant. Notre Père qui êtes aux cieux... Des voisins l'arrêteront. Mon Dieu, pourvu qu'elle ne revienne pas. Qu'elle reste chez son père. Mon Dieu, pourvu qu'elle ne revienne pas ! Notre Père...

Puis ce fut le silence. Le sang a touché ses joues. Il est resté comme ça. Pétrifié. Il a laissé le silence gagner l'espace. Aucun gémissement. Il a laissé le sang toucher son pantalon, ses pieds, ses bras. Il ne s'est pas précipité. Aucun gémissement. Longtemps après, des siècles peut-être, il a entendu des voix qui poussaient des cris d'horreur, des cris humains, pas des cris de bêtes qu'on égorge, des cris de scandale, d'incompréhension. Quelqu'un a dit...

- Nasser ? où est Nasser ?

Alors il a fait bouger le lit au-dessus de sa tête et on est venu le prendre. On lui a mis une couverture sur la tête pour qu'il ne voie pas. Il ne pouvait ni parler, ni pleurer. Sa mâchoire pesait des tonnes. Rien. Aucun son articulé. Il s'est

162

détaché de la couverture. Il a vu... Les corps de son père, sa mère, ses frères, ses belles-sœurs, ses neveux, des enfants, petits et grands criblés de balles. Pas un seul trou, mais des milliers de trous au point qu'il ne les reconnaissait qu'à leurs vêtements. Il a vu. Il a voulu voir. Il a voulu voir jusqu'au bout. Sans crier. Sans pleurer. Avec sa mâchoire qui pesait des tonnes et toutes ses larmes qui ne coulaient pas, toutes ses larmes qui faisaient de ses yeux un barrage en béton. Les voisins l'ont pris. Il s'est laissé faire.

- On va les enterrer, Nasser, on va tous les enterrer. On va s'en occuper. Ta femme est chez son père. On l'a prévenue de ne pas venir. Ce n'est pas la peine qu'elle voie ça. Inchallah, elle n'était pas là. Inchallah !

Il ne répond rien. Il se laisse soulever, porter. On l'assoit. On change ses vêtements, on lui donne une tasse de thé. Il ne boit pas. Il ne parle pas. On le couche. Il reste allongé, les yeux ouverts dans la nuit. S'il ferme les yeux, il entend les cris. Il reste comme ça, des jours et des jours. On essaie de le nourrir. Il vomit tout. A peine quelques gorgées d'eau. Il n'assiste même pas aux enterrements qui ont lieu la nuit, en secret. Les amis sont là... Il va revenir à lui, il faut faire confiance. Il faut du temps. Du temps. Et si sa femme venait le voir ? Non, c'est trop risqué qu'elle s'aventure dans le quartier. Il vaut mieux qu'elle reste chez son père, c'est un marocain, son père, ils ne vont quand même pas s'en prendre à un marocain. Si tu crois qu'ils réfléchissent, ces brutes. Au nom d'Allah, ils tuent, ce ne sont pas des hommes. Chut, taisez-vous. Il faut être discrets. Nous aussi ils peuvent nous tuer s'ils savent qu'on le cache. Ils en voulaient à cette famille, trop riche, trop proche des Italiens. C'est de la jalousie pas de la religion…

Au bout d'une semaine, Nasser fait quelques pas, prononce quelques mots. Durant tout ce temps, il ne sait même plus ce qu'il a vécu. Il y a des comas psychiques, des périodes où la conscience tétanisée n'est plus qu'un mur blanc. Et puis, peu à peu, sur ce mur, la vie redessine ses chances.

Après l'anéantissement de sa famille, Nasser ne retourne pas dans la grande maison au bord de la mer. Il n'est plus qu'un animal traqué qui se cache pour brouiller les pistes. Dans le secret, il prie Jésus. Mais son cœur n'est que douleur, rage et incompréhension. C'est égal, il prie quand même, malgré tout, malgré la haine, la colère, la peur et l'impossible pardon. D'autres massacres ont lieu, cette maison à cent pas de la sienne : onze adultes tués et neuf enfants. Toujours la même technique de meurtres impersonnels et sauvages : kalachnikov et lance-flammes. On a retrouvé les corps carbonisés, tassés les uns contre les autres dans un dernier élan de tendresse humaine. Parmi eux, celui d'Abdoul, l'ami d'enfance de Nasser, né trois jours avant lui.

Désormais, Nasser ne pense plus qu'à une chose : sauver sa femme et ses enfants qu'il n'a pas revus depuis le jour du massacre. Par courrier, il les encourage à gagner l'Ethiopie puis l'Egypte où un oncle riche et influent les accueillera. Il a déjà écrit à cet oncle lointain, il lui a dit l'assassinat collectif, le dénuement, l'insécurité. L'oncle, les attend au Caire et c'est leur seul espoir. Lui ne veut pas être du voyage, il craint de les mettre en danger. La jeune marocaine avec ses deux enfants et sa grand-mère prend la route de l'Ethiopie, cette route dont l'asphalte, jadis, brillait au soleil et qui n'est plus que trous et pierres. De camions brinquebalants en autocars bondés, elles atteignent un camp de réfugiés en Ethiopie, Capridanek. Fatima pourrait gagner le Maroc d'où il lui serait plus facile d'organiser le rapatriement des enfants. Tous, amis et parents, l'encouragent à partir. Dans le camp, chacun joue la carte qu'il peut, fait appel à qui il connaît, cherche à trouver une chance pour fuir loin de la poussière, du sable et de la soif. Elle, elle est marocaine. On le lui répète assez. Elle n'a rien à faire dans cette débâcle de la Somalie. Elle se laisse convaincre et elle part. Elle laisse les deux enfants à leur grand-mère et tous à la grâce de Dieu. La vieille femme restée seule avec ses arrière-petits-fils rassemble ses forces... Ils vont s'en sortir. Ils ont deux chances, l'oncle du Caire et la famille du Maroc. Il suffit juste d'arriver à Adis Abeba, de sortir de ce camp, d'en secouer l'odeur et la misère. Elle lutte, la vieille femme pour manger et donner à manger. Et un jour, un jour de canicule absolue, elle s'écroule au milieu du sable... C'en est trop pour son cœur, cet arrachement, cette guerre fratricide, ces deux petits attachés à elle comme si elle était Dieu, ce dénuement, cet effort permanent pour tenter de vivre.

Alors un couple d'amis qui vient d'arriver au camp recueille les enfants. Nasser leur a dit et redit : vous prenez les enfants et vous allez à Adis Abeba, à l'ambassade d'Egypte. Là-bas, ils vous aideront.

Et c'est ce qu'ils font. Comment ? A quel prix ? Au bout de combien de marches sous le soleil, au bout de combien de fatigues, de peurs, d'argent glissé çà et là devant les visages fermés et les mains tendues, je ne sais pas.

Là, le cauchemar dénoue son étau. L'oncle du Caire, qui a des relations dans les milieux politiques, a tout organisé et payé mille dollars par personne pour enregistrer les enfants et le couple d'amis comme réfugiés, qu'ils puissent sans papiers monter dans l'avion et partir loin de la Somalie, pays âpre et rêche comme la corde et le sable.

Nasser, dans sa vie de bête cachée au fond de son trou, ne reçoit aucune nouvelle. Il ne dort plus, ne mange plus, ne sort pas. Il tourne d'une pièce à l'autre, se heurte aux cloisons, ressassant toujours les mêmes pensées : a-t-il bien fait de les encourager à partir pour l'Ethiopie ? A-t-il bien fait de ne pas partir avec eux, de croire que les assassins cherchaient encore l'unique rescapé du massacre ? Et sa femme pourquoi a-t-elle abandonné les enfants dans ce camp de réfugiés et gagné seule le Maroc ? Est-ce qu'il aurait mieux valu que les enfants attendent leur départ vers Rabat ? A-t-il bien fait de dire à ses amis de rejoindre Adis Abeba ? Ont-ils réussi ? Sont-ils en sécurité ? Où ? Dans la capitale ? Au Caire ? Et encore cette question-là dont il ne guérira jamais : pourquoi n'est-il pas mort ? Pourquoi s'est-il caché ? Pourquoi a-t-il laissé le massacre se perpétrer ?

Quelquefois, une rage incoercible monte en lui : il se tape la tête contre les murs, serre les poings, enfonce les ongles dans les paumes de ses mains jusqu'au sang. Ses amis tentent de lui parler. En vain. Alors ils respectent en silence ce désespoir qui les dépasse. D'autres fois, il les embrasse, comme ça, parce que leur bonté tout à coup a percé sa nuit. Il leur demande pardon, en pleurant.

- Pardon de quoi, Nasser ?

- D'être comme ça.

- Ce n'est pas ta faute. A ta place, qui sait comme on serait, nous ?

Ce sont des amis qui ont connu la richesse et la générosité de la famille et qui ne sont pas ingrats, des gens de la même ethnie. Perdre tout, en si peu de temps ! S'il ne se suicide pas, c'est qu'il a l'espoir de cet oncle du Caire. Pour ses enfants. Au moins pour eux. Qu'ils vivent. Eux. C'est tout ce qu'il souhaite. Il prie sans s'arrêter, sans remuer les lèvres. Une prière intérieure, la seule chose qui l'empêche de courir se jeter à l'eau, ou de se déchirer le visage avec les ongles ou de retourner un poignard contre lui. Il prie Jésus. Jésus prends pitié. Il scande le temps au rythme de la prière. Il prie en marchant. Il prie en pleurant, il prie quand il reste les yeux ouverts dans le noir et que le sommeil ne vient pas et qu'à sa place défilent les images de l'horreur. C'est la répétition même qui l'aide, comme si elle remplaçait les obsessions, les souvenirs et les pensées insupportables.

Arrive une lettre du Caire. Il reconnaît l'écriture de son oncle. C'est déjà un miracle qu'elle soit arrivée cette lettre, pas par la poste évidemment, mais par un commerçant...

- Il me l'a remise en mains propres, ton oncle. Il m'a dit... Trouve Nasser et donne-lui ça à lui, à personne d'autre. J'ai eu du mal à te trouver. Tu n'habites plus la maison qu'il m'a décrite. J'y suis passé pourtant. Tout tombe en ruines. Des mendiants campent dans ton salon. Les portes sont arrachées, les murs criblés de balles. Au début, personne ne voulait me dire où tu étais. Mais je t'ai trouvé. Tiens voilà.


Nasser observe la lettre, la tourne, la retourne, ferme les yeux, prie... Mon Dieu, mon Dieu pourvu qu'ils soient en vie, pourvu qu'ils soient en vie... Ça mon Dieu, je ne le supporterai pas... Pas ça, mon Dieu, pas ça. Notre Père qui êtes aux cieux...

- Tu ne l'ouvres pas, Nasser ?
- Oui, oui, j'ouvre... Laisse-moi un peu de temps, tu veux ?

Il lit... Les enfants se portent bien, Nasser. Ils dorment dans la même chambre que nous. Ta tante s'en occupe comme s'ils étaient les siens. Elle les gâte trop. Mais à mon avis, après ce qu'ils ont vécu, c'est normal. On leur a fait passer des visites médicales. Ils sont en parfaite santé. Ne t'inquiète pas pour eux. Grâce à l'argent et aux relations, ils ont désormais des papiers en règle.

Nasser hurle de joie, éclate en sanglots, embrasse les mots de la lettre qu'il voudrait avaler, court, saute et remercie Dieu de toute son âme.

Les jours suivants, il sort pour la première fois dans les rues de Mogadiscio. Il s'efforce de ne pas baisser les yeux quand il croise des combattants avec Kalachnikovs et ceintures de cartouches autour de l'épaule. Certains portent des fusils passés derrière la nuque comme jadis les nomades du désert portaient leurs bâtons. Il croise des femmes-fantômes dont l'ombre noire se détache sur les murs blancs. A présent même les petites filles sont voilées. Il ne s'attarde pas devant les appartements éventrés qui laissent voir l'intimité de leur passé comme un cadavre ouvert expose ses entrailles. La vie continue pourtant. Un enfant le dépasse. Il a un poisson sur sa tête. Déjà sûrement, il rêve du prix qu'il va en tirer s'il arrive à le vendre à quelque restaurant. Un petit âne trottine fièrement, des fleurs sur la tête. Est-ce possible ça ? Qu'au milieu de tant d'horreurs, quelqu'un ait pensé à fleurir la tête de son âne ? Et puis, il y a les bougainvillées qui accrochent encore leurs grappes mauves le long des façades. Et puis, tous ces gens si occupés à survivre avec leurs voitures transformées en pyramides mobiles transportant matelas, chaises, couffins, coffres, vieilles valises, tapis, couvertures, casseroles, marmites et au sommet du chaos un homme assis en tailleur, très au-dessus de tout, nonchalant et fataliste, un fusil mitrailleur à la main.

Nasser se dirige vers l'océan. Il s'assoit sur le sable. Pour la première fois depuis si longtemps, il ressent quelque chose qui pourrait ressembler à la paix. Il n'a plus peur. Ses enfants sont saufs. Sa femme, au Maroc a obtenu le divorce sous prétexte que son mari abandonnait la religion musulmane. Bientôt, elle ira rejoindre les enfants au Caire. Lui, Nasser n'a plus rien. A peine un peu d'argent. Son pays, il le craint, va devenir de plus en plus intégriste. Il ne peut pas rester. Il lui faut partir, les mains nues. Comme jadis, son grand-père l'a fait de son village natal, Quooney. Comme lui, il peut dire : il n'y a pas de futur pour moi, ici. Son pays, la Somalie, il va l'emporter dans les plis de son être, son pays de la Corne de l'Afrique avec ses champs de maïs et de manioc, de patates douces, d'arachides et de sésame, de noix de coco et de canne à sucre. La Somalie aux guerriers d'honneur et pas aux brutes sanguinaires, la Somalie à l'Islam généreux et ouvert, et pas à la religion meurtrière. Il ferme les yeux un moment. L'océan berce sa solitude et chaque clapotement de vague lui murmure... Partir... Partir... Partir.


Un Somalien sans papiers à l'aéroport de Rome ne passe pas pour un touriste. A peine débarqué, Nasser est entouré de policiers qui le conduisent dans une pièce isolée pour l'interroger. Comme un terroriste. Il ne manquait que les menottes. Je n'avais rien à déclarer. Toutes mes affaires tenaient dans un sac en plastique et pour l'argent, je n'avais que 30 dollars que j'étalais sur la table avec ma montre, quelques photos, une ou deux lettres. Alors ils ont commencé. Ils voulaient que je raconte mon histoire et moi je parlais mal l'italien. Ils sont allés chercher un interprète, d'une autre ethnie. Et j'ai tout dit. Enfin, presque.

Il raconte la richesse et la notoriété de sa famille, les entrepôts de son père, le commerce avec les Italiens, la fête de son mariage et les quatre ministres invités, puis, le jour du massacre, la fuite de ses enfants en Ethiopie et au Caire. Il raconte. Les autres tapent son récit. Il faudra qu'il le refasse encore et encore, devant tant de fonctionnaires émus ou blasés. Ce qu'il ne sait pas, Nasser, c'est que toutes les versions de sa vie sont scrupuleusement enregistrées et comparées.

Mentir ne lui vient pas à l'esprit. Il comprend que les policiers italiens demandent son avis à l'interprète. Il comprend aussi que ce frère inconnu confirme la vraisemblance de son histoire... C'est possible. Il y a des bandes armées qui tuent au nom d'Allah, même les musulmans. Ils pillent aussi les maisons cherchant bijoux et argent. Ce qu'il ne dit pas, Nasser, c'est qu'il a voyagé dans un avion de la Croix-Rouge suisse qui avait passé des accords avec les bandes armées pour assurer quelques vols et fournir nourriture et médicaments. Un de ses amis l'a présenté à un responsable auquel il a révélé sa foi chrétienne... L'autre, un blond au physique de viking, n'a eu que ces quelques mots : Nous ne te laisserons pas ici. Six petits mots d'espoir qu'il répète deux fois, trois fois. Nous ne te laisserons pas ici. Le pilote donne son accord. Nasser se dépouille de tout l'argent qu'il a, 550 dollars, pour acheter la complicité des gardes somaliens. L'avion décolle.

Du hublot, il voit Mogadiscio se fondre dans la mer. Il n'éprouve aucune nostalgie. La ville qu'il quitte n'est plus celle de son enfance.

L'avion suisse aurait dû voler jusqu'à Zurich mais il fait escale à Rome. Dans la zone de transit, Nasser emprunte les escaliers mécaniques et s'enferme huit heures dans les toilettes. L'avion, lui, a depuis longtemps repris son voyage quand Nasser se présente au poste des frontières.

- Qu'est-ce que tu veux ?

- Je suis clandestin. Je viens de la Somalie. Je demande l'asile politique.

- Comment tu es arrivé ici ?

- Tombé du ciel !

Nasser est enfermé dans une chambre qui a tout d'une cellule... Et qu'est-ce qu'ils croient ? Que je suis ici pour tuer ? Je fuis la guerre et le crime pour l'inhospitalité et la suspicion... Chez nous, l'étranger est sacré !

En 48 heures de garde à vue, Nasser ne reçoit qu'un sandwich et une petite bouteille d'eau. Et si on le renvoyait ? S'il n'obtenait pas le statut de réfugié ? Là-bas, à Mogadiscio, il ne pourrait plus cacher qui il est. Il finirait troué de balles.

Enfin une clé actionne la serrure : Nasser épuisé, se sent sale, hébété de solitude et de faim. Il se retrouve dans le même bureau. On lui rend ses papiers et ses 30 dollars. On lui tend aussi un feuillet, très précieux, où l'état italien reconnaît à Nasser Der le statut de réfugié politique. On le met dehors en lui recommandant de se présenter à la questure de Rome, le plus tôt possible. Personne ne lui demande ce qu'il va faire, où il va aller, chez qui il va dormir. Et le voilà bousculé par la foule des touristes qui sentent bon, poussent des chariots où s'amoncellent leurs bagages, savent où ils vont, avec leur famille, leur billet et leur passeport. En règle.

Nasser, lui, cherche une cabine téléphonique. Les policiers ne lui ont pas proposé de téléphoner. Il faut qu'il le fasse pourtant. Il change ses 30 dollars en lires et supporte le sourire méprisant de l'employé. C'est tout ? Oui c'est tout. E tutto ? n'ient'altro ? Non rien d'autre. Il calcule qu'il devrait avoir assez d'argent pour un coup de fil et le bus jusqu'à Rome. Il ne peut rien s'acheter à manger. Il finit par trouver un téléphone qui accepte les pièces de monnaie et il compose un numéro qu'il connaît par cœur. Il se l'est répété des centaines de fois quand l'avion était encore au-dessus de la mer. C'est son chiffre de survie, un couple de médecins somaliens installés à Turin, la femme est de son ethnie. Là-bas, à l'autre bout de l'espoir, la personne ne décroche pas tout de suite. Nasser laisse sonner. Cinq fois, dix fois. S'ils sont partis… ? Non c'est le numéro d'un téléphone portable. Ils sont peut-être occupés ou alors ils sont dans un lieu où le réseau est faible ? Qu'est-ce qu'il va faire ? Enregistrer un message sur la boîte vocale ? Attendre et regarder les gens manger ? Recommencer plus tard ? Au bout de la dixième fois, enfin une voix. Il parle vite dans le langage de son ethnie.

- C'est moi, Nasser.

- Tu as réussi à partir ?

- Oui, je suis arrivé à Rome. La police m'a gardé 48 h. Je n'ai pas beaucoup d'argent. J'ai tout donné aux soldats somaliens.

- Tu peux prendre le bus jusqu'à la gare, Roma Termini ?

- Oui, je peux.

- Alors tu vas jusqu'à Roma Termini, on va faire le nécessaire pour que tu puisses retirer les billets au guichet. Tu arrives chez nous à Turin et nous on vient te chercher à la gare. A bientôt, Nasser.


Elle a tout géré, tout décidé. Et cela lui a fait du bien que quelqu'un lui dise exactement ce qu'il devait faire. Il a pris le bus jusqu'à la gare, fait la queue au guichet, en se demandant par quel miracle un billet pouvait l'y attendre, dit son nom, reçu le billet, est monté dans le train, puis est arrivé jusqu'à Turin. Depuis trois jours, il n'avait mangé que le sandwich des policiers !

A Turin, ses amis l'attendent. Il pense à la parabole du Bon Samaritain mais ne le leur dit pas. Ils le soignent, le font manger rapidement, parce que les vertiges le gagnent. Il prend une douche, revêt des vêtements propres, mange de nouveau avec eux, cette fois-ci pour le plaisir et la conversation. Et ils évoquent la Somalie, telle qu'ils l'ont connue avant le chaos. Ils n'y retourneront pas. Ici en Italie, ils travaillent, ont acheté un appartement et leurs enfants ne parlent que l'italien.

- On s'attend à tout, même à ce qu'ils se marient avec des Italiennes.

- Et c'est grave ?

- Non. On ne peut pas défendre un pays qui vous chasse. On est reconnaissants d'être ici, dans un monde en paix, une société qui fonctionne. On fait ce qu'on peut pour aider les frères mais on ne repartira plus. Et toi, Nasser ?

- Moi, je viens d'arriver. Je voudrais trouver du travail et faire venir les enfants.

- Beau projet. Dans le Nord de l'Italie, il y a du travail et tout s'arrangera pour toi. Inchallah.

Il dort dans un lit mais ne reste à Turin que le temps de se reposer et de déambuler sans crainte dans une ville si nouvelle pour lui où les femmes exhibent leurs cheveux et leurs jambes. Il les trouve toutes belles, des plus jeunes aux plus vieilles. Et puis, il en profite pour pénétrer sans crainte dans une église et prier ce Christ-ami qui l'a tant de fois aidé. Pour la première fois, il entre par la grande porte. Il n'a plus peur.

Il repart pour Rome : il faut qu'il régularise sa situation auprès de la questure. Les policiers ont beaucoup insisté. Il a sur lui un plan de Rome, l'adresse de la questure, celle de l'ambassade somalienne, un peu d'argent. Cela suffit pour faire reculer l'angoisse.

Nasser compte sur l'aide de l'ambassade somalienne pour l'héberger. Mais celle-ci n'existe plus. Les portes ont été forcées et tout un peuple de misérables, comme lui, campent dans ses locaux. Il n'y a ni gaz, ni électricité. Ses frères lui font une place dans un angle.

- On n'est pas mal ici, tu verras. L'eau, ils ne l'ont pas coupée. On peut pisser et se laver et même se faire à bouffer. Tu vois, on s'est organisé.

Dans un coin de l'ancienne salle d'attente, il découvre un réchaud avec une marmite, des cageots servant d'étagères et supportant les provisions du groupe : du café, du thé, des sacs de riz.

- On met tout en commun. C'est plus simple. On campe. On campe comme chez nous dans le désert, avec l'eau en plus et le soleil en moins et puis ici, personne ne va surgir pour te tuer avant même que tu aies le temps de crier.

- Je suis là pour les papiers, explique Nasser.

- On est tous là pour les papiers.

- Je dois aller à la questure de Rome avec la feuille qu'on m'a donnée à l'aéroport. Ça ouvre à 8h30. Je vais y aller à pied. En partant à 7 h, cela devrait aller.

L'homme éclate d'un rire qui découvre ses dents blanches et lui enlève l'espace d'un instant la tristesse grise de son regard.

- Ecoute, frère, tu es vraiment nouveau ici. Alors, je vais t'expliquer parce que ton ethnie et la mienne, on s'est toujours soutenus. La questure, elle ouvre à 8h30, c'est vrai, mais les gens font la queue dès deux heures du matin. Je te conseille de partir avec le groupe. Ils vont tous y aller ce soir. Départ vers minuit parce que c'est à l'autre bout de la ville et qu'à pied, ça fait une belle ballade.

174

Au milieu de la nuit, une main le secoue et lui tend un café.
- Allez, on y va.

Ils amènent, dans des sacs en plastique, une couverture, des bouteilles d'eau et un thermos de café. Les voilà partis, hommes noirs dans la nuit, à la file indienne, silencieux et souples comme des guerriers. Ils marchent sans un mot dans la ville assoupie, quelquefois ils croisent des groupes de fêtards attardés qui ont trop bu, des prostituées qui ne les abordent même pas, ou des couples d'amoureux qui regagnent leur hôtel en se tenant par la taille. Ils longent des ruines surgissant, incongrues, au milieu des avenues, heurtent sur les trottoirs des poubelles débordant de détritus et arrivent enfin à la questure. La file des pauvres serpente déjà le long des façades. Quelqu'un les aborde, un jeune garçon noir : il semble parler tous les dialectes de l'Afrique et leur tend un carton numéroté. En échange, ils lui glissent quelques lires. Et chacun muni de son carton, s'allonge sur le trottoir pour s'assoupir un peu.
- Le numéro, ça n'a rien d'officiel, tu sais. Le garçon, il s'est inventé ce système pour gagner quelques ronds mais là-dedans, ils ne tiennent pas compte des numéros. Tu vas voir.

Non, ils ne tiennent pas compte des numéros. Ils ne tiennent compte de rien. Quand les bureaux ouvrent, peu de personnes entrent.
- Tu ne sais pas pourquoi certains entrent, et pas d'autres. C'est comme ça. Est-ce qu'ils ont payé les gardes ? Est-ce que les femmes ont offert ce qu'elles avaient ? Tu ne sais pas. Toi, tu attends et tu reviens. Tu as un bon numéro. Tu es arrivé parmi les premiers, mais tu ne passes pas. D'autres passent avant toi. Tu ne comprends pas.

Quand son copain lui explique ça, Nasser est déjà trop épuisé pour protester. Il refera quatre fois le périple nocturne de l'ambassade désaffectée à la questure. La quatrième nuit, il peut enfin consigner les papiers qu'il avait. On lui en donne d'autres. Son dossier va être étudié. Il lui faudra revenir pour obtenir son permis de séjour.

Le voilà avec ce nouveau reçu dont il considère toutes les lignes. Tant de peines, tant de nuits sans sommeil, tant de kilomètres pour ce papier ! Il lui faudra revenir ! Revenir ! Il s'impose de chasser toute image du futur. A quoi bon ? Sa vie est désormais semblable à une barque légère, sans voile, sans gouvernail, qui épouse les caprices du hasard. Dans le petit matin de Rome où les premières Vespa commencent leur ballet, où les gens qui travaillent sirotent leur expresso tout en commentant les nouvelles, Nasser marche lentement. Il a le temps mais il n'a pas d'argent et il n'éprouve aucune curiosité pour cette ville où il se sent trop visible : il n'est ni touriste, ni travailleur. D'une catégorie à part. Immigré. Il lui faut retourner sur ce radeau du désastre qu'est l'ex-ambassade de la Somalie, rassembler ses affaires, dire au revoir aux frères et partir. Pour où ? Il a un deuxième numéro de téléphone, à Florence cette fois encore un docteur somalien. La diaspora a tissé ses réseaux et la famille de Nasser était si connue. Il emprunte de l'argent pour le billet et arrive à Florence. Le docteur Abobaker a laissé l'hôpital pour lui. Il est là sur le quai qui l'attend… Le cœur de Nasser se serre devant la générosité des hommes : celui-là si bien habillé, à l'italienne, avec chaussures cirées, chemise, pardessus élégant lui prend le bras, ne remarquant pas la saleté de ses vêtements, sa barbe négligée ni même son odeur, l'entraîne dans un bar, commande un petit déjeuner où se mêlent croissants, tartines de beurre, œufs, café et jus de fruits. Nasser, par éducation, cherche à manger avec calme…

- Ta famille, je l'ai bien connue. Mes parents étaient clients dans le magasin de ton père. Toi, je t'ai vu, petit, traîner ta djellaba dans les entrepôts. J'ai su ce qui était arrivé aux tiens. Moi, j'ai eu de la chance. Mon père, qui était un homme perspicace, m'a envoyé étudier en Italie mais après mes études je ne suis plus retourné au pays. Voilà des mois que je suis sans nouvelles. Je voudrais les faire venir mais je ne sais même pas comment leur envoyer de l'argent. Plus rien ne fonctionne. Alors j'aide ceux qui ont réussi à partir. J'ai tout combiné pour toi. Tu vas aller à Venise. Là-bas, la commune a ouvert un centre pour les réfugiés. Ils t'attendent. Tu as un train en début d'après-midi. Voilà le billet et voilà de l'argent. Dans le centre, tu apprendras l'Italien, et tu attendras ton permis de séjour. Après Inchallah. Mais si tu as des difficultés, tu peux m'appeler. Je ne laisserai jamais tomber les frères.

Il parle sans emphase, la voix basse, une tristesse incommensurable habite tous ses gestes, teinte ses attitudes et son sourire d'un voile de douceur.
- Mi dispiace per la tua famiglia.

Nasser a lâché ces quelques mots en italien parce qu'il les a entendus si souvent, là-bas, au milieu des errants de l'ambassade … Mi dispiace, ce soir on n'a que des haricots à manger, mi dispiace, on n'a plus de café, il n'y a plus d'eau, mi dispiace, j'ai besoin de quelques pièces pour téléphoner.
L'homme esquisse un sourire :
- Tu parles italien déjà ?
- Je sais quelques paroles.
- C'est bien. Apprends vite la langue. C'est essentiel pour le travail. Mais tu verras, les gens ici sont plutôt généreux. J'ai connu beaucoup de personnes honnêtes qui cherchent à aider

les autres. Allez, je me sauve. On m'attend à l'hôpital. Je suis déjà en retard.

Dans le train qui l'emporte vers Venise, Nasser se laisse bercer par le roulement régulier des roues sur les rails et les pensées aussi qui roulent sous son front... Ses enfants, il les fera venir d'Egypte dès qu'il aura trouvé du travail. Il ne veut pas qu'ils grandissent dans un pays musulman qui n'offre aucune garantie de démocratie. Sans démocratie, il n'y a pas de justice et tout peut arriver. Les fous, les enragés qui se mettent à tuer comme ça... Pardonner ? Pardonner, c'est ce qu'ils disent les chrétiens. Je ne peux pas pardonner. Qui pourrait le faire ? Jésus peut-être. Je ne suis pas Jésus. Pardonner, je ne peux pas. Inutile que je me force. Le pardon, ça ne peut pas être forcé. Aimer celui qui vous fait du mal. Ça non plus je ne peux pas. Je ne peux pas. Ça pourra peut-être arriver un jour. Je ne sais pas. Ça me semble impossible. Avec la grâce de Dieu, peut-être. Un jour quand cela fera moins mal. Est-ce que cela fera moins mal un jour ? Ça aussi ça me semble impossible. Des hommes, est-ce des hommes qui ont fait ça ? Mamet heureusement qu'il n'a pas vu ça ... La barbarie dans sa douce Somalie ! C'est pas le genre de guerres qu'il a connues. Un balayage de l'horreur. Arroser de balles. Ça tape au hasard. Ça n'affronte pas le regard de celui qui meurt. Pourquoi, je ne suis pas sorti de ma cachette ? Pourquoi je ne suis pas mort ? Pourquoi je ne les pas défendus ? Lâche ! Pourquoi j'ai été lâche ?

Et il revoit la scène encore et encore et il ressent encore cette crispation de tout son être quand l'horreur s'accomplissait...

Je n'ai jamais été violent. Je ne me suis jamais battu. Mon père disait à ma mère... Ton fils, il reste trop avec toi, on va pas en faire un homme s'il est comme ça accroché à sa mère...

Ma mère... Elle faisait mine de m'écarter, mais dès qu'il disparaissait, elle m'accueillait dans sa présence. Si soumise. Jamais une protestation. Toujours les yeux baissés. Je haïssais son silence. J'aurais voulu qu'elle proteste, qu'elle se rebelle, qu'elle lui dise qu'elle en avait assez de le servir et d'essuyer ses reproches pour des bagatelles. Mais non. Son silence. Et lui, face à ce silence, il gesticulait de rage et de solitude...

A la gare de Mestre, quand brusquement, l'ouverture du wagon se libère, il découvre une pancarte :

« Benvenuto a Nasser »

Alors, il oublie les trottoirs romains de la questure, les locaux délabrés de l'ambassade et ce ridicule papier qu'on lui a donné. Il oublie les heures d'interrogatoire à l'aéroport, le sandwich misérable et la faim. Il oublie toutes les fois où il a pensé : l'Italie, c'est pire que l'Afrique. Il oublie tout et se laisse prendre et embrasser par des inconnus. Là, sur le quai de cette gare si sale, si fréquentée, il a brusquement une sensation nouvelle : celle d'être arrivé quelque part, d'être arrivé là, au pied de cette pancarte artisanale dont les mots brillent comme des étoiles. Des étoiles qui fondent dans ses yeux. Ses yeux qui deviennent source de larmes. Ses larmes qui lavent la poussière et le sang.

Cette fois, ce ne sont pas des frères somaliens qui l'accueillent. Ce sont des volontaires et des travailleurs sociaux. Des Italiens. Ils l'entraînent dans une pizzeria de la Place Feretto à Mestre et voilà le héros de la soirée qui s'empiffre de saucisson... On lui fait remarquer qu'il est en train de manger du porc.

179

- Moi, je ne suis pas musulman. Je crois au Christ. J'y croyais déjà avant le massacre de ma famille mais à présent c'est encore plus fort. Comment tu veux que je sois musulman quand ils tuent au nom d'Allah ?

On le conduit au centre d'accueil pour immigrés de Fort Rossarol, près de l'aéroport de Venise. On lui donne des vêtements propres et même un pyjama. On lui montre sa chambre avec un lit, une douche, une clé. Il peut enfin se laver. Le lendemain, il dort jusqu'à midi.

Quelques mois après, il doit se rendre de nouveau à Rome pour retirer son titre de séjour. La questure refuse de faire suivre son dossier à Venise. Recommence la persécution administrative. Il lui faut prendre le train à minuit. Il n'y a pas de bus entre le Fort Rossarol et Mestre. Il a tout juste l'argent du train. Alors, il fait le trajet à pied, 15 km. C'est l'hiver. Il enfonce ses pas dans la neige. Où est-il ? Dans quelle réalité ? Seul, le long d'une route glacée avec des chaussures légères qui laissent passer l'eau froide. Où est-il ? Pourquoi vivre cela ? Au nom de quoi ? D'un titre qui lui donnera le droit de mourir ici, dans cette région hostile. « Benvenuto a Nasser ». Il rit tout seul. Oui bienvenu dans le froid, la misère, la solitude et la mort. Il prie pour ne pas pleurer. Il a déjà trop pleuré, là-bas à Mogadiscio. Quatre ans de bête traquée, il a vécu. Cela ne peut pas être pire. Rien ne peut être pire.

Quand il arrive à la questure, il prend sa place dans la file d'attente. Il regarde les visages. Il a la sensation de les reconnaître. Cela ne peut pas être les mêmes qu'il y a six mois Et pourtant si, ce sont les mêmes. Rien ne distingue un pauvre d'un autre pauvre. La misère égalise. Quelquefois, des volontaires sont là pour leur distribuer du café et des sourires. Leur rappeler qu'ils sont des êtres humains. Des hommes.

Des femmes. Des individus qui appartiennent à l'espèce humaine. Il attend pour rien. Cinq fois, il refait ce trajet de Fort Rossarol à la gare de Mestre, et de la gare de Rome à la questure. Cinq fois, il prend sa place dans la file d'attente. Pour rien. Désespéré, il se confie au responsable du centre... Ce n'est plus possible. Je dépense une fortune pour rien. Je vais là-bas, j'attends. J'ai parfois un bon numéro mais ils ne m'appellent pas. Tu ne comprends rien. Tu ne comprends pas comment ça marche. C'est pire que l'Afrique. Ils te poussent vers la clandestinité. Et c'est ça que je vais devenir clandestin. Ils m'arrêteront, me renverront en Somalie et là-bas, je ne donne pas cher de ma peau. Mais ça m'est bien égal.

Alors se met en place le seul système qui fonctionne en Italie, celui des amitiés. Le responsable contacte quelqu'un, Suzanne, qui travaille au ministère de l'Intérieur, celle-ci contacte un ami qui travaille à la questure de Rome. Et la sixième fois, un homme surgit dans la file. Nasser Der... Qui est Nasser Der ? Ah c'est toi ? Suis-moi. Ils entrent tous les deux au rez-de-chaussée et là dans les caves du temple, Nasser obtient ses papiers en cinq minutes. Un permis de séjour pour un an ! Il pourrait exulter de joie, mais il n'en a plus la force. Il tâte ce papier au fond de sa poche. Réel. C'est le système qui est comme ça, une machine à décourager les hommes, à les aplatir, à en faire des lamelles, des carpettes, des riens. Et pourquoi protester ? Et qu'est-ce qu'ils nous doivent ? C'est nous qui sommes venus. C'est nous qui sommes nés du mauvais côté du soleil. C'est nous qui avons choisi de partir. Ils ne nous doivent rien. Quand même le respect. Le respect minimum. C'est un droit, le respect, une politesse humaine ?

Dès le lendemain, Nasser part en quête de travail. Au centre, des volontaires l'ont aidé à rédiger son curriculum.

181

Difficile d'en cacher l'indigence. Il est déjà âgé. Plus de quarante ans. Il n'a travaillé que dans l'entreprise de son père, comme magasinier. Il n'a pas de diplôme, pas de formation et baragouine quelques mots d'anglais et d'italien. Il accepterait n'importe quoi. Mais tous sont comme lui. Tous sont prêts à travailler dans n'importe quelles conditions et à n'importe quel prix. Il explore d'abord tous les bars et les commerces de Mestre, puis ceux de Marghera. Ouvrier. Ça lui irait bien, ouvrier. Docker aussi. Mais les chantiers de Marghera, ou ses industries licencient leur personnel. Il ne va pas jusqu'à Venise. La ville lui fait peur. Il a connu Rome, Florence, Turin. Il n'attend rien de ces cités trop belles pour lui. Et puis il a déjà tellement et tellement arpenté les rues, les zones industrielles, les centres-villes. Il s'est déjà tant et tant de fois présenté dans des bars, des restaurants, des magasins, petits, grands, moyens. Il suffirait d'un seul. Mais où se cache-t-il cet unique qui lui offrirait un travail ? Quelquefois, il doute qu'il existe. Toute sa vie est suspendue à cet espoir. Il se laisserait bien aller au bord de la route. D'autres le font qui mendient. Il les comprend. Lui aussi est mendiant. D'un autre genre. Il pousse toujours plus loin ses recherches et s'aventure à pied jusqu'à Mogliano, petite localité entre Trévise et Mestre. Il longe alors le Terraglio, ancienne avenue qui permettait jadis aux riches vénitiens de gagner en carrosse leur villégiature campagnarde. Son regard se perd dans l'ombre des parcs, à la cime des arbres et dans la cour des villas. A l'entrée de Mogliano, il y a un négoce de machines agricoles. Il contemple longtemps la vitrine. Ce sont des outils qu'il ne connaît pas. En Somalie, les tondeuses à gazon, les débroussailleuses, les mini-tracteurs, il n'en voyait jamais. Il n'a pas le courage d'entrer. A quoi bon ? Il n'y connaît rien à tous ces engins. Il pousse la porte quand même parce qu'il s'est fixé comme règle de demander du travail partout. Absolument partout. Il se présente. Il a répété son discours au centre, avec les volontaires. D'abord tu dis bonjour, ensuite tu te présentes. Et tu souris. Et tu prends l'air sûr de toi, mais pas trop. Humble, mais pas trop. Tu ne dois pas avoir l'air de mendier. Tu ne mendies pas. Tu viens pour aider. Tu es propre, bien habillé, mais pas trop.

- Je m'appelle Nasser. Je suis somalien. Mes papiers sont en règle. Je viens voir si vous n'avez pas besoin de quelqu'un pour travailler.

- Et qu'est-ce que tu sais faire ?

Alors une réponse involontaire fuse de lui. Ce n'est pas celle qu'on lui a apprise au centre. Il est tellement sûr qu'il n'a rien à perdre et que très vite, il va de nouveau arpenter la rue.

- Rien.

Devant la surprise de l'homme, il confirme :

- Rien. Je ne sais rien faire.

L'autre se met à rire et appelle son père :

- Papa, viens voir. Il y en a un qui cherche du travail et qui ne sait rien faire.

Le vieil homme accourt de l'arrière-boutique. Les deux hommes échangent une poignée de mains, les yeux dans les yeux : Les yeux bleus du vieux Stefanatto dans les yeux noirs de Nasser Der.

- Alors, comme ça, tu ne sais rien faire ?

- Rien. Vos machines, je ne les connais même pas. Chez nous, il n'y a pas tout ça. Chez nous, on fait tout à la main et pour l'herbe, on a les chèvres.

Ils rient.

- Allez, reviens demain à huit heures. Comme tu ne sais rien faire, on va t'apprendre. C'est plus simple qu'un jeune qui sort de l'école et qui croit tout savoir. Il faut bien commencer un jour. Reviens demain à huit heures.

Une semaine après, le vieux Stefanatto conduit Nasser chez son comptable pour lui faire signer un contrat de travail. Régulier. Le voilà donc ouvrier-apprenti dans l'atelier des machines agricoles de Mogliano. La mécanique, il n'y connaît rien, mais il est si avide d'apprendre et puis il y a des tâches répétitives qu'il peut vite assumer : nettoyer un moteur, changer les bougies, faire la vidange. Les autres de l'atelier lui expliquent volontiers le métier sauf le cousin du patron qui lui balance les outils en pleine face et ne lui épargne aucune remarque :

- Pourquoi, tu te laves les mains, negro ? Elles sont noires, ça va pas changer grand-chose qu'elles soient sales !

Nasser fait celui qui n'entend pas. Quelquefois, il trouve une réplique. Mais il reste toujours calme. Il sait que l'autre cherche la bagarre pour le faire renvoyer. Entre Stefanatto, qui n'ignore rien de ce qui se passe dans ses ateliers, fait mine de questionner.

- Ça se passe bien Nasser ?
- Très bien patron, très bien.
- Les autres, ils t'enseignent le métier.
- Mais oui, tout va bien mais je ne deviendrai jamais aussi fort qu'un jeune qui a appris à l'école.


Entre le vieux Stefanatto qui, après la guerre, à force de travail, d'économies, de privations, a monté l'entreprise et Nasser le Somalien, tombé du ciel, un jour d'Octobre, en Italie, plutôt qu'en Suisse, Nasser sans famille, sans argent, sans maison, quelque chose s'est passé. Est-ce compassion, confiance immédiate, désir de provoquer les autres employés, caprice de chef ? Aux yeux de Nasser, c'est un miracle.

Avec le travail régulier, cesse le cauchemar des papiers à renouveler, l'insécurité viscérale, la vigilance de chaque instant pour chaque sou dépensé. Commence un autre chemin, celui de l'intégration. Pour Nasser, chrétien de cœur, cette voie passe par l'église. Le 5 juin 2005, il reçoit le baptême. Le vieux Stefanatto et ses fils sont présents.

En 2006, un des cousins de Nasser resté en Somalie lui demande son aide : la famine sévit dans le village du grand-père, Quooney. L'aide internationale n'arrive pas jusque-là. On enterre les bébés au ventre gonflé. Les mères, transformées en statues décharnées n'ont plus de larmes pour pleurer. L'impuissance fige les êtres. Rien. Il n'y a plus rien. Les bêtes squelettiques ont été tuées et toutes les réserves sont épuisées. Sous le soleil assassin, s'aiguise la fatalité de la mort. A l'autre bout du monde, Nasser, fils d'Hassan, petit-fils de Mamet qui a quitté le village avant la guerre, Nasser le converti, convoque une réunion immédiate des paroissiens de Tessera. Un Italien anonyme qui sait tout juste où se trouve la Somalie, là-bas dans la Corne de l'Afrique, prête aussitôt 4000 euros. Un camion part de Mogadiscio avec des produits vitaminés, des boîtes de céréales, du lait en poudre, des sacs de riz et un médecin. C'est le cousin qui conduit le camion. Il faut sept heures pour faire le trajet entre Mogadiscio et Quooney.

Les années qui suivent, Nasser organise la survie de son village natal. Avec son titre de voyage pour étranger, il obtient cependant un visa et de l'Ethiopie, rejoint la Somalie par la route.

Dans le village de Mamet, quand Nasser, le mécanicien aux mains noires, arrive, les voiles des femmes résonnent de cris et de pleurs.

- Sans toi, on serait tous morts.

Il ne se sent pas sauveur, Nasser. Il sent qu'il a été placé là par une destinée mystérieuse qui a tissé les fils de cette histoire : de Mamet le voyageur à Nasser l'Italien, de ce village musulman qui survit grâce à l'aide des chrétiens de Tessera !

Quand il chante, Nasser, dans notre chœur multi-ethnique, ou dans les rues de Venise ou dans les salles de la Cini, ou même dans mon jardin, il fait passer toute son histoire dans son chant... La Somalie de son enfance, la guerre, la cruauté des hommes, mais aussi leur générosité, leur solidarité, le rire des enfants de son village, le travail des paysans de Quooney qui désormais ont appris à cultiver les terres proches du fleuve pour ne plus mourir de faim et ce hasard, ce hasard par lequel il est là pour aider ceux qui sont restés là-bas.

# Ma voix

- Te voilà à ton aise : tu t'empares de la vie des autres et tu racontes.

- C'est ce qui me plaît : écouter et transcrire. Entre les deux une sorte d'alchimie.

- Tu veux dire quoi ?

- C'est leur vie et ce n'est plus leur vie.

- Tu les trahis ?

- Ce serait à eux de le dire. Mais ce qui est écrit n'est déjà plus ce qui a été confié.

- C'est plus ?

- Je ne sais pas. C'était une vie, cela devient le récit d'une vie. J'existe dans cet intervalle.

- Tu n'existes pas beaucoup.

- Ça me suffit.

- Tu pourrais t'engager un peu plus, toi, personnellement.

- Me raconter, tu veux dire ?

- Oui. Tu ne peux pas toujours te défiler comme tu l'as fait avec Maria.

- J'ai déjà évoqué un peu mon histoire. Pourquoi devrais-je le faire davantage ?

- Pour l'élégance de la réciprocité : les autres se sont confiés, tu pourrais faire pareil.

- Ma vie est lisse.

- Lisse ?

- Je n'ai connu ni la guerre comme Nasser, ni l'obligation de quitter mon pays pour gagner ma vie ailleurs, ni l'humiliation. Je ne suis pas partie à l'autre bout du monde pour échapper à la misère, je n'ai pas traversé la mer sur un bateau pneumatique.

- Seul le malheur rend la vie intéressante ?

- Non, tu as mal compris : mes problèmes m'apparaissent dérisoires.

- Dérisoires ?

- De dimension humaine, individuelle si tu préfères. Aujourd'hui le divorce, les deuils et même la maladie de mon fils ne sont que des aléas dans un parcours de vie qui n'est pas broyé par l'Histoire.

- Quand tu vis la souffrance, elle ne t'apparaît jamais dérisoire.

- Alors, je mens, selon toi ?

- Non mais tu cherches à supporter.

- Je veux jouer la forte, celle qui relativise ses douleurs à l'aune de celle des autres ?

- Oui, peut-être. Mais allez, raconte ?

- Pourquoi ?

- Je te l'ai déjà dit : l'élégance de la réciprocité.

## Ma voix

- C'est quoi cette page blanche ? Une erreur d'imprimerie ?
- Non.
- Alors quoi ?
- Je n'ai pas pu.
- Pas pu raconter ta vie ?
- C'est ça.
- Et tu as laissé une page blanche ?
- J'avais écrit. J'ai tout effacé.
- Alors là, laisse-moi rire : si tous les écrivains laissaient des blancs pour témoigner de leur renoncement, les romans en contiendraient des pages blanches.
- J'ai voulu laisser un signe.
- Je ne te lâcherai pas.
- Quand j'aurai fini ce récit, tu n'existeras plus.
- Je prendrai une autre forme, compte sur moi. Les voix intérieures sont têtues.

**Juin 2015**

Depuis quelques semaines, Lisa, en vue d'un prochain spectacle, nous invite à proposer un chant et à raconter quels souvenirs il évoque pour nous. La salle de répétition devient ainsi une place imaginaire où nous traînons une chaise pour nous asseoir avec naturel et sans ordre. Et nous voilà tous, muets, regardant dans des directions différentes ou même fermant les yeux, en quête de notre rengaine personnelle.

Moi je sais d'avance que je ne pourrai pas chanter. Ce n'est pas l'envie qui m'en manque pourtant. Hello, le soleil brille, brille, par exemple. La tentation est grande. Après tout, que me diraient-ils ? Que je chante faux. On me l'a déjà asséné des milliers de fois. Mais je me sens muselée, étranglée de l'intérieur. Même un petit refrain de rien du tout, je ne peux pas. Il est loin le temps d'Angelo. J'en pleurerais presque derrière mon sourire imbécile. Alors j'écoute les autres, essayant de trouver dans leur rengaine à eux quelque chose qui pourrait ressembler à la mienne.

Irena, sans se lever, entonne une ritournelle enfantine espagnole. Elle en répète les syllabes désuètes et elle explique : c'est peut-être la première chanson que j'ai apprise. C'est peut-être mon père qui me l'a chantée. Je ne m'en souviens plus. Il est mort, j'étais trop petite. Je ne l'ai pas connu, mon père.

Une autre femme prend la parole : j'avais dix-sept ans, à Venise. Je commençais tout juste à travailler. J'ai appris le coup d'état de Pinochet, j'ai vu des images de jeunes gens rassemblés dans un stade, ils avaient mon âge, c'est pour ça que je m'en souviens. Dans le stade, ils chantaient. Et elle entonne un chant espagnol où le mot « pueblo » claque comme un drapeau.

Une autre, grande et pâle, lance ces mots... « Volare come una colombina » C'est ma mère qui chantait ça, en faisant les lits, dans notre maison de Spinea où on venait d'emménager. Elle était contente, ma mère, parce qu'elle avait enfin une maison, loin de ses beaux-parents. Je la revois qui chante, je revois la danse des poussières dans le rayon de soleil et mes frères qui jouent.

Les chants s'enchaînent qui ponctuent la vie et les confidences. Tout un album sonore que l'on feuilletterait ensemble.

On habitait Marghera, mes parents étaient ouvriers. Il y avait plusieurs familles dans la même maison et les équipes de travailleurs se croisaient. Dans les couples, il y avait ceux qui dormaient le jour et ceux qui dormaient la nuit. Suit un chant d'amour où les époux séparés par le travail se saluent le matin : quelque chose de diaphane, léger, comme une souffrance intouchable.

Des récits où la famille est un bastion, un socle, une sécurité.

Je ressens une envie terrible de casser la suavité qui s'installe au fur et à mesure des confidences chantées. La trop grande douceur m'a toujours exaspérée. Ces récits qui ne sont qu'amour-dans-des-familles-pauvres-mais-dignes m'agacent. Je résiste comme je peux à mon envie de jouer les fées Carabosse : pimenter le réel, amener un contre-point ou mieux une fausse note. Je m'y connais en fausses notes. Mais celles qui me viennent alors, je les ai retenues tant bien que mal. De toute façon aucune chanson ne pouvait accompagner mes confidences. Pas de rengaine personnelle. Ma mémoire ne chante pas.

## 15

**Automne 2015**

**Tempête, iceberg et parapluie.**

Je n'étais pas là quand ça s'est passé. Mais j'ai vu, le lundi suivant, les mines douloureuses, les larmes rentrées, les expressions hostiles. J'ai remarqué les personnes qui ne se saluaient plus, les propos murmurés, les groupes qui observaient le silence quand quelqu'un s'approchait. Pourtant, on s'était quittés heureux après le spectacle du mois de juin. Qu'était-il donc arrivé ? J'ai reçu une foule de mails que je finissais par ne plus lire en cliquant sur le symbole poubelle de mon ordinateur et son bruit d'aspiration libérateur.

J'ai surtout constaté l'absence abyssale de quatre hommes : Marco, Sergio, Franco et Mario. Marco, le Sarde à la silhouette fine et déliée, aux allures calmes et mesurées, Sergio, le Vénitien, l'ex-ouvrier verrier qui respirait la bonté et la gentillesse, Franco, lui aussi Vénitien, exilé à Mestre, capable de gérer tant de projets à la fois : et enfin Mario, le bel homme à la voix rauque qui avait gardé de sa jeunesse et des années 70 un attachement passionné aux valeurs démocratiques. Disparus. Les quatre ensemble.

Lisa se démenait pour faire oublier le vide et avait installé un clavier électrique pour remplacer la guitare de Sergio.

Même si je ne lisais plus les mails, je cherchais à comprendre : comment un chœur qui accueillait des Moldaves, des Indiens, des Africains avait-il provoqué l'exclusion de quatre Italiens ? Que s'était-il donc passé lors de cette assemblée que j'avais manquée ? Serions-nous capables de continuer à chanter ensemble ?

Je finis par réunir quelques bribes d'explication : une association assurait la partie administrative du chœur et s'occupait aussi d'autres projets sociaux. Les quatre mousquetaires aux cheveux gris faisaient partie du bureau. Deux mois avant la fin de leur mandat, leur gestion avait été remise en cause et ils avaient démissionné, blessés qu'on ait pu les suspecter de malhonnêteté. Dans la confusion générale, quelqu'un avait eu une parole malheureuse : Il y avait des choses cachées, on ne voyait que « la pointe de l'iceberg. »

Cette expression suivit son chemin pernicieux dans les esprits. Qu'avaient donc fait les mousquetaires ? Volé ? Utilisé frauduleusement le chéquier de l'association ? Pris des décisions sans consulter les autres ?

Le chœur perdit son unité. Dans le microcosme de notre chorale, les divisions que j'observais alors, me rappelaient celles des grandes crises historiques. Il y avait ceux qui faisaient mine d'ignorer les dissensions, étaient là pour chanter et ne s'occupaient pas des problèmes : la Majorité. Ceux qui réclamaient une autre assemblée et préféraient la vérité à l'ordre, la clarté à l'oubli, la parole au silence : les Emmerdeurs. Ceux qui partaient parce qu'ils jugeaient leur idéal trahi : les Justes, drapés dans leurs principes. Ceux qui continuaient à chanter avec tristesse, regrettant le temps jadis : les Nostalgiques. Au-dessus de cette confusion, il y avait Lisa qui poursuivait son but avec passion : l'Artiste au-dessus de la mêlée. Puis, il y avait moi qui voulais mener à bien ce récit, la Castafiore devenue chroniqueuse.

Dans ce contexte de luttes intestines, nous sommes retournés chanter à Marghera presque un an après notre spectacle de Noël. Nous devions participer à des rencontres sur l'immigration. Le rassemblement avait un côté fête populaire avec ses baraques de bois et ses immigrés qui proposaient des plats de leurs pays. Lisa nous avait appris des chants parfaits pour l'occasion. Il y avait cette belle chanson de Gianmaria Testa, « Una barca scura »

In fondo al mare canta

Una sirena.

Les images nous revenaient de cet été terrible.

Des corps inertes ballottés par les vagues.

Des corps échoués sur les plages au milieu des estivants qui se baignent.

Des corps pour toujours au fond de l'eau accrochés aux rochers, couverts d'algues.

Le corps d'un tout petit, un enfant comme tous les enfants du monde avec son jean et ses baskets, immobile pour toujours sur une plage. Trois ans. La vie s'arrête.

In fondo al mare canta

Una sirena.

A travers nos voix, chantaient les sirènes de toutes les mers pour accueillir ces voyageurs passés si vite de l'espoir à la mort.

Perdus en mer.

Sans aucune identité.

Anonymes effrayants tous regroupés sous un seul mot : immigrés.

Le chant m'apparaissait, ce soir, comme l'expression la plus simple et la plus évidente.

Il fallait chanter.

Et que ce soit une reconnaissance, une prière, une plainte, une connivence.

In fondo al mare ....

Quand il n'y a plus rien, ni papier, ni stylo, ni toile, ni pinceau, ni instrument de musique, il y a encore cette dernière possibilité de devenir soi-même instrument : chanter, danser. .

Et elle, Lisa, ce soir-là, invoquait les sirènes pour ceux qui reposaient dans les eaux d'un grand cimetière bleu. Elle déployait encore plus d'énergie et d'enthousiasme que d'habitude, mais quelque chose n'allait pas. Les quatre qui avaient quitté le chœur étaient assis dans le public, et nous regardaient. Lisa ne leur demanda pas de réintégrer le groupe.

Le mal resta invisible.

On allait continuer à chanter bien sûr : nos différends étaient si ridicules au regard des drames que nous évoquions. On allait continuer à chanter parce que nous avions Lisa, efficace et passionnée, capable de créer des spectacles en fonction des lieux et des circonstances, capable d'accepter la muette que j'étais. Malgré mon enthousiasme pour elle, je devais aussi reconnaître qu'elle se montrait, ce soir, incapable de faire un geste à l'égard des exclus. Qu'est-ce qui avait bien pu glacer l'élan de cette femme ?

Au cours de la deuxième assemblée, le mystère de l'iceberg me fut dévoilé.

C'est la nuit, rue Piave. Le conseil d'administration de l'Association vient d'achever sa réunion. Il pleut à torrent, une pluie drue qui n'épargne rien ni personne. Franco raccompagne Marina à sa voiture. Vu l'heure et le quartier où, même sous la pluie, des jeunes gens désœuvrés errent, il préfère la raccompagner. Et il parle. Il est comme ça, Franco. Il se laisse emporter par son discours.

198

- Tu sais, Marina, le chœur n'est qu'une branche de l'association. Lisa est trop autoritaire. Le chœur pourrait exister sans elle. On connaît quelqu'un d'autre...

Marina, sous le parapluie déployé, tressaille.
- Enfin, Franco, le chœur sans Lisa ne peut pas exister.
- Personne n'est irremplaçable.

La pluie crépite sur le parapluie comme des salves de mitraillettes. A-t-elle bien entendu ?

La maestra, sa maestra, sa Lisa est en danger. Il y a au moins un homme qui l'éliminerait. Combien sont-ils à fomenter ce genre de projet assassin ? Ce n'est pas possible. Elle ne peut pas laisser perpétrer une injustice pareille ! C'est Lisa qui rassemble, fédère, invente, trouve des textes, c'est Lisa et Lisa seule qui donne son âme au groupe et voilà que Franco ourdit une sédition ! Elle part en guerre aussitôt. Elle téléphone, rapporte cette conversation à Lisa qui se sent trahie. Quelqu'un ne l'aime pas, quelqu'un cherche à la priver du chœur ! C'est son fils, ce chœur, un enfant aux cinquante visages, aux cinquante voix qu'elle réussit à modeler jusqu'à l'unité. Alors elle rassemble ses alliées, des femmes fidèles, prêtes à la défendre. Les amazones foncent sur les mousquetaires au cours de la première assemblée. Ces derniers, pris par surprise, leur abandonnent le terrain et quittent le groupe. Marina lance cette histoire d'iceberg qui n'est en réalité qu'une conversation privée sous un parapluie.

Le chœur se déchire.

A cause d'un iceberg et d'un parapluie, quatre hommes et leurs alliés nous quittent.

Lisa se campe dans son pouvoir.

Deux semaines plus tard, elle se coupe les cheveux et renonce à la folle abondance de ses boucles rebelles.

## Ma voix

- Tu es triste ?
- Et oui tu l'as deviné.
- Pourquoi ?
- C'est le côté insignifiant de cette dispute qui m'afflige : mettre en péril un tel projet pour des causes aussi ridicules !
- Moi au contraire ça me plaît.
- Tu aimes quand les choses se cassent la gueule ?
- Tu es injuste. J'aime qu'on nuance les utopies, qu'elles rencontrent des limites humaines comme celles-là : une chef qui ne supporte pas de ne pas être aimée et un homme naïf qui parle trop.
- Franco ?
- Oui, Franco. Il n'aurait pas dû parler à Marina même sous un parapluie, ensuite il n'aurait pas dû penser que Lisa était irremplaçable parce que ce n'est pas vrai. Tout groupe repose sur ce type de personnalité, à la fois autoritaire, compétent, efficace et généreux. Croire qu'on peut s'en priver est une preuve d'angélisme.
- Tu as peut-être raison.
- Comment ça s'est passé après cette rupture ? Vous avez continué à chanter ?
- C'est l'Afrique qui est venue à notre secours.

## 16

**Hiver 2016**

## L'Afrique, la mouvance et la trace.

C'est Richard, un jeune ivoirien d'une trentaine d'années, qui a tout sauvé. Il ignorait nos dissensions. Elles l'auraient fait rire : des problèmes d'occidentaux dans un pays où la paix est assurée ! Lui, il chante, danse et joue des percussions. En plus, il affiche l'insolence d'une beauté indiscutable. Quand il s'élance au milieu du cercle que nous formons et déploie son corps élastique, il électrise l'espace, ignorant royalement l'effet qu'il provoque. Un soir, il m'explique en français :
- Chez moi, j'étais orphelin, alors je n'avais pas grand-chose à perdre, tu comprends. J'ai travaillé et je suis arrivé en Lybie. Les Libyens, ce ne sont pas des hommes. Non, les Libyens ce ne sont pas des hommes.

Il répète cette phrase et une fraction de seconde, son sourire s'efface.
- Ils faisaient la chasse aux noirs. Un jour, ils nous ont coincés, dans la poussière d'une rue. Pris dans la nasse comme des bêtes. Ils nous ont mis sur un bateau, enfin pas un vrai bateau, un pneumatique. On a cru qu'ils voulaient se débarrasser de nous en pleine mer. Mais on est arrivés à Lampedusa. Je suis dans un centre, à Mira. J'apprends l'italien. Je retourne à l'école. Ce n'est pas facile pour moi. Ici, les gens sont racistes mais pas méchants comme les Libyens. Les Libyens, ce ne sont pas des hommes.

Les femmes du groupe le regardent sans l'approcher. Sa beauté, son énergie, sa joie, sa sensualité fait frétiller les hormones endormies et les chairs racornies.

Il fallait l'Afrique pour oublier nos mesquineries. Était-ce le pari secret de Lisa ? Savait-elle que le départ des uns, les quatre mousquetaires et leurs partisans, Larissa, Luda, Nasser, Fabiana, Line, serait compensé par de nouvelles présences ? Savait-elle que le chœur était un organisme vivant, fluctuant au gré des abandons et des arrivées ?

Certaines nous avaient quittés pour mettre un bébé au monde et revenaient avec le petit dans un couffin, les autres étaient rentrés au pays, avaient salué leur famille, distribué argent et cadeaux. On attendait leur retour : il rentre quand Martin ? Il rentre bientôt. Et puis, il y avait ceux qui étaient partis pour toujours, laissant rue Piave les paroles d'un chant, tel Bruno, le Brésilien que je n'ai pas connu.

Personne ne parlait portugais mais tout le monde s'appliquait à prononcer les mots justes du chant brésilien qu'il avait laissé derrière lui.

Dans ce flux, Lisa, qui a vite retrouvé ses boucles rousses, assure la continuité. Elle est le roc sur lequel fluctue la vague souple du chœur qui vit ainsi du départ des uns et de l'arrivée des autres. C'est une de ses qualités d'accepter cette mouvance, de ne pas tenir de comptes, de ne pas poser de questions, de ne pas exprimer de regrets. Tu es là, c'est bien. Tu n'es pas là, c'est que quelque chose te retient, une maladie, un travail, un voyage, un amour, des enfants. Tu reviendras peut-être. Peut-être tu ne reviendras plus. Tu as trouvé mieux. Personne ne te possède.

Il y a chez l'étranger une légèreté inconnue des enracinés. Il est parti une fois, il peut partir de nouveau. Il n'appartient pas à ce lieu, il s'y prête. Alors on le regarde comme un oiseau qui a bien voulu choisir votre jardin, non comme le chien de la maison.

La poésie de ce chœur vient d'eux, de ces êtres qui sont là avec la mémoire d'un ailleurs personnel et secret, qui se sont posés là, dans cette Italie du Nord, par hasard. Ici, ils n'ont aucune tombe à fleurir, aucun souvenir d'enfance et ils chantent pour les Italiens qui les accueillent.

A la suite de Richard, sont arrivés dans le chœur d'autres Africains. Ils se tenaient serrés les uns contre les autres comme des oiseaux frileux et restaient figés et muets à l'orée du groupe. Qu'est-ce que signifiait pour eux cette chorale disparate : la possibilité d'échapper un soir à leur centre d'accueil ? Des pas timides vers cette sorte de gens bizarres, les Italiens, les Européens, des personnes ordinaires, pas des flics ou des travailleurs sociaux ? On faisait cercle. Ils disaient leur prénom, on les oubliait aussitôt... Trop difficile à retenir. Pour se mettre à exister et que leur singularité émerge, il fallait qu'ils chantent et qu'ils chantent individuellement. Hamed a proposé un chant. Il a été applaudi. On a repris le refrain. L'Afrique pénétrait notre réalité. C'était soudain, plus festif, plus vibrant. Ils riaient de voir la contagion possible entre leur chant et nous. Tout à coup, et peut-être pour la première fois depuis qu'ils étaient là, c'étaient eux qui donnaient aux autres. Alors on a pu distinguer le sourire d'Hamed.

Lisa déploya toute une gamme d'alliances, associant les individus comme des notes de musique : deux femmes, une blanche et une noire, ont chanté ensemble. Toutes les deux rondes, bien plantées. Le même corps, la même attitude. Seule la couleur de leur peau différait. Ou quatre jeunes africains et un chant italien. Il forestiero, l'étranger. Ils écorchent les mots et au lieu de chanter... « dorme alla frescura » ils disent en toute innocence : « dorme alla questura ».

- On ne va pas corriger, on va laisser l'étranger dormir alla questura, dit Lisa.

Et puis, il y a eu un lundi soir d'hésitations : les jeunes gens du centre d'accueil sont arrivés en nombre. Vingt jeunes noirs dans le chœur qui comptait ce soir-là à peine une trentaine de personnes ! On n'était pas loin du débordement. Richard et quelques autres, on pouvait encore les intégrer parmi nous. Mais une vingtaine ! Lisa sentit le danger. Seule face aux trente que nous étions, elle choisit dans notre répertoire des chants que les nouveaux pouvaient reprendre. « Todo Cambia » le refrain était facile. Tous, Européens, Asiatiques, Africains, nous mettions à scander ces mots avec foi la puissance de notre conviction... Tout change... Les petits gars du Burkina, débarqués vivants à Lampedusa, qui avaient fui la misère et le terrorisme chantaient au milieu de nous... Tout change. Le changement n'était plus une idée, un vœu, une prière, il s'incarnait dans les corps qui lui donnaient vie.

Les répétitions du lundi soir ressemblent désormais à des fêtes de village africain : des enfants crient et jouent au milieu de nous. Il y a la petite Rebecca aux cheveux noirs tout entortillés qui promène son derrière rembourré de couches des solistes au guitariste, vite rejointe par un enfant pakistanais à la bouille ronde tandis que dans leur couffin dorment d'autres bébés. A peine réveillés, ils passent de bras en bras. Eux sont nés ici, en Italie, ils ne retourneront plus ni en Sierra Leone, ni au Pakistan. Pourtant, ils ne seront pas italiens. La loi les maintiendra dans un entre-deux déchirant : ni d'ici, ni de là-bas. Nationalité ? Êtres humains.

Dans ce mélange tonique et brouillon, Lisa glorifie le silence, l'impossible silence qui ferait renoncer à tous les bavardages amicaux...
- Et comment tu t'appelles ? Et tu viens d'où ?
- Je m'appelle Lucky. Je viens du Nigeria. Je parle anglais.

Le silence tant réclamé par Lisa descend sur nous et la ligne du chant s'inscrit en lui. On reprend des refrains dans des langues africaines auxquelles on ne comprend rien. Qu'importe ! Les doigts claquent, les mains battent le rythme. Les peuples d'ailleurs chantent pour nous et nous aussi avec eux. La fraternité est possible. Cette vérité devient pour ainsi dire palpable, le temps d'une soirée, avec ces jeunes gens arrivés ici sur des embarcations de fortune :
- Et pourquoi tu es venu ?
- Pour vivre mieux.
- Et tu vis mieux ?
- Ici, il n'y a pas la guerre. Au centre, j'ai à manger et je vais à l'école.

Quand je les vois ces rescapés, ces miraculés d'Afrique, si heureux de vivre, je partage l'espoir qui les anime... Ils vont obtenir des titres de séjour, et trouver un travail. Ils vont s'installer dans un appartement et pouvoir envoyer de l'argent au village. L'Italie deviendra leur patrie, plus maternelle que l'originelle qui ne les a pas nourris. Je veux y croire. Je veux chasser les images de tous ces hommes désœuvrés et mendiants qui errent dans les villes. Eux au moins, je ne veux pas les rencontrer tendant la main sur les marchés ou au pied des ponts de Venise, affrontant la pitié ou l'agressivité.

Ici, rue Piave, dans cette salle où sur des tableaux noirs figure encore le cours du jour – Io sono, tu sei, – chacun apporte ce qu'il est, sa singularité unique. L'unique voix de Rebecca – la mère de la petite – l'unique sourire d'Ernesto, l'unique énergie de Richard, l'unique élégance de Marvelous, l'unique timidité de Blessy, l'unique bonté de Christina, l'unique regard vert de Gisa, l'unique tranquillité de Rita, l'unique force de Massimo, l'unique grâce d'Irena, l'unique pâleur de Michela, l'unique foi de Lisa et ainsi d'unique en unique se compose le tissu disparate de l'humanité tel un habit d'Arlequin. Le fil qui coud toutes les pièces, ici, c'est le chant et son intention d'amour.

# Ma voix

- Mais tu y crois encore !
- A quoi ?
- Aux utopies. Pourtant, tu as eu la preuve que la réalité était plus forte qu'elles et te voilà repartie. Lyrique avec ça. Tu attends quoi ? Un nouveau coup de semonce ? De nouvelles mesquineries ?
- Non j'ai compris.
- On ne dirait pas.
- J'ai compris, je t'assure. J'y crois, c'est vrai mais je sais aussi leur fragilité.
- Et tu persévères ?
- Le moyen de faire autrement ?
- Tu es incorrigible.

## 17

**Février 2016**

## La principessa

Quand on a une répétition comme ce soir et que Shami n'est pas là, Lisa imite son passage sur scène...
- Et à ce moment-là, après Alexandre et avant Yvette, il y aura la « principessa »
La maestra prend alors une voix aigüe, grimpe sur des talons imaginaires en agitant un éventail invisible. Elle balance les hanches, prend des mines de femme ravie d'attirer les regards.

La « Principessa », comme on l'appelle, arrive les jours de spectacle vêtue d'un gros anorak, d'un gros chandail et d'un jean. Dans les coulisses a lieu la métamorphose. Sans loge particulière, elle se change derrière un paravent improvisé avec un châle. Aucun homme ne doit la voir. Elle a tout prévu, enroule le tissu de son sari sur sa taille, le fixe avec des épingles à nourrice, rentre fort son ventre pour parvenir à boutonner son corsage. Puis elle dispose les plis de l'étoffe sur l'épaule, toujours avec ses minuscules épingles dorées. Au dernier moment, elle place une fleur dans sa tresse, enfile bagues et bracelets de pacotille et engage ses pieds nus dans des sandales d'été. Principessa éphémère. Son apparition sur scène est annoncée par quelques tintements de clochette qui agissent sur les spectateurs profanes pour leur signaler l'irruption du sacré... Shami en déesse hindoue.
Après le spectacle, Shami, toujours derrière le paravent de fortune, retrouve ses frusques banales. Nous plions ensemble le grand sari, jusqu'à la prochaine fois. Elle reste gaie Shami, toujours coquine et moqueuse, toujours prête à rire. Elle ne

tire aucune vanité de son titre de princesse ni de sa voix de déesse. Tout ce rituel l'amuse comme une petite fille qu'elle a su rester. Malgré tout.

# - 18-

## Comme un conte...

Son pays, c'est une île au large de l'Inde, pas plus grande que la Sicile.

Une île en forme de larme.

Shami arrive sur sa bicyclette jaune à l'entrée du parc Piraghetto de Mestre et pendant trois heures, nous sommes restées indifférentes aux plis moirés de la lumière, aux froufroutements des frondaisons et aux jeux des enfants. Elle me dit aussitôt : comme je dois te raconter ma vie, j'ai pris des mouchoirs et nous avons commencé par rire.

Elle déborde de cette envie : trouver une oreille qui écoute et une main qui écrit. Me voilà à recueillir le nectar brut de ses mots tout en observant le grain de sa peau avec, passant sur elle, l'onde des émotions, la gamme si vaste des colères et des souffrances et surtout la honte qui colore l'ambre de son teint et lui donne des tonalités cuivrées.

Comme sa vie est une fable destinée aux femmes, toutes les femmes, pas seulement les Sri-Lankaises à la voix divine, exilées en Vénétie, c'est un début de conte qui se presse sous ma plume.

Il était une fois dans un pays lointain un homme de bien qui avait connu l'extrême pauvreté dans son enfance, ne se nourrissant qu'une fois par jour d'un peu de riz. Adulte, grâce à son travail et son intelligence, il avait acquis des terres, des champs de thé, des rizières et des palmeraies mais il était demeuré simple et bon et menait sous le ciel de son île la vie d'un homme juste, remerciant Dieu tous les jours des bienfaits dont il se sentait comblé : une belle maison, deux fils et une jeune épouse calme et bienveillante. Cet homme

211

que chacun recherchait dans le village pour la sagesse de ses conseils, la droiture de sa vie et la générosité de son âme accueillit avec joie la naissance d'une petite fille qu'il prénomma Shami, la femme à la peau brune. Entre ce petit être et lui, ce fut tout de suite une histoire d'amour. Elle le bouleversait par la délicatesse de sa présence, et enfant, par la grâce de ses manières. Elle épiait son retour, se précipitait dans le creux de ses bras et le comblait de son babil. Elle lui racontait sa vie, n'omettant aucun détail. Comment elle s'était rendue aux champs pour porter à manger aux ouvriers, comment un crapaud sur le chemin l'avait effrayée, comment elle avait suivi des heures durant le vol des oiseaux dans le ciel, comment le barrissement d'un éléphant près du fleuve proche avait troublé sa sieste et combien elle aimait le lait frais de la vache, la chair des poissons et des fruits. Elle lui montrait ses trésors : des graines montées en collier, une coque de noix de coco devenu barque dans une flaque d'eau et des fleurs à profusion. Il l'écoutait

C'était un monde d'hommes, de femmes, d'enfants accordés à la nature luxuriante. Un monde qui offrait des nourritures simples et naturelles : des poissons variés à tous les repas qu'un pêcheur apportait le matin, enveloppés dans du papier journal, des légumes que la petite Shami allait ramasser dans les champs. Et elle, enfant, jouait sous les palmes des arbres, le regard de quelqu'un, toujours aux aguets pour la surveiller et la protéger. Elle qui s'effarouchait de tout, du moindre insecte, du moindre bruissement de feuilles avait cette certitude tranquille qu'elle n'était jamais seule.

Le soir, la famille se réunissait pour la prière dans une pièce sobre où il n'y avait qu'une natte posée au sol. Petite, même si elle ne comprenait pas cette cérémonie, elle se laissait gagner par la ferveur de ses parents et de ses frères. Toute activité était suspendue. Cessaient aussi les bavardages des femmes dans les cuisines. Un temps de silence qu'accusait encore le bourdonnement des gros hannetons noirs dont c'était justement l'heure. La prière permettait ce rassemblement des uns avec les autres et aussi le rassemblement de soi-même : la journée était finie. On avait pris la douche. Flottaient dans l'air des effluves de savon, de shampoing et d'encens. On mettait son être en ordre : il y avait eu une journée de bruits, d'activités diverses, de préoccupations. On était à présent sous le regard de Dieu, dans la contemplation de ce que le jour avait charrié, comme un voyageur arrêté au bord du fleuve regarderait couler les eaux du tumulte. La petite suit les gestes de son père, dit ce qu'il dit, s'incline quand il s'incline, se lève quand il se lève. « Un petit singe » lui lance son frère aîné avant d'atténuer aussitôt son expression quand il voit les larmes monter à ses yeux : un petit singe bien aimé.

Dans le rituel quotidien, le journal télévisé venait juste après la prière. Dieu et le monde, en écho. C'est son père qui veut cette intrusion de la réalité dans leur paix pour ne pas oublier qu'ils sont privilégiés, que rien n'est réellement acquis, que Dieu donne et reprend, que tout peut basculer très vite dans l'horreur : la guerre civile et les dissensions communautaires déchirent le pays, des tremblements de terre ensevelissent leurs frères humains sous les décombres de leur vie.

A ce point-là du récit j'attendais la rupture, la brisure, la faille, ce qui fait basculer le paradis dans la vie. Je ne sais pas, une maladie, la mort de la mère, une marâtre, un désastre économique. Mais Shami continuait savourant avec volupté ce passé de bonheur qui était le sien. Le racontant, elle s'en persuadait… Oui, elle avait vraiment vécu cela : une enfance heureuse

Le père voulut pour sa fille la meilleure éducation. Elle fut inscrite dans une école de religieuses catholiques. Un lieu singulier loin du chaos de la ville, un refuge où petites et grandes en sari blanc brodé de bleu évoluaient sous le regard des sœurs. Un monde féminin où ne pénétrait jamais aucun regard d'homme. Un monde de connaissances et de morale, de chants et d'actions de grâce. Des enseignements subtils qui, avec douceur et persuasion, faisaient de la virginité le modèle absolu. L'homme sur les lèvres suaves des religieuses était un être dangereux que les jeunes filles délicates devaient éviter… Ne pas parler aux hommes, se tenir éloignées d'eux, fuir leur regard. Sourire à un homme, accepter sa compagnie, avoir un rendez-vous, se promener seule avec lui au bord de la rivière, c'était un péché, d'autant plus énorme qu'il restait nimbé de mystère. Shami n'avait aucune curiosité dans ce domaine. Elle acceptait que l'inconnu reste tel et ne cherchait pas fébrilement dans les pages du dictionnaire quelles étaient ces réalités cachées et honteuses qu'un unique vocable terrifiant, péché, enveloppait. Elle laissait les autres discuter maquillage ou vêtements et restait indifférente à toute forme de coquetterie. Quand elle avait eu ses règles, sa mère lui avait seulement dit avec une certaine gêne :

- C'est comme ça, c'est la nature. Les femmes saignent pour pouvoir faire des enfants. Tu ne dois pas aller avec un homme sans être mariée. C'est un péché.


Et le refrain, c'est un péché, ancrait en elle une telle horreur que tout désir se trouvait annulé. Si elle se tenait éloignée de lui, elle pouvait s'épanouir dans l'amour de Jésus et de Marie. Et c'était cela qu'elle désirait. Avec sa belle voix de soprano, sa beauté, sa délicatesse et aussi sa joie et son rire, elle était devenue dans cette école, une jeune fille chérie des religieuses, quelquefois jalousée de ses camarades. Les sœurs voyaient en elle ce que leur enseignement pouvait créer de mieux : une jeune fille sérieuse, naturellement belle dont le cœur se tournait vers l'amour du Christ. Une future épouse de Jésus.

Elle ne désirait qu'une chose, Shami : continuer cette vie-là, loin du tumulte des sens et du monde. Devenir elle-même une vierge consacrée. Soigner. Enseigner. Prier. Une vie simple tout abandonnée, toute soumise. Saluer sa famille le dimanche à la messe, aller parfois se réfugier, comme quand elle était petite, dans la parole de son père. C'était tout. Pas plus d'ambition. Des enfants ? Elle en aurait des centaines. Une belle maison ? Le couvent qui jouxtait l'école avec le silence de son jardin lui semblait la plus belle des demeures. Un mari ? Un homme qui l'aurait aimée ? Mais n'avait-elle pas déjà le plus pur des amours, un amour inaltérable qui ne pouvait connaître ni les fatigues de la vie quotidienne ni l'usure du temps, ni les dangers de l'infidélité : l'amour du Christ qui l'avait aimée, elle, Shami, jusqu'à la mort. Oui, à dix-huit ans, prendre le voile, n'aurait pas été un sacrifice pour elle.

Elle attend le juste moment, que tous soient couchés, après la prière du soir et les actualités télévisées, quand son père sirote son thé sur la terrasse et que son regard cherche Dieu dans le scintillement des étoiles. Elle s'approche. Le bruissement de son sari tire l'homme de sa rêverie. Il lui fait signe de s'assoir, là, à côté de lui, sur le coussin proche. C'est lui qui commence.

- Que veux-tu, ma belle ? Tu viens contempler le ciel avec moi ?

215

- Contempler le ciel, oui, et aussi te demander quelque chose.

Elle hésite, ses doigts jouent avec la chaîne en or qu'il lui a offerte pour sa communion. Il lui laisse le temps. Au loin une vache meugle, des chiens errants aboient, des crapauds croassent.
- Papa, je vais avoir dix-huit ans. Je voudrais devenir religieuse.

Elle dit cela dans un souffle et les mots à présent révèlent son secret. Elle rougit mais cela ne se voit pas dans l'ombre. Elle rougit toujours quand elle parle d'elle. C'est logique tout ça, lui semble-t-il. Elle est si innocente, elle a si peur de tout. Elle est si aimante, si douce, si gentille. L'école lui plaît tant. Elle ne veut rien d'autre. Et lui, il a tant et tant invoqué Dieu. Passe dans sa tête une prière. Il prend la main de sa fille et murmure :
- Shami, ma petite fille, laisse-moi réfléchir. Je ne peux pas te donner mon accord comme ça. Tu es si jeune, tu comprends. Tu as peur du monde. Tu dois te fier à tes parents. Il n'y a rien que je désire plus que ton bonheur, ma fille. C'est une décision importante. Laisse-moi le temps.

Et la jeune fille regagne la partie de la maison où dorment les femmes, loin des hommes.

Le refus de son père, c'est le premier déchirement de sa vie : elle ne pourra pas revêtir la robe des sœurs, avoir cette vie illuminée par le don et scandée par la prière. Néanmoins, elle ne s'y oppose pas, elle l'aime trop pour cela. Il sait mieux qu'elle. Elle obéit. Mais des nuits durant, elle prie et pleure des larmes qu'elle s'applique à garder silencieuses pour ne pas déranger le sommeil des autres. Le jour, elle dissimule sa souffrance pour ne pas lui faire de peine à lui, pour que son chagrin n'ait pas l'air de l'accuser. Et tout semble rentrer dans l'ordre : elle continue ses études, s'engage dans l'église tant qu'elle peut, donne des cours de catéchisme, anime une radio religieuse, enseigne. Et c'est là, dans ce monde de travail qu'elle découvre ce qu'elle aurait voulu ignorer. Ce sont des regards qui éveillent son attention : un prêtre suit le déplacement d'une femme. Il caresse des yeux le creux de ses reins, la sphère de ses seins. Shami rougit de honte. Elle surprend des murmures. Elle comprend aussi que certaines personnes corrompues cherchent à tirer profit de la misère, volent, se font payer des services qui devraient, dans la paroisse, être gratuits. Elle doit par force prendre de grandes bouffées de réalité. Peut-être était-cela que son père voulait pour elle : la tirer du paradis, l'obliger au réel ? Au moins, dans la maison de ses parents, elle retrouve la paix de son âme. Ici, quand elle franchit le seuil, elle sait que la méchanceté n'existe pas.

Ses parents décident de la marier. Ils ont déjà trop attendu. Shami a presque 28 ans, elle n'a plus l'âge de partager leur vie et ils reçoivent tant de demandes. Leur fille est un excellent parti !

Commence alors la valse des prétendants selon un rituel ancestral et précis : les familles font connaissance, évaluent les chances du mariage, vantent leur produit respectif… Ma fille est belle, vertueuse, intelligente, douce, travailleuse, joyeuse et d'une famille respectable et aisée et en plus elle chante bien. Mon fils est honnête, de belle apparence, travailleur etc.… Puis vient la visite officielle : les parents du jeune homme apportent des gâteaux et des fruits. La jeune fille se présente, les yeux baissés, dans son plus beau sari et offre le « bulat », un gâteau en forme de cœur au parfum de coco et qui colore les lèvres en rouge quand on le mange.

A combien de ces cérémonies, Shami s'est-elle pliée ? Elle a toujours honte quand elle refuse l'offre de mariage et doit supporter les regards de colère du jeune homme évincé. Non, ce n'est pas celui-là. Elle est sûre de pouvoir reconnaître au premier regard l'homme qui lui est destiné.

Et puis un jour surgit le prince charmant, « il principe azuro » comme disent les Italiens, traînant avec lui de grandes écharpes de ciel bleu. Ne vous avais-je pas promis un conte ?

Il est d'une beauté au-delà des mots, la peau claire, les traits fins, un regard profond et noir que de longs cils recourbés rendent encore plus doux. Il pourrait s'appeler Surya, le Soleil, tant il en porte la magnificence tranquille mais il s'appelle plus simplement Antony. Quand Shami le voit, aussitôt elle le veut... Celui-là est pour moi. C'est le plus beau qu'elle connaisse, sa prestance rivalise avec celle des acteurs du cinéma indien. En plus, c'est le neveu du sous-directeur de l'école. Et tout s'enchaîne très vite : ils se saluent à l'église le dimanche, mangent le « bulat » en famille le lundi et se marient à la mairie la semaine suivante. Shami reçoit sur sa main tremblante le baiser respectueux de son mari qui prend l'avion aussitôt pour rejoindre l'Italie et régler la venue de son épouse. Elle attendra dix-huit mois le retour de son prince. Dans l'attente, elle coud et brode les dix mètres de son voile de mariée. A chaque point, elle rêve de son prince, le plus beau en absolu.

Et ce fut le jour du mariage religieux. Imaginez sept cents invités, des musiciens, des danseurs, des pyramides de fruits, des fleurs blanches qui éclatent à chaque pilier de l'église et se répandent sur l'autel, des pétales de rose qui jonchent le sol et Shami, la femme à la peau brune au bras d'Antony.

Le père de Shami, broyé de chagrin à l'idée du départ de sa « principessa » n'a rien noté d'étrange, il était trop absorbé par sa peine. Personne n'est venu murmurer à son oreille le secret qui couvait. Pourtant cela devait se savoir, le pays n'est pas si grand. Les familles étaient connues. On parle beaucoup entre voisins. La pudeur et peut-être aussi la jalousie a fait taire tout le monde. Personne n'a crié au scandale. Rien n'est venu déranger l'engloutissement des nourritures offertes.

Dans la voiture, auprès de son époux qui conduit, Shami pleure des larmes absurdes. N'est-elle pas heureuse ? N'a-t-elle pas épousé celui qu'elle a choisi ? N'est-il pas le plus beau ? La noce n'était-elle pas réussie ? Pourtant, elle pleure. C'est le premier moment d'intimité avec celui dont elle va désormais partager la vie, elle ne devrait pas pleurer. Elle n'est pas encore partie en Italie. Il s'agit juste de se rendre dans un hôtel au bord de la mer où une chambre leur a été réservée. Les larmes obstinées et sans raison ruinent son maquillage de fête. Elle ne doit pas pleurer. L'homme sera doux avec elle, mais qu'est-ce qu'il va lui faire ? Elle l'ignore. On n'évoque jamais ces choses-là. Elle n'a posé aucune question à aucune amie mariée, n'a ouvert aucun livre. Elle va perdre cette fameuse virginité dont on lui tant parlé mais elle ne sait pas ce que cela signifie. Elle sait seulement qu'elle peut « le faire », que ce n'est plus un péché, parce qu'elle est mariée.

Dans la voiture, à travers ses larmes, elle répète :

- Je veux retourner à la maison. Je t'en prie, je veux retourner à la maison.

Lui, il tente de la rassurer...

- N'aie pas peur. Je ne suis pas un monstre, juste un homme.

C'est justement ça le problème.

- Je veux retourner à la maison.

- Mais Shami, on est marié maintenant. Que diraient les gens si je te ramenais chez toi, le jour des noces ? Ce n'est pas possible.

- Je veux retourner à la maison.

A l'hôtel, il lui enlève doucement les fleurs de ses cheveux et ses bijoux. Elle, elle s'échappe vite et court dans la salle de bain. Elle reste un long moment assise au bord de la baignoire. La pénombre envahit la pièce. Il la supplie de sortir. Elle lui crie de ne pas allumer. Qu'elle va venir. Mais elle reste encore longtemps sous la douche. Lui, il attend. Il est allongé sur le lit, il regarde les pales du ventilateur cuivré suspendu au-dessus de sa tête. Il fait fonctionner le mécanisme. Un ronronnement frais brasse l'air. Puis, soudain, elle est là dans sa chemise de nuit en coton. Il se colle à elle, renifle le parfum de sa peau, joue avec ses cheveux. Il lui dit qu'elle est belle, qu'il aime la couleur cannelle de son teint, que tout est délicat chez elle, ses pieds, ses mains, ses oreilles. Il détaille son corps comme une mère le corps de son enfant. Elle n'a plus peur. Elle se glisse dans ses caresses avec ravissement. Et ils passent cette nuit-là dans les embrassements et les effleurements. Quand le drap glisse et qu'elle découvre son sexe, elle ne s'étonne pas de cette feuille morte minuscule, elle ne s'étonne pas de cette couille unique. Elle ne s'étonne de rien. Elle n'a jamais vu d'homme nu. Perdre sa virginité, cela doit être ça, ce qu'elle a fait avec lui, ces échanges très doux de caresses.

Au retour, sa mère, le regard baissé sur le riz qu'elle prépare, aura quelques paroles rapides...

- Comment ça va, ma fille ?

- Tout va bien, maman.

Shami ignore ce qui aurait dû se passer et qui n'a pas eu lieu.

Elle a frappé à la porte et frappé encore dans son beau sari rouge. Son mari était à ses côtés et s'étonnait que sa mère ne leur ouvre pas. Elle était peut-être chez une voisine. Selon la tradition, sa belle-mère aurait dû se tenir sur le seuil, l'embrasser, lui faire les honneurs de la maison, lui souhaiter la bienvenue. Mais la porte resta close. Fermée à clé. Alors il lui dit : passons par derrière. Elle l'a regardé, épouvantée. Une épouse qui passe par la porte de derrière, c'est le malheur assuré. Lui, il a ri. Il l'a traitée de superstitieuse. Mais elle, elle pleurait déjà. La belle-mère regardait la télévision et n'avait rien entendu, dit-elle. Elle ne s'est pas levée. Elle a seulement désigné une direction du menton et murmuré des mots à peine audibles : votre chambre. Elle ne leur a rien proposé à boire ou à manger.

Elle se met vite à donner des ordres à sa belle-fille, contente d'avoir une nouvelle servante à commander... Et apporte-moi ça et cuisine tel plat, et va donc travailler au jardin. Shami regarde ses mains plus habituées à tourner les pages des livres qu'à arracher les carottes, se flétrir. Lui, l'époux solaire, disparaît toute la journée et se tait. Il dit qu'il prépare leur départ pour l'Italie. La nuit, les jeunes mariés se retrouvent enfin seuls mais la sorcière veille derrière leur porte. Elle appelle sa belle-fille ou son fils pour un verre d'eau, un insecte gênant, un courant d'air. Antony se précipite pour chasser l'insecte ou fermer la fenêtre. Néanmoins, dans l'obscurité, il couvre sa jeune épouse de baisers silencieux. Elle aime sa présence et sa beauté. Elle étudie chaque détail de son corps sans jamais évoquer cette unique petite noix fripée qui lui sert de sexe. Elle a vu des

221

enfants nus : le sexe de son mari est semblable au leur. Elle ne s'en étonne pas.

Mais la belle-mère tisse sa toile d'araignée autour de sa bru : qu'elle ne se confie à personne, qu'elle ne soit jamais seule avec une amie, une cousine, une parente, qu'elle n'aille pas raconter ces choses-là. Là-bas, en Italie, ce sera différent. Ici, le père de Shami pourrait prendre la défense de sa fille et demander l'annulation du mariage. Or ce mariage est très avantageux : l'épouse a reçu en dot une grande maison de ville qu'elle pourra vendre. Alors, tout ce premier mois de vie conjugale où quelques mots échangés avec une femme d'expérience, aurait changé la vie de Shami, la jeune fille se résigne à servir sa belle-mère en silence.

Quand on considère sa vie ou celle des autres, il y a toujours un moment où le « si » fait irruption. Il aurait fallu si peu, que sais-je ? Peut-être quelques propos lestes, une plaisanterie, pour que Shami reste sur son île au milieu de l'océan indien.

Mais elle est arrivée en Italie, il y a 25 ans. Plus exactement, ils sont arrivés tous les trois, sa belle-mère, son époux et elle, à Naples.

La maison qu'Antony avait trouvée pour sa mère et sa femme à la périphérie de la ville était pareille à un radeau où s'entassait toute une humanité disparate : quinze à vingt personnes cherchaient à y vivre en préservant ce qu'elles pouvaient d'intimité. Des rideaux ou des cloisons de fortune, faites de cageots, d'armoires déglinguées, d'étagères dépareillées, divisaient les pièces. Derrière, on découvrait des matelas sales à même le sol où gisait un vieillard usé, un enfant qui jouait, une femme assise qui se coiffait ou allaitait un petit. Chaque famille s'était construit sa cuisine de fortune avec réchaud à gaz récupéré dans des décharges, planches de bois, briques, couvertures rapiécées et tapis élimés. Flottaient

222

en permanence des odeurs de là-bas, comme un paradis lointain et disparu, des fragrances d'encens et de cannelle, de gingembre et de curry, de thé et de coco. Flottaient dehors, des lessives de tissus chamarrés, témoins aussi du pays perdu. Mais surtout, c'était un babil de langues. On parlait italien, et même napolitain, anglais, tamoul et cinghalais. Et on se disputait et criait dans toutes ces langues à la fois : les parents contre les enfants, le mari contre l'épouse ou les femmes entre elles pour une foule de raisons. L'unique salle de bain trop longtemps occupée, la disparition – ou supposée telle – de nourriture, de vêtements, de shampoing, de savon, de casseroles, d'assiettes. Le bruit à toute heure du jour et de la nuit exaspérait tout le monde. Le repos, le silence, la paix y étaient impossibles. Jamais Shami au Sri-Lanka n'avait connu une telle promiscuité, une telle cacophonie, un tel désordre. Elle reste là enfermée dans cette maison avec les femmes dont les maris, comme le sien, travaillent. Elle ne sait que pleurer et pleurer et pleurer. Elle n'a pas d'enfants. Elle a des manières plus élégantes que les autres et s'offusque de la saleté. Et surtout sa belle-mère poursuit l'œuvre pernicieuse de sa toile d'araignée et cherche à l'isoler. Elle raconte des mensonges sur son compte : qu'elle est très riche, qu'elle a une maison qu'elle ne veut pas vendre, qu'elle a ensorcelé son fils avec ses airs de petite sainte. Elle pourrait aussi bien ensorceler le mari des autres. Alors en plus de la saleté, du bruit, de la promiscuité, Shami doit supporter cette sensation d'être seule au milieu des autres. Sa belle-mère multiplie les vexations. Elle coupe l'eau chaude quand sa bru prend la douche, jette ses vêtements, tous les beaux saris qu'elle a amenés avec elle, glisse des scorpions dans la salle de bain, met du sel dans son café, lui vole ses bijoux, et même le lourd bracelet d'or que son père lui a offert en cadeau de noce. Elle empêche l'intimité du couple : un drap divise la pièce. Elle

223

l'enlève et ainsi les époux ne peuvent même plus s'adonner au jeu innocent des caresses qui les rapprochaient. Parler est également impossible : il y a toujours des oreilles aux aguets. La vieille dissimule les lettres que Shami reçoit de ses parents et ainsi la jeune femme n'a plus aucun moyen de communiquer avec sa famille : ni lettres, ni téléphone. Le seul soutien de Shami, c'est la prière. La foi de son enfance. Ce que lui ont inculqué les religieuses. La souffrance du Christ comme modèle. Alors elle s'absente d'elle-même et rentre dans un état imperturbable où il lui semble qu'elle peut tout supporter. Elle murmure sans cesse des prières inaudibles et, par ce retrait d'elle-même, elle ne se dispute pas, n'injurie pas, ne se met pas en colère. Elle se drape dans un long sari de silence et d'absence.

Près de la grande maison, il y a la voie ferrée. Shami étend le linge et regarde les trains écraser de leur puissance et de leur vitesse les rails. Un jour, enjambant le talus, fuyant les hurlements de sa belle-mère – où elle est encore passée cette paresseuse, même pas capable de faire un enfant à mon fils, cette pimbêche – elle s'assoit sur l'herbe. Quelques secondes de paix volées à l'enfer. Le roulement d'un train proche la tient en alerte. Soudain, un souffle d'air balaie ses cheveux. Elle guette le prochain train, fascinée par sa puissance. Elle se rapproche des travées de bois. Elle fait quelques pas le long de la voie. C'est sûrement dangereux. Mais justement se laisser happer par cette machine en mouvement, broyée, enlevée et que plus rien n'existe, qu'il ne reste d'elle que des lambeaux d'étoffe, qu'elle n'entende plus les cris, les reproches, les ordres, qu'elle parte pour toujours, loin de ce pays étranger dont elle ne sait rien, qu'elle s'envole à la vitesse folle du train vers nulle part. Elle marche le long de la voie, fait cent, deux cents mètres. Elle trébuche sur le gravier. Au prochain roulement de la locomotive, elle fera un petit pas de côté qui mettra fin à tout, la sauvera de tout, de cette maison hostile, des gens qui la jalousent et ne lui parlent pas, de ce prince charmant qui devant sa mère redevient un petit enfant, de cette belle-mère qui la hait et pourquoi parce qu'elle lui a pris son fils ? parce que ses parents sont plus aisés ? parce qu'elle ne veut pas vendre la maison qu'elle a reçue en dot ? parce qu'elle est jeune et belle et que l'autre est devenue vieille et laide ?

Un petit pas de côté, pas grand-chose, juste un écart. Il y a si peu entre la vie et la mort. Les rails d'acier brillent au soleil comme des couteaux. Des couteaux aiguisés. La lumière danse sur leurs lames. Les éclats l'appellent, l'attirent. Allez, Shami, tu n'as rien à perdre, ce serait bon débarras pour tout le monde... Shami, une vie comme ça, quel sens ça a ? Rien ni personne ne te retient... tu n'as même pas d'enfants.

C'est un vertige qui la prend et l'hypnotise... Elle pourrait... Elle peut. Ce n'est pas difficile. Ses parents l'ont déjà oubliée. Ils ne lui écrivent jamais. A cette pensée, elle éclate en sanglots. Lui reviennent en mémoire ces formules apprises au catéchisme. Le suicide, c'est douter de la grâce de Dieu, c'est un péché contre l'espérance. Le roulement d'un train s'annonce. Elle regagne le haut du talus et observe les wagons filer. Elle regarde autour d'elle : c'est la fin de l'hiver, les amandiers sont en fleurs. Mon Dieu, la vie ! La vie dans ses petits riens, un lézard précoce file sous une pierre à son approche. Elle sèche ses larmes. Que l'autre ne voie pas qu'elle ait pleuré. Ça lui ferait trop plaisir ! Qu'elle arrive avec le sourire et une fleur dans les cheveux ! Le comble ! Qu'elle ne comprenne rien, la vieille, à la force secrète de sa belle-fille qui sait désormais qu'elle est libre de tout arrêter quand elle veut !

Devant cette jeune femme qui lui résiste, la vieille devient encore plus odieuse. Elle vole l'anneau de mariage que son fils lui a offert et le vend. Elle ne cache pas la vérité, elle la clame !

- J'ai vendu l'anneau.
- Mais pourquoi ?
- Pour que tu cèdes, que tu vendes cette maison que ton père t'a donnée en dot.

Shami ne répond pas. Elle regarde la femme presque avec pitié. C'est cela qu'on devient, avec ces rides, ces plis amers, cette bouche tordue quand la joie et l'amour vous ont quitté. Elle était belle, dit-on, beaucoup l'ont aimée. C'est elle, et elle seule, avec son avidité, son hypocrisie, sa méchanceté, c'est elle qui a fait d'elle ce qu'elle est.

Et puis, un jour, arrive dans la grande maison infernale, une cousine de l'époux qui connaît bien la vieille et qui a déjà vécu en Italie. L'amitié des deux jeunes femmes est discrète, pour ne pas éveiller les soupçons. Mais Deepa encourage Shami :

- Pourquoi tu ne lui réponds jamais rien ? Tu dois lui répondre, sinon elle va être de pire en pire. Ne te laisse pas maltraiter comme ça.
- Je ne sais pas, Deepa. Je n'ai pas appris à me disputer avec des personnes plus âgées que moi. Ça ne se passait pas comme ça chez nous, tu sais bien. Et puis, j'ai peur de me mettre en colère, je ne sais pas de quoi je serais capable, de la tuer peut-être, j'ai honte, mais à toi je peux le dire, j'en rêve de la tuer. Que Dieu me pardonne !
- Chez toi, c'est chez toi. Ici, tu es seule. Ce n'est pas Antony qui va te défendre. Tu l'as compris, n'est-ce pas ? Elle fait ce qu'elle veut de son fils.

226

Quand Shami, un matin trouve à la place de ses vêtements un tas de frusques usagées, elle proteste : non, elle ne mettra pas ça. Elle n'a jamais porté les nippes des autres. Elle a toujours eu des habits neufs.

- Une princesse, voilà ce que tu es. Orgueilleuse comme pas deux, qui se croit mieux que les autres. Tu n'es capable de rien. Ton ventre est sec. Tu es une terre qui ne vaut rien. Un arbre mort. Stérile. Pas capable de porter des enfants !

Alors Shami, d'un petit filet de voix misérable interrompt le flux des injures :
- Mais qu'est-ce que je vous ai fait ? Pourquoi vous me faites ça ?

La vieille suffoque. Le calme de sa belle-fille la met hors d'elle. Même pas capable de hurler. Gémir et pleurer, ça oui. Une petite sainte nitouche qui a embobiné son fils avec ses manières d'oiselle sans défense. Une jolie, en plus avec son minois de chatte. La vieille se saisit de sa chaussure et la lance au visage de Shami qui la ramasse et la lui retourne sans se départir de son calme. L'autre reste ébahie. La voilà qui réagit maintenant, cette mollasse ! La voilà qui lui manque de respect ! Elle reste seule au milieu du cercle de femmes que les cris ont convoquées. Elle prend à témoin les voisines... Est-ce que c'est comme ça qu'on agit avec sa belle-mère ? Est-ce que c'est ça la bonne éducation des filles ? Mais elle verra, cette garce, elle ne perd rien pour attendre. Son fils prendra son parti. Elle en est sûre.
En retrait, Deepa contemple la scène et sourit.
Shami se réfugie dans un cabanon au fond du jardin et se met à vomir. Elle vomit sa vie qui la dégoute, sa belle-mère qui la hait et son mari si gentil, au corps si lisse. Il la retrouve au fond du jardin.

227

- Mais Shami qu'est-ce que tu as ?

- J'ai que je n'en peux plus, que si ça continue comme ça je vais mourir, que je ne peux plus rester là, enfermée toute la journée avec ta mère qui me hait et les autres qui ne me parlent pas. J'ai qu'elle a vendu ta bague de mariage, qu'elle m'a envoyé sa chaussure à la figure et moi-aussi j'ai fait pareil, j'ai que je suis en train de devenir méchante et c'est pas moi, ça. Elle me rend mauvaise, comme elle, et voilà que moi-aussi je crie, je me mets en colère... C'est un enfer ici. Tu n'imagines pas. Toi, tu es tranquille. Tu vas travailler. Tu ne sais rien. Le soir, devant toi, elle est toute calme. Je n'en peux plus. Je vais finir par me jeter sous le train et tu iras expliquer à mon père pourquoi je me suis suicidée.

Antony reste muet, il cherche à calmer sa femme mais ne lui fait aucune promesse. Les jours suivants, il lui annonce qu'il lui a trouvé un travail dans cette ville où elle n'est jamais allée et dont elle perçoit la rumeur lointaine.

- Trois fois par semaine chez une femme que mon patron connaît. Tu devras t'occuper d'elle et faire le ménage.

Sortir enfin. Sortir quel que soit le prix... Le ménage ou quoi que ce soit d'autre, même ramasser la merde, mais sortir !

Antony lui a tout expliqué : ils ont même fait le trajet ensemble le dimanche après-midi. L'argent qu'elle gagne, elle le remet à son mari. C'est entendu comme ça. Mais le voyage en bus coûte 3000 lires. Alors elle triche pour la première fois de sa vie. Elle n'achète qu'un ticket et ne l'oblitère pas. Elle garde l'argent des trajets et quand elle juge en avoir suffisamment, elle téléphone à ses parents sans tenir compte du décalage horaire. Elle les réveille en pleine nuit, à l'autre bout du monde, sur leur petite île, goutte de terre au milieu de l'océan. Elle perçoit leur sidération. Elle parle très vite pour avoir le temps de tout dire...

- Elle m'a pris mes vêtements, et toutes mes économies, elle m'a volé mes bijoux et je n'ai reçu aucune lettre de vous. Ah ! vous m'avez écrit, alors elle a pris aussi les lettres. Bientôt, c'est ma tombe que vous viendrez voir. Je n'en peux plus.

Et elle pleure, elle crie, Shami, dans cette cabine téléphonique si minuscule où sa souffrance est à l'étroit. Ils la rassurent, lui disent qu'ils vont faire quelque chose, qu'il faut qu'elle ait de la patience, qu'elle a une famille, une famille qui l'aime. Au bout du fil, elle entend son père l'appeler de ce mot tendre « principessa » qu'il lui donnait jadis. Ta princesse est devenue une servante et pire une femme qui a appris la haine et le mensonge, une femme perdue que personne ne protège et surtout pas son prince charmant. L'argent du téléphone s'épuise… Ils n'ont même pas pu lui dire au revoir. Mais, désormais elle sait, la princesse déchue, qu'elle a des alliés au bout du monde.

Plus proche d'elle, il y a aussi Deepa, si contente de l'aider. Quand elles ne sont pas dans la maison infernale, qu'elles étendent le linge par exemple, il leur arrive de parler plus intimement, toujours avec pudeur et prudence. La sorcière qui guette peut surgir et hurler…

- Shami, ça fait presqu'un an que tu es mariée. Tu n'es pas inquiète de ne pas être enceinte ? Elle te le reproche assez, ta belle-mère.
- C'est à la grâce de Dieu, les enfants, Deepa.
- Enfin, je veux dire… tu ne fais rien pour ne pas…

La mine horrifiée de Shami interrompt Deepa.
- Tu veux des enfants, alors ?
- Bien sûr, un fils qui serait aussi beau que son père, j'en rêve, tu sais.

- Tu pourrais consulter un médecin. Si tu veux, je me renseigne.

C'est elle, Deepa qui a tout organisé, en cachette de tous. Elles se sont rendues ensemble, chez une gynécologue de la ville. Après l'examen, la doctoresse fixe du regard Shami. Par où commencer avec cette femme qui ne parle pas italien ? Elle a refait l'examen deux fois pour être sûre, un cas comme ça, elle n'en a jamais vu dans sa carrière. Des couples ignorants qui venaient la voir, croyant que les enfants se faisaient par le nombril, elle en a connu au moins deux. Mais ça ! Elle en rirait presque si les yeux angoissés de Shami ne l'en dissuadaient. L'humour, non, ce n'est pas la meilleure voie. Alors embarrassée, la jeune femme se tourne vers Deepa.

- Dites à votre cousine que je ne suis pas étonnée qu'elle ne soit pas enceinte.

L'autre traduit, ne pouvant s'empêcher d'accompagner sa traduction d'une mimique interrogative. La doctoresse avait espéré que cette seule phrase suffirait et qu'elle n'aurait rien de plus à ajouter. Mais les deux étrangères attendent ses explications.

- Ecoutez, dites-lui qu'à moins d'être la Madonne, on ne peut pas tomber enceinte en restant vierge.

Elle n'a pas pu s'empêcher ce trait d'humour pour masquer la pointe d'exaspération qui perce dans sa voix. Ces deux-là et surtout celle qui ne parle pas italien, se moquent d'elle ou sont vraiment des imbéciles. Toutes ses hypothèses s'effondrent quand elle note le rougissement de Shami et son bafouillage.

230

- Dis-lui à la doctoresse qu'Antony et moi, la nuit, on s'entend bien.

La gynécologue est sur le point de perdre son calme. Elle opte pour l'explication réaliste, c'est son métier :
- Je ne mets pas en doute l'entente avec votre mari mais si vous voulez des enfants, il faut que le sexe de votre mari se gonfle, rentre en vous et vous féconde, ce qui ne s'est pas produit jusqu'ici. Le mieux, c'est que l'époux prenne rendez-vous et que nous en parlions ensemble.

Avec cette perspective, elle espère bien mettre les étrangères dehors.
Quand Shami entend la traduction en cinghalais des propos de la gynécologue, elle rougit encore plus... Le sexe qui rentre en elle ! C'est donc ça faire l'amour ! D'instinct, elle serre les genoux.
Avant de s'en retourner, Shami et Deepa prennent le temps de s'assoir sur un banc dans un square.
- Je ne savais pas Deepa, je t'assure. Il est très tendre, Antony. Il m'embrasse, me caresse mais ça, enfin ce qu'a dit la doctoresse, ça non il ne me le fait pas.
- Ecoute Shami, autant te dire la vérité. Antony a un problème depuis l'enfance : je me souviens de sa mère qui en parlait à la mienne, sa sœur. Il n'a qu'une couille. Enfant, il aurait dû se faire opérer, mais il ne l'a pas fait. C'est un fait connu dans la famille. Je croyais que tu le savais, qu'il te l'avait dit avant le mariage.
- Et avec une... comme tu dis, il ne peut pas me faire ça... ?

Deepa éclate de rire.
- Shami, tu es mariée depuis un an et tu es vierge. Tu te rends compte ? Ton mari ne bande pas.

Shami regarde Deepa, étonnée, ce qui pousse l'autre dans des explications plus précises.

- Son sexe, ne devient pas dur. Et si ça ne devient pas dur, ça ne peut pas te pénétrer et déposer en toi sa semence. Tu comprends maintenant ? Il aurait dû te dire la vérité avant le mariage. Lui, sa mère et toute sa famille ont profité de ton innocence.

Shami serre les genoux plus fort encore et se met à trembler. Il fait chaud pourtant mais elle tremble. C'est comme si tout son être se désagrégeait, s'effritait. Elle ne peut ni pleurer, ni crier. Elle voudrait mais elle ne peut pas. Elle reste pétrifiée, sans un mot, sans un geste. Deepa a peur soudain : elle n'aurait peut-être pas dû insister pour cette visite chez la gynécologue mais elle n'en pouvait plus de se taire. Si sa cousine perdait la tête, si elle restait là, à jamais prostrée, clouée sur ce banc, hagarde, muette, broyée, détruite. On a vu des femmes devenir folles pour moins que ça. Elle a peur soudain, Deepa. On va l'accuser. Alors elle secoue Shami de toutes ses forces, pour un peu elle la giflerait. A ce moment précis, une femme passe avec un bébé dans une poussette. Et Shami met des mots sur sa douleur :

- Je n'aurai jamais d'enfants. Et c'est de sa faute à lui et sa mère le sait et continue à m'accuser sans cesse, à me traiter de ventre stérile !

- La doctoresse a dit qu'elle voulait l'examiner. Il peut se faire soigner, qui sait ? On est en Italie.

Le soir, Shami ne put même pas faire à manger à son mari. Elle tombe assise sur une chaise à l'écart de tous et reste ainsi sans dire un mot, sans sourire, sans faire un geste. Lui, il tourne autour d'elle. La belle-mère marmonne des insultes

- En plus d'être paresseuse, la voilà folle maintenant, déjà qu'elle ne faisait pas grand-chose avant, elle a décidé de ne plus rien faire du tout. Qu'est-ce que tu vas en faire de cette bonne femme, mon pauvre fils ?

Shami voudrait protester mais c'est plus fort qu'elle, les larmes coulent de ses yeux sans qu'elle songe à les essuyer. Ils l'ont trompée, trompée jusqu'à la moelle de son ventre. Ils savaient. Tous ceux qui l'ont connu enfant, savaient. Personne n'a rien dit. Leur beau mariage n'était qu'une tromperie, un piège, un immense piège où elle s'est engouffrée et qui l'a avalée, elle et ses dix mètres de voile blanc... Mais pourquoi ? Lui revient en mémoire ce qu'un parent lui avait glissé, comme ça sans songer à mal : c'est bien ce mariage, ça réconcilie les familles. Il y avait eu un différend jadis entre la veuve et le père de Shami. Voilà tout était oublié à présent. Non, elle s'était vengée, même 30 ans après elle n'avait rien oublié, la vieille. Elle avait tissé sa vengeance avec patience. La clé de cette histoire, c'était la vengeance d'une femme au cœur lourd de rancune, d'envie et de haine. Et ce retour et la porte de derrière... Bien sûr qu'elle ne voulait pas la voir, sa belle-fille. Elle croyait peut-être qu'elle allait faire un esclandre et clamer la vérité sur son fils. Mais qu'est-ce qu'elle savait, elle, de la vérité ? Personne ne lui avait dit ce qui aurait dû se passer, cette fameuse nuit de noces, et les suivantes. Elle a vécu ainsi, comme une gourde, une imbécile. Voilà ce qu'elle est. Elle se déteste. Elle déteste son ventre inutile qui ne portera pas d'enfants et toutes ces caresses stériles. Elle déteste sa peau, son corps, ses seins. Soudain, elle sent une voix penchée sur elle :
- Mais Shami, qu'est-ce qui t'arrive ?

233

Elle lui crierait bien la vérité mais la présence torve de sa belle-mère qui guette ses paroles cloue les mots dans sa gorge. Elle se lève. Tous les deux se dirigent au fond du jardin, dans cette cabane à outils où parfois Shami s'isole de l'enfer. Ici, personne ne peut entendre. Si la vieille tentait de s'approcher, le gravier crisserait sous ses pas. Alors elle raconte et en racontant cette histoire, elle réalise que c'est la sienne, incroyable mais réelle. L'homme proteste de son amour, c'est parce qu'il l'aimait qu'il n'a rien dit, il a eu peur qu'elle ne veuille pas de lui. Il fait toutes les promesses qu'elle veut. Il ira chez le médecin, se soumettra à tous les traitements. Ils auront des enfants. Oui, ils auront des enfants.

Elle n'y croit plus. Pourtant Antony se rend chez le docteur et accepte les piqures d'hormones. Mais sa stérilité est incurable : son sperme est semblable à de l'eau. Alors Shami, la douce et gentille Shami, apprend à ruser : elle conserve précieusement dans une cachette à l'abri des fouilles possibles tous les papiers médicaux, tous ces diagnostics précis qui prouvent la faillite de leur couple. Et ce geste à lui seul montre qu'elle émerge de l'hébétement. C'en est fini de la naïveté : elle sait désormais que la méchanceté, la trahison, le désir de vengeance existent. Elle ne se laissera plus faire. Ces papiers cachés, ce sont ses armes futures. Extérieurement, elle est la même ou presque mais elle ne s'habille plus selon la tradition. Elle mélange les genres, passe un anorak sur sa tunique indienne ou un jean à la place de son pantalon de soie. Elle a gardé ses manières soumises mais c'est pour mieux agir en sourdine. Ce qu'il lui faut d'abord, c'est apprendre l'italien. Ne plus être une infirme de la parole. De son mari, elle n'attend aucune aide. Ça lui convient cette femme qui dépend de lui pour tout. Alors, elle commence seule. Dans le bus qu'elle prend trois fois par semaine, elle se munit d'un petit carnet et elle note tout ce qu'elle entend en écriture phonétique. Quand elle arrive chez Elisa, sa patronne, elle lui montre ses hiéroglyphes. Avec des gestes et beaucoup de rires, Elisa explique, traduit en anglais, prête un dictionnaire. Et Shami émerge de la gangue du silence. Elle a l'habileté de ne rien montrer de ses progrès ni à sa belle-mère, ni à son mari. Elle sent que pour eux, il faut qu'elle reste la stupide qu'ils dominent.

Comment s'est-elle retrouvée là, trois ans après. Elle ne sait plus. Elle sait qu'une fois la procédure lancée, rien ne lui a permis de rétrograder. Pourtant, elle aurait bien voulu rembobiner le film. Mais elle est là, participant à une scène dont elle est actrice malgré elle. Elle est venue sous la pluie accompagnée de son frère. Seule elle n'aurait pas gravi les marches du Palais de Justice de Bologne, elle n'en aurait pas eu le courage et se serait perdue. Son frère est là à ses côtés. Il surveille ses gestes et lui parle à mi-voix :
- Ne commence pas à pleurer, surtout, Shami, pense à tout ce qu'il t'a fait. N'oublie pas tous ses mensonges, toutes ses tromperies. Ne pleure pas.
Elle essaye de charger son cœur de haine et s'épuise en vain à rappeler le passé.
Tout s'est joué, là-bas, à Naples, dans le Sud. Quand Antony a accepté de suivre un traitement médical, elle y croyait encore. Quand il a perdu son travail de cuisinier, et qu'il est parti travailler à Milan, elle y croyait encore. Quand elle a quitté la grande maison infernale pour aller vivre avec son frère et qu'elle a dit à son mari : je ne peux pas rester seule avec ta mère, elle y croyait encore. Quand il a commencé à ne plus lui donner d'argent, à espacer ses visites, à ne la rejoindre que pour dormir, le doute s'est insinué en elle. Et puis, il y a eu cette scène entre son mari et son frère :

- Qu'est-ce qu'elle t'a fait, ma sœur ? Si elle t'a déshonoré, je serai le premier à prendre ton parti. Tu le sais.

Antony mastique son riz, le curcuma colore ses lèvres de jaune safran. Il ne répond pas, ne prétend pas, comme sa mère, qu'il y a un autre homme dans la vie de sa femme. Non il ne dit rien.

Le frère continue :
- Mais alors pourquoi quand tu reviens ici, à Naples, tu restes chez ta mère ? Explique-moi. Je ne comprends pas. Vous êtes mariés, Shami et toi. Tu dois vivre avec elle. C'est la loi.

L'autre déglutit sa dernière bouchée de riz, ne proteste pas, enfonce très lentement la main dans la poche. Elle se souvient de ce geste, parce qu'elle a craint, même si c'était absurde, qu'il ne sorte un couteau. Non, il pose un trousseau de clés sur la table, à côté du plat. Il y a une divinité hindoue comme porte-clés, Ganesh. Et voilà le petit Ganesh joufflu, avec son corps grotesque et sa trompe comique la défie sur la toile cirée. Bientôt, elle ne regarde plus que lui, Ganesh, qui a fait irruption dans la cuisine. Antony prononce cinq mots en italien :
- Basta, ormai me ne vado.
Assez, désormais je m'en vais

Il n'est déjà plus de chez eux. Il est parti dans une autre langue.

Cette fois-ci, il n'y a pas eu de cris. Shami a débarrassé les assiettes. Ganesh est resté sur la table. Du Sri-Lanka, la famille poussait au divorce. Même les religieuses encourageaient leur ancienne élève.

Mais elle, Shami, y croyait encore. Elle tenta même une réconciliation. Elle se fit belle, revêtit son sari le plus

236

chatoyant, rouge et doré, mit ce qu'il lui restait de bijoux, ajusta une fleur d'hibiscus dans sa tresse noire et se rendit dans la grande maison infernale. C'était le nouvel an. Elle avait fait, comme le veut la coutume, une crème de riz dont elle lui portait une coupe. Et elle s'avançait ainsi, nouvelle reine de Saba, à la rencontre du roi. Il la reçut sur le seuil et regarda le bol avec dédain.

Tous les efforts de Shami ne purent arracher le prince à la demeure de sa mère qui, dès le départ de son fils, reprit la guerre. Elle guetta la jeune femme et à peine vit-elle sa silhouette se profiler sur le trottoir qu'elle fonça sur elle.

- Garce, espèce de garce. Tu inventes des fables sur le compte de mon fils pour cacher tes saletés. Garce, salope, putain, trainée.

Les coups de parapluie percutaient le dos de Shami qui s'était recroquevillée dans un coin de l'abribus.

Heureusement que les insultes étaient en cingalais et qu'aucun passant ne les comprenait, sinon elle serait morte de honte.

Shami décida alors de quitter Naples pour Bologne où un cousin pouvait l'accueillir. La voilà dans ce tribunal à la lumière chiche et aux boiseries sombres. Seule femme. Elle n'écoute pas. Ils parlent d'elle. D'elle et de lui. De leur couple. Elle se tourne et guette la porte d'entrée au point d'en avoir mal au cou. Elle attend qu'il arrive, vêtu de ses beaux habits de satin blanc, qu'il lui sourie, qu'il la prenne dans ses bras, qu'il lui dise :

- C'est fini, ma belle, on va retourner sur notre île. On adoptera une ribambelle d'enfants et on les amènera jouer sur le sable si fin des plages de chez nous.

237

Elle se tourne. Son frère lui tapote le bras, lui glisse des mots de reproches :
- C'est impoli ce que tu fais, Shami. Il ne viendra pas. N'attends plus rien. Tu n'as pas besoin de lui pour divorcer avec tous les certificats médicaux que tu as.

Mais elle y croit encore. Elle y croit jusqu'au dernier moment, jusqu'à ce que tombe la sentence du mariage dissout.
C'est ainsi que les juges, dans les tribunaux, défont les rêves des princesses.


Les ombres des arbres flottent sur les allées de graviers blancs. Depuis longtemps déjà, les enfants qui jouent ne percent plus l'air de leurs cris et de leurs rires. Les deux femmes assises sur un banc proche de l'entrée du parc, ont remis leur manteau et frissonnent de froid. Elles tiennent leurs mouchoirs à la main. La femme à la peau brune ne se résout pas au silence. L'autre écoute, quelquefois elle griffonne quelques notes. Plus tard elle n'y verra que des signes, des flèches, des paroles écrites en italien, en français, en anglais. Aucune phrase. Ce n'est pas important : elle aurait pu ne rien écrire. Ces notes, ce sont seulement des béquilles à sa mémoire.
- Fa quasi buio. Dobbiamo fermarci.

Oui, on doit s'arrêter. On doit laisser le récit reposer comme la pâte d'un pain dans les plis de nos émotions. Suite au prochain épisode. Fin de la première saison. L'attente va commencer et l'imagination s'emparer du vide. Shahrazade a conquis le droit de vivre par sa parole.

- Mais tu t'es remariée après ? Tu as eu un fils ? Tu as été heureuse ?

- Après ça a été pire. Mais je ne peux pas tout raconter en une seule fois. On se voit samedi prochain, si tu veux. Samedi, je ne travaille pas.

- D'accord pour samedi prochain, au même endroit.

Mais cette semaine-là, la pluie et le froid nous ont fait annuler notre rendez-vous. Je relisais mes dix pages de notes : la princesse n'était pas encore libérée et heureuse, elle avait seulement quitté le paradis et tenté d'accéder à la réalité.

Le samedi suivant, elle est revenue sur son vélo jaune. Elle a voulu savoir où elle en était de son récit. Je lui ai dit... tu racontais ton divorce.

- Ah oui, Mon Dieu, j'ai attrapé un torticolis à force de guetter la porte. Il n'est pas venu. Il n'a pas voulu me revoir. Peut-être que si on s'était revu, on aurait pu reprendre quelque chose ensemble. Moi, la sexualité, ça ne m'intéresse pas. On aurait pu vivre ensemble mais loin de sa mère et adopter des enfants. Mais il n'est pas venu. On ne s'est plus jamais parlé.

- Tu es retournée dans ton pays après ton divorce ?

- Non, j'avais trop honte. Une femme divorcée, chez nous, ce n'est pas bien vu. Non, je suis restée à Bologne. Je travaillais, j'avais une chambre, de l'argent, j'étais seule et indépendante.


J'attendais qu'elle me raconte une belle rencontre amoureuse avec un Italien que ses manières si raffinées et si féminines auraient conquis. Bref, je me faisais déjà mon propre roman.

239

A Bologne, dans cette ville grise et froide à l'architecture austère, Shami lutte contre la folie. Les idées mènent la sarabande dans la cage de sa tête... Seule, abandonnée, sans ce beau mari, au corps de prince qui l'a dédaignée jusqu'au dernier moment. Seule avec une famille lointaine qui croit tous ses mensonges... Je reste ici en Europe pour gagner plus. Quand je rentrerai, j'aurai assez d'argent pour me faire construire une belle villa, sans l'aide de personne. Ils la félicitent pour son courage. Toutes les nuits, elle s'enfonce un mouchoir dans la bouche pour que la vieille femme qui dort dans la chambre voisine n'entende pas ses pleurs. La dame, qui ne se doute de rien, n'interroge pas Shami sur ses lunettes noires. Les vieux, ça ne suppose pas le désespoir des jeunes. Alors, la nuit, dans son lit à une place, la jeune femme se tape la tête contre les murs pour arrêter les voix qui la persécutent et se moquent d'elle... Inutile, ventre vide, mariage blanc, prince de pacotille, princesse de carnaval. Personne ne voudra plus de toi... Mourir. Loin de chez toi. Mourir pour ne pas causer davantage de honte à tes parents. C'est facile de mourir. Il y a le train. Le train, tu connais ? Sa tête brûle du roulement des wagons. Les rails d'argent agitent encore leurs lames d'acier devant elle. Mourir. Tu n'es plus rien ici. Une qui essuie la merde d'une vieille qui ne te parle pas. Tu as déjà tout perdu... Les voix, les voix rationnelles qui nuit après nuit, la poussent vers la mort. Elle serre entre ses doigts ce petit livre de prières que les sœurs lui ont donné jadis dans une autre vie, quand elle n'était pas ce qu'elle est devenue. Tout lui semble irréel de son passé. Elle ne se souvient plus de rien. Elle n'arrive plus à recoller les images brisées : elle, là-bas, respectée, aimée, la vedette de son école, elle qui chante le dimanche à la messe et qui reçoit les compliments avec modestie, les mains croisées, les yeux baissés, comme on le lui a appris et elle, ici, qui dissimule son regard. Une autre. Une sœur jumelle peut-être. Elle ne se souvient plus de rien. Elle hésite sur son âge. Elle se répète dans la journée... Je m'appelle Shami, la femme à la peau brune et à l'âme noire. J'ai 33 ans. Je viens du Sri-Lanka. Les gens ici ne savent même pas où se trouve le Sri-Lanka. C'est tout juste s'ils ont entendu parler de la guerre civile et des tigres tamouls. Pour les gens d'ci, elle est une fleur coupée de sa terre qu'on jetterait vite sur un tas d'ordures ou dans un trou. Son cousin de Bologne organise son retour. Il ne peut plus supporter le ton mécanique de sa voix, ses réponses toujours identiques, la lenteur de ses gestes comme si elle soulevait à chaque fois des tonnes de choses gluantes. Il la met dans un avion avec une autorité bienveillante à laquelle elle se plie parce qu'elle se plie à tout, qu'elle n'est plus rien.

L'île natale la soigne. Elle retrouve la pile rassurante de ses saris, les vagues de l'océan, les palmeraies, les odeurs de coco, la cuisine de sa mère, les poissons, les coquillages, les beignets doux et les gâteaux. Elle retrouve l'amour de son père qui comprend tout sans un mot...

- Je m'en veux. J'aurais dû accéder à ta demande, ma petite princesse. Allez, ça va aller.

- Je ne suis pas une princesse, papa.

- Pour moi, tu le seras toujours. Chante-nous quelque chose comme tu le faisais, le soir, Shami.

Son chant s'élève vers les étoiles immobiles, vers ce Dieu mystérieux qui tisse les destins d'une façon si imprévue.

Qui lui a soufflé l'idée, l'idée salvatrice qui réveille l'énergie ? Elle ne sait plus. Une amie ? Une voisine ? Une cousine ? Tout ce qu'elle sait, c'est que son ex-mari et sa mère faisaient courir des bruits sur son compte : le divorce était de sa faute, c'est elle qui ne pouvait pas avoir d'enfants.

Alors il faut qu'elle se remarie, qu'elle ait un enfant, qu'elle leur prouve à tous qu'elle est une femme.

Recommence le ballet des prétendants : moins nombreux, cette fois. Celui qui fait sa demande n'a plus rien d'un prince. C'est un ancien militaire qui a passé dix ans sous les drapeaux. Blessé au combat, il a obtenu un emploi de chauffeur de bus. L'homme au corps massif ne cache rien de sa vie : il a laissé passer l'âge du mariage parce qu'il était amoureux de sa cousine, mais sa famille n'a pas voulu de leur union. Shami n'aime pas sa rudesse et son absence de grâce mais apprécie au moins sa franchise.

Avant leur mariage, la jeune femme ose une demande, qui encore aujourd'hui dans le parc Piraghetto où elle me la confie, la fait rougir de honte.

- Tu ne sais pas ce que je lui ai demandé ?

- Non vraiment, je ne vois pas.

- Je lui ai demandé d'avoir des relations sexuelles avant. Je ne voulais plus risquer, tu comprends ? Je ne me mariais pas par amour. Je me mariais pour avoir des enfants. Moi, je serais volontiers restée célibataire si j'avais pu adopter un enfant seule et si la famille d'Antony n'avait pas raconté des sornettes à mon sujet.

Ils se sont retrouvés tous les deux dans un hôtel de la capitale. Shami a vu pour la première fois de sa vie – elle avait 34ans ! – un sexe d'homme gorgé de désir qui se dressait impérial prêt à la pourfendre. Elle recule… C'est donc ça. Enorme. Terrible. Elle proteste… Comment ça peut entrer en elle ? L'homme éclate de rire.

- Tout le monde y arrive, les hommes, les femmes et même les dieux chez les Hindous !

Ce soir-là, d'avant les noces, le fiancé comprit que cette femme divorcée qui avait été mariée tant d'années et avait vécu en Europe, était semblable à une petite fille. Quelques jours après les noces, Shami sut qu'elle était enceinte.

- Et alors, tu es restée au Sri-Lanka avec ton mari ?
J'espérais pour elle une pause de bonheur dans sa vie, quelques années de paix…
- Non, me dit-elle, il voulait venir en Italie, que nous travaillions quelques années pour mettre de l'argent de côté, puis rentrer au pays, acheter des palmeraies.
- Et toi, c'est ce que tu voulais, toi ?
- Moi, j'ai fait comme il voulait. C'était mon mari, tu comprends ? Je suis retournée à Bologne et j'ai recommencé à travailler, comme baby-sitter, tout en préparant les papiers pour sa venue.
- Et tu étais enceinte ?
- J'étais enceinte, oui j'étais enceinte.

A Bologne, Shami s'occupe de l'enfant d'une avocate. Elle le porte, monte les courses jusqu'au cinquième étage, fait le ménage. Un jour, elle a des contractions. Il lui faut se rendre d'urgence à l'hôpital et garder le lit pendant trois semaines.
Elle accouchera seule. Etrangère et seule. Il n'y aura autour d'elle ni sa mère, ni aucune femme de sa famille.
- Ceux qui vous aident, dans la vie, ne sont pas toujours ceux que l'on croit, me dit-elle. Quelquefois, l'aide vient d'inconnus, des êtres humains empruntés au hasard et qui se sont trouvés là, à ce moment-là pour soulager ta détresse. A Bologne, à l'hôpital Santa Orsola, il y a eu les docteurs, les infirmières, les religieuses et cette avocate dont j'avais gardé le fils. Ils me choyaient comme si j'étais une parente. Je ne sais pas pourquoi.

243

Les autres accouchées ont un berceau qu'elles couvent du regard à côté de leur lit. Elle, à côté de son lit, c'est l'abime. Le bébé a été emporté loin d'elle. Elle ne l'a même pas vu. Après l'arrachement de l'accouchement, l'arrachement de l'absence. Et ce vide, ce vide à côté d'elle, en elle. Et tout ce qui tourne alors dans sa tête... Comment il est l'enfant ? Pourquoi cette précipitation, ces mains gantées qui prennent son corps et l'emportent ? On lui cache quelque chose, quelque chose de grave, c'est égal, tel qu'il est, elle l'a fait et elle l'aime déjà.

La nuit, un rêve l'apaise : une bougie brille dans l'ombre, la lumière lui parle et lui dit de ne pas avoir peur.

Deux jours après la naissance, Shami découvre son fils, un petit garçon robuste qui crie d'une façon si autoritaire qu'il ressemble déjà à son père. Elle détaille son corps et procède à une vérification minutieuse. Le bébé a tout : dix doigts, deux mains, deux oreilles, deux pieds potelés, une petite verge sertie de deux adorables couillons qui lui paraissent énormes par rapport au reste du corps.

La mère respire et s'endort. La paix descend dans la chambre. Un autre nouveau-né tète. Un léger bruit de succion accompagne la progression des ombres.


- Alors, tu es retournée au Sri Lanka, Shami ?

- Oui, mon père m'a envoyé l'argent du billet. Je ne pouvais pas rester à Bologne. Avec le bébé, je ne pouvais plus travailler.

A ce point du récit, nous avons abandonné le parc Piraghetto. Il s'était mis à pleuvoir, une pluie très fine, très douce. On s'est réfugiées dans un bar tenu par des chinois, un de ces bars déserts qui permettent de longues confidences.

Elle a attaché son vélo à un poteau électrique et a commandé un thé. J'avais tellement envie qu'elle me raconte une tranche de paradis que je la poussais dans cette direction.

- Et tu as vécu, heureuse, là-bas, avec ton bébé, ta famille, ton mari ?

Elle a résisté à mes désirs. Elle ne voulait pas me servir les clichés que j'attendais…Elle voulait dire la vérité.

- Là-bas, j'ai appris à le connaître, lui, mon mari. J'ai commencé à comprendre qui il était, ce qu'il avait vécu. Une enfance d'enfant des rues, alors ce noyau de dureté en lui. Mais tu vois, si le bébé était malade, oh rien du tout, une diarrhée, un vomissement, cette façon qu'il avait de ne pas le quitter, de rester là auprès de lui, à le veiller, d'être plus mal que lui. Et puis aussi cette histoire d'amour jamais oublié, les mensonges de cette femme, ce qu'elle lui avait raconté pour en épouser un autre avec lequel elle le trahissait déjà quand ils étaient fiancés. Lui ne savait pas. Moi, oui. Tu sais, mon pays, c'est une petite île, pas plus grande que la Sicile, tout finit par se savoir. Je voulais lui dire que cette femme l'avait trompé, qu'il ne fallait pas qu'il pense à elle mais j'attendais le moment. On ne peut pas dire que j'étais heureuse, mais tranquille, oui, j'étais tranquille. Il y avait la découverte du bébé, un état bizarre de femme si absorbée par l'autre. Et lui, mon mari, avec toute ma famille aux alentours, il n'osait pas. Il avait bien des accès de colère, de rage furieuse mais il claquait la porte et allait marcher le long de l'océan. Quand je l'interrogeais, il devenait aussi clos qu'une pierre. Il n'osait pas.

- Qu'est-ce qu'il n'osait pas, Shami ?

- Attends un peu et tu sauras. Il a voulu que je retourne en Italie, que je le fasse venir, que nous laissions l'enfant à ma mère et que nous travaillions comme ça tous les deux en Europe pour nous acheter ensuite quelque chose chez nous.

Elle est arrivée à Mestre où un nouveau travail de baby-sitter l'attendait puis son mari l'a rejointe. C'est elle qui avait payé son billet. C'est elle qui avait trouvé une chambre. C'est elle qui parlait Italien. C'est elle qui avait du travail et des amies. Lui, il arrivait avec au bout des bras un petit sac en plastique.
- Et tes bagages ?
- Quels bagages ? C'est tout ce que j'ai.
- Et tes affaires ?
- J'ai tout donné avant de partir. A quoi ça m'aurait servi ici ?
- Mais enfin, un slip, une chemise, un tee-shirt, tu pouvais les amener.
- J'ai tout donné, je te dis, tu ne vas pas en faire une histoire.

Il était comme ça. Rugueux et généreux, dur et tendre, violent et désemparé, honnête et secret.

Sans travail, à force d'attendre sa femme dans une chambre minuscule, à force de regarder les traînées grises de la pluie sur les vitres et ces lambeaux de ciel bleu en sursis entre deux nuages, il se met à boire pour supporter la solitude, le déracinement et l'oisiveté. Quand Shami rentre du travail, il hurle pour rien. Elle n'avait pas fait à manger, ou avait oublié une casserole sale dans l'évier, il manquait du café, elle n'avait pas fait les courses. Elle se blottit dans un coin, contre l'armoire en bois, si lourde, si imposante dans cette pièce si petite. Il dégrafe sa ceinture. Elle revoit encore ce geste, ce geste d'homme puissant qui dégrafe la boucle de sa ceinture, qui sait ce qu'il va faire, qui prémédite son geste, qui épelle la violence. Personne ne l'a jamais frappée, même pas son père. Après la ceinture, il passe aux gifles. Et elle, recroquevillée, écroulée contre cette armoire qui ne la protège de rien, elle crie ... Je n'entends plus, je n'entends plus rien. Arrête, arrête. Tu vas me tuer. Tu iras en prison. Pense à ton fils.

C'est cette phrase qui dégrise la violence et aussi son absence de résistance et quelques voisins venus pour voir. Shami a le tympan crevé. Conduite à l'hôpital de Mestre, elle dit aux docteurs qu'elle est tombée de bicyclette. On la prend à part, on lui parle doucement :

- Madame, à nous, vous pouvez dire la vérité. Ici, vous êtes dans un pays où il y a des lois pour les femmes. Qui vous a fait ça ?

Elle maintient avec obstination la version de la bicyclette. Elle aussi, elle pense à son fils.

- La bicyclette, je vous dis.

- On n'a jamais vu un tympan crevé à cause d'une chute de vélo.

- Je suis tombée et ma tête a heurté la bordure du trottoir.

On fait semblant de la croire. Elle repart avec son mari. Un couple ordinaire dans la nuit grasse de pollution.


- Tu n'as pas cherché à le quitter, Shami ! Un homme qui te battait !

- Non, on avait un fils. Il fallait qu'on pense à lui. C'est pour lui qu'on était ensemble, pour lui qu'on travaillait. Et puis, je savais qu'il souffrait à cause de cette femme qui l'avait quitté pour se marier avec un autre, à cause de son père qu'il n'avait pas connu, de sa mère qui l'avait délaissé. C'est la souffrance qui le rendait méchant. De comprendre ça, ça m'a aidée. Il n'avait pas appris à aimer. C'est tout.

Le hasard vient en aide à Shami : son mari trouve un emploi à Milan – au moins, pendant la semaine, elle ne tremble plus – et une amie, restée au pays, lui apprend que la femme tant aimée est morte. Un soir, elle décide de dire à son époux que sa fiancée lui mentait et le trahissait. Mais elle ruse. L'homme, sur le point de partir, est là près de la porte avec sa valise. Elle sait qu'il ne pourra pas s'attarder de peur de manquer le train. Sur le seuil, Shami lui crie la vérité, le bouscule, le dépasse, court déjà dans la rue, enfourche sa bicyclette et fonce dans la ville. Elle l'a dit. Elle l'a hurlé... Cette femme que tu aimais te trompait avec celui qu'elle a épousé. Et maintenant, elle est morte. Il a entendu ces paroles terribles. Mais elle, Shami, a esquivé les coups et les insultes. Il est resté pantois, sans réaction. Et elle, elle roule à vélo. Le vent de la course libère les mèches de ses cheveux. Elle rit toute seule de se sentir soudain libre. La liberté d'une course à bicyclette, sans but. Juste pour le plaisir et la victoire.

Prudente, elle attend pour rentrer chez elle que le train de son mari l'emporte vers Milan.

Elle aura l'habileté d'une victoire modeste. Elle apprendra au fil du temps à désamorcer la violence avec ses armes à elle de douceur, de gentillesse, de féminité.

- Je le masse là, quand je sens qu'il va se mettre en colère.

Et d'un geste, elle me désigne la poitrine. Le sauvage a rencontré celle qui sait l'apprivoiser. Au pays, il a acheté des plantations de cocotiers et elle, elle a fait construire une belle maison. Bientôt, ils retourneront là-bas. Ici, elle élève le fils des autres : un couple de riches vénitiens qui habitent Campo San Angelo. Le matin, elle prend la bicyclette, le bus, le vaporetto pour arriver dans leur palais. Le petit garçon l'appelle « maman Chocolat » à cause de la couleur de sa peau. Elle lui procure toutes les caresses qu'elle ne donne pas à son fils.

Le lundi soir, elle vient chanter avec nous.

Dans les spectacles du chœur, il y a toujours un moment où elle s'avance, splendide dans son sari, sur le devant de la scène. A capella, sans guitare et sans percussion, sa voix s'élève. Elle a chanté ainsi dans les rues de Mestre et de Venise, dans les salles d'apparat de la Cini, sur la place dei Signori à Trévise.

Sa voix est celle d'une princesse devenue femme.

## 19

## Printemps et été 2016

Nos répétitions désordonnées et joyeuses de l'hiver devaient nous conduire à un spectacle : Sing for me, dans une villa vénitienne de Mirano. Ils étaient tous là, nos jeunes amis du centre d'accueil. Pour l'occasion, ils s'étaient faits beaux, avec veste et chemise. Les Italiennes aussi avaient sorti leurs plus beaux atours. Ce soir-là, le public étonné s'est abandonné au voyage comme si le chant devenait un oiseau migrateur emportant sur son dos les cœurs d'ici à la découverte des peuples de la terre. Les rythmes pakistanais avaient des accents soufis et l'ombre des derviches veilla sur nous. Les musiques du monde permettaient l'alliance de tous les contraires : on passait de la douceur triste de « Besame mucho » chanté par Irena à l'énergie des percussions africaines qui déliait les corps.

Le public contemplait cette palette colorée du monde que nous lui offrions. C'était possible. Quelque chose était possible... On pouvait vraiment vivre ensemble, être joyeux ensemble. Le temps bref d'un spectacle, dans l'espace restreint d'une scène.

Lisa exultait. Elle avait fait la démonstration au-delà de son succès personnel que l'utopie restait vivante malgré les dissensions qui avaient ébranlé le groupe neuf mois plus tôt. Ceux qui nous avaient quittés, s'étaient privés d'une expérience humaine exceptionnelle. Ce jour-là, elle tressait un lien entre toutes les différences. Chaque personne, italienne ou étrangère, lui avait fourni la matière brute d'un chant et elle, l'artiste, avait su créer un ensemble où chacun trouvait sa place sans étouffer l'autre.

Au mois d'août de cet été-là, nous avons fui, mon mari et moi, la canicule de la Vénétie. Nous nous sommes retrouvés comme des touristes égarés à Parme. Après la visite du baptistère et de la cathédrale, nous avons rejoint le Palazzo della Pilotta. Des jardins, avec pelouses et pièces d'eau couraient le long des murailles austères. Assis en cercle sur l'herbe, ou sur le rebord des fontaines, ou sur les bornes de pierre, tous les peuples de l'Afrique étaient là. La présence de tant d'hommes, jeunes et désœuvrés, s'exprimant dans des langues inconnues, dans ce contexte historique, avait quelque chose d'insolite. Il y avait peu de touristes à Parme. Sans doute avaient-ils préféré les plages de la Ligurie. Les habitants aussi avaient déserté la ville. Il ne restait que ces hommes immobiles ou errants, sans femmes et sans enfants.

Les passants les évitaient, et choisissaient leur trajet loin d'eux. Sans le vouloir, par leur présence et surtout leur oisiveté, ces êtres inquiétaient.

Pourtant, ils étaient là, entre eux, paisibles, évoquant peut-être leur pays, les places de leur village, les musiques ou les nourritures qui leur manquaient. Ils étaient là, transformant par leur seule présence la pelouse en cour à palabres, vautrés dans l'herbe grasse, conscients ou pas de l'angoisse qu'ils suscitaient. L'imagination de ceux qui les observaient alimentait leur peur : la misère pouvait les conduire au vol, à la violence. La loi sera-t-elle assez forte pour les retenir ?

J'eus alors une pensée pour notre chœur et notre dernier spectacle. Seule l'action commune permettait d'annihiler l'inquiétude et de rencontrer l'autre dans sa réalité. L'Africain, anonyme sur une place, devenait une personne

252

qui chantait avec les autres, qui nous parlait de lui, de son voyage, de sa famille, de sa religion. Il cessait d'être un inconnu et ainsi la peur reculait.

## 20

**Automne 2016**

Après notre succès du mois de Juin, j'ai abandonné la chorale : je ne suis plus allée aux répétitions ni aux spectacles. J'ai même laissé passer les retrouvailles de Septembre, les spectacles d'Octobre et de Novembre. Mon absence n'avait pas dérangé le groupe : je ne chantais jamais en soliste. Je ne chantais même pas du tout. Parfois, je dois l'avouer, des velléités m'étaient venues... Je passais des heures, en secret, face à mon ordinateur, enfermée dans mon bureau et renonçais le lundi à présenter la moindre petite mélodie. Avec moi, comme ambassadrice de la chanson française, mon pays avait de quoi rougir ! Néanmoins, des copines me téléphonaient :
- Ma perché non vieni piu ?
- Ho degli problemi.
Miracle du mot qui aussitôt créait le respect. Pour quelques-unes, j'écartais un coin du voile :
- Mio figlio non sta bene.

Je ne mentais pas : l'état de mon fils m'obsédait. Je ne jardinais plus : les roses périssaient sous l'attaque des pucerons. Je n'écrivais plus. Sur mon bureau, les brouillons accumulés se chargeaient de poussière.
D'une certaine façon, écrire doit être une obsession. Il y a d'abord l'histoire qui vous trotte dans la tête et en permanence, les phrases qui se forment toutes seules quand d'autres activités vous occupent. Le temps du papier et du stylo ne vient que pour rendre matériels les mots, en quelque sorte les tirer du nid où ils reposent. Tout cet été, et cet

automne, une autre obsession avait gagné sur celle de l'écriture.

Mais ce soir, après cinq mois d'absence, je suis retournée rue Piave. J'ai revu mes amies, Maria, Carla, Daniela et surtout Lisa. Je me suis excusée auprès d'elle. Elle m'a simplement dit qu'elle acceptait tout le monde. Et me revoilà, osant à peine prononcer les paroles d'un chant que je connais pourtant. Malgré cette voix bloquée – à jamais peut-être ? – je reconnais en moi l'exaltation de la joie, sa vague porteuse d'oubli. Est-ce possible ? La magie du groupe. Il se passe quelque chose de mystérieux quand l'individu cesse de défendre ses frontières, quand il accepte de n'être plus qu'un parmi d'autres. Abandonner notre individualité que nous défendons avec tant de conviction et de rage. Elle n'est donc pas le trésor que l'on croit puisque cela fait tant de bien d'y renoncer. Devenir anonyme dans un groupe, s'y fondre. Se dissoudre dans une entité qui n'existe que grâce à cela : les individus renonçant.

Je chantais toujours aussi faux mais cela ne s'entendait pas. Et peut-être que dans l'harmonie générale, les fausses notes sont nécessaires ou du moins ont leur place. Je m'en voulais aussi : si j'avais fait l'effort de venir le lundi soir plutôt que de rester obsédée par mes problèmes, j'aurais pu connaître ce bonheur que je connaissais alors. Il ne faut pas attendre « d'aller bien » pour s'engager dans l'action. Il faut s'y engager et l'action elle-même soigne la pensée, en suspendant momentanément ces ratiocinations, ce qui donne un peu d'air à l'esprit.

La répétition se conclut par les interventions individuelles des jeunes Africains du « Villagio Solidale ». En solo, ils voulaient nous proposer un chant de leur pays. Et Hamed, Blessy, Lucky, Marvelous, Rebecca, Martin se sont avancés au centre du cercle, l'un après l'autre. Nous, nous applaudissions de toutes nos forces. Ils avaient fait ce périple du Nigéria, du Burkina Faso, de la Côte d'Ivoire, du Congo, du Sénégal, de la Sierra Leone, à travers dangers et misères et pris un bateau qui n'avait pas coulé. Ils étaient des survivants. Des survivants de Lampedusa. Nos applaudissements étaient autant de louanges à la vie, au destin qui les avait fait arriver ici, rue Piave, à Mestre.

Ils avaient l'âge de mon fils. Et malgré moi une pensée pernicieuse se glissait dans mon esprit : eux qui n'avaient rien que leur talent, aucune famille en Italie, pas de diplôme, manifestaient une telle force de vie qu'elle se communiquait à tout le groupe. Mon fils, dans une situation si privilégiée, dilapidait ses chances. L'être humain a-t-il besoin de difficultés ? L'absence de lutte fait-elle de nous des êtres vides ? Je sais que l'idée frôle le cliché, pourtant ce soir elle s'imposait à moi : l'urgence de la survie relègue-t-elle au second plan certains problèmes ? Ce soir-là, j'éprouvai plus d'admiration pour ces jeunes Africains qui cueillaient nos applaudissements comme des signes de reconnaissance que pour mon propre fils dans sa situation de nanti.

Entre les deux jeunesses, celle qui portait l'espoir nous venait d'ailleurs. Notre monde fatigué et vieux n'engendrait qu'une jeunesse à son image, blasée, cynique, désespérée, cherchant des subterfuges de raison de vivre dans l'alcool et les drogues.

J'imaginais alors des bateaux en sens inverse qui auraient porté vers Afrique nos jeunes malades de vivre pour qu'ils réapprennent l'essentiel.

Echange. Ame contre bien-être. Je ne sais pas qui serait le gagnant.

## Ma voix.

- Ça fait combien de temps que tu chantes dans cette chorale ou plutôt que tu ne chantes pas ?

- Presque trois ans.

- Et alors ?

- Alors quoi ?

- Le miracle ?

- Il n'a pas eu lieu. Il n'aura pas lieu. Angelo a emporté avec lui mon unique chance. Je ne chanterai jamais juste. Je suis certaine que tu le savais.

- Bien sûr, mais je t'ai laissé tes illusions. Mais dis-moi, aux répétitions, le lundi soir, tu l'as poussée ta chansonnette ?

- Oui, quelquefois, quand je savais qu'on ne m'entendait pas, je tentais quelques notes.

- Et ça te suffisait ?

- Oui... Une possibilité. Un étau qui se desserre. Un souffle qui s'ouvre. Et puis il y avait la joie.

- Leur joie.

- Oui, leur joie de chanter.

- Tu absorbais leur joie sans rien donner en échange. Dans cette chorale, tu t'es conduite en parasite !

- C'est pour ça que j'ai écrit cette chronique.

- En écrivant, tu as fait des choix. Tu as élu quelques choristes dont tu as évoqué l'histoire et les autres, tu les as abandonnés au silence. Pourquoi dis-moi, n'as-tu pas raconté la vie de Rebecca de la Sierra Leone, ou d'Yvette du Congo, ou de Marvelous du Nigeria ? Ou même de Gisa, Line, Irena, Daniela ?

- J'aurais écrit un livre sans fin.
- C'est ça le piège.
- Le piège ?
- Tu prétends t'ajuster à la réalité et tu t'aperçois qu'elle est infinie, alors tu cisailles. Ce n'est plus la réalité.
- Quand même un peu.
- Une goutte d'eau.
- Oui, tu as raison : une goutte d'eau.

**Fin**

Remerciements :

Un grand merci à tous mes amis et amies choristes qui ont bien voulu me faire confiance et se prêter au jeu du roman.